Alternativen

Die Deutsche Nationalbibliothek – CIP-Einheitsaufnahme.
Die Deutsche Nationalbibliothek verzeichnet dieses Buch
in der Deutschen Nationalbibliografie;
detaillierte bibliografische Daten sind im Internet über
http://dnb.d-nb.de abrufbar.

Erste Auflage 2017

www.groessenwahn-verlag.de

ISBN: 978-3-95771-162-5
eISBN: 978-3-95771-163-2

Leif Tewes

Alternativen

Roman noir

IMPRESSUM

Alternativen

Autor
Leif Tewes

Seitengestaltung
Größenwahn Verlag Frankfurt am Main

Schrift
Constantia

Covergestaltung
Marti O'Sigma

Coverbild
Marti O'Sigma

Lektorat
Britta Steinbach

Druck und Bindung
Print Group Sp. z. o. o. Szczecin (Stettin)

Größenwahn Verlag Frankfurt am Main
August 2017

ISBN: 978-3-95771-162-5
eISBN: 978-3-95771-163-2

N

1

Als ihm das Messer aus der Hand rutschte und klappernd auf den Boden fiel, wurde ihm klar, wie dumm diese Idee war. Ein Klappmesser. Gegen eine Handvoll dunkler Gestalten, die aussahen, als hätten sie schon auf ganz andere Waffen geblickt. Bücken oder rennen? Beten oder flehen?

Ein Rohr, der Pfahl eines Gartenzauns, im Dunklen nicht zu erkennen, baumelte in der Hand des einen. Kapuzenpulli, dunkle Jogginghose, nur die hellen und neu wirkenden Turnschuhe störten das Bild. Die vier anderen breiteten sich fächerförmig um ihren Anführer aus, der sie deutlich überragte. Der schmale Gehweg durch die kleine Grünanlage zwischen den Arbeitersiedlungsblöcken war versperrt.

»Money«, wiederholte der große Mann und ließ die dunkle Stange sacht schwingen.

Nein, dachte Thomas, das konnte nicht passieren! Nicht hier! Nicht in seiner Stadt, keine zehn Minuten von zuhause entfernt.

»Schon klar«, krächzte er. Seine Hand fuhr langsam in die Innentasche seiner Jacke zur Geldbörse. Dann stockte er. Was tat er da?

Er zog die Hand wieder heraus, spannte den Nacken an und sagte: »Nein.«

Er war bereit, seinen rechten Arm in den Schlag zu werfen und hoffte, dass es ein Holzpfahl und kein Stahlrohr war.

Der kleine Mann ganz links öffnete seine Hand. Die helle Innenfläche leuchtete in der nächtlichen Umgebung wie die Turnschuhe des Anführers.

»Please«, sagte er.

Irritiert rutschte Thomas ein »Hä?« heraus. Hatte er sich verhört?

»Money. We need money«, sagte ein anderer von rechts. Die Gruppe kam synchron einen Schritt auf ihn zu. Das Weiße in den dunklen Augen funkelte wie die Positionslichter der Flugzeuge in der mondlosen Sommernacht. Der Schläger blitzte auf, schien doch ein Metallrohr zu sein.

Der Ärger kroch höher als die Angst. »Ich auch«, rief Thomas. »Ich muss es mir durch harte Arbeit verdienen!«

Der Anführer trat noch einen Schritt vor, das Rohr rhythmisch auf die Steinplatten schlagend. Tok, Tok.

»Nix Arbeit, nix Geld.«

Thomas wich zurück, die Arme halb vor das Gesicht gehoben. »Nicht mein Problem«, erwiderte er lahm, den Blick auf die Schlagwaffe fixiert.

»Nobodys problem«, sagte der Mann links.

Der Anführer schwang den Schläger einmal durch die Luft und ließ ihn in seine Hand klatschen. »Money!«

Scheiße, dachte Thomas. Langsam griff er wieder nach der Geldbörse und fixierte dabei den Boss, der weiter das Rohr kreisen ließ.

Aus dem Augenwinkel nahm er eine Kopfbewegung einer der Angreifer wahr. Kurz darauf rief eine helle Frauenstimme hinter ihm: »*Yakhtafi! Yallah!*«

Fast gleichzeitig rannten die fünf Männer los. Über die Wiese, zwischen den Teppichklopfstangen hindurch und um die Ecke eines Häuserblocks. Das leise Schmatzen der Turnschuhe war nur noch kurz zu hören, irgendwo klapperte der Schläger auf den Gehweg. Thomas holte tief Luft und drehte sich um. Eine kleine Frau mit Kopftuch und einer Aldi-Tüte in der Hand rannte auf ihn zu, für ihre Figur erstaunlich flink.

»Alles gut?«, fragte sie atemlos.

»Die wollten mich überfallen ...« Thomas deutete mit zittrigem Arm in die Dunkelheit und brach ab. Sein Mageninhalt wollte auch die Flucht ergreifen, mühsam unterdrückte er den Würgereiz.

»Dumme Jungs«, sagte sie, bückte sich und hob das Klappmesser auf. »Deins?«

Er nickte und steckte das Messer wortlos ein. Langsam und kontrolliert atmete er tief ein, die kühle Nachtluft beruhigte den Magen.

»Dumme Jungs«, wiederholte die Frau, inmitten der blitzenden weißen Zähne klafften schwarze Lücken. »Keine Polizei. Bitte.«

»Was? Wieso das denn?« Seine Stimme hallte zwischen den Häuserblocks, in einigen Fenstern ging das Licht an.

»Bitte«, sagte die Frau erneut. Stöhnend stellte sie die Aldi-Tüte ab und berührte ihn lächelnd am Arm. Thomas zuckte zurück. »Bitte. Was passiert, wenn Polizei kommt?«

Jetzt war die Wut wieder da. Thomas fauchte sie an: »Na was wohl! Ausweisung! Zurück dahin, wo sie herkommen!«

Die Frau seufzte und ließ ihre Schultern sinken.

»Zuhause kaputt.«

»Das ist nicht mein Problem!« Er deutete mit der Hand hinter sich. »Die Polizei ist in einer halben Stunde im Wohnheim!« Er drehte er sich um und rannte los. Erst zwei Straßen weiter verlangsamte er seine Schritte und setzte sich an einer Bushaltestelle auf die Bank. Es dauerte, bis das Zittern in den Knien nachließ.

Es war tatsächlich geschehen. Keine Nachricht im Lokalteil, kein Gerücht in Facebook. Es war ihm passiert. Er war das Opfer.

Zur Polizei konnte er jedoch nicht gehen, aber das musste er der Kopftuchfrau ja nicht sagen.

2

Auch das noch: Alex. Der hier. Nicht, dass es jetzt unpassend gewesen wäre, es war immer unpassend. Alex nervte. Seine Haltung, körperlich wie geistig, sein Geruch nach Marihuana und Schweiß, einfach alles.

Thomas warf seufzend seine Jacke neben Marion auf das Sofa, gab ihr einen Kuss auf die Stirn und grüßte Alex mit einem knappen Kopfnicken. Dann setzte er sich stöhnend auf das Sofa, legte den Kopf in den Nacken und wartete, bis Marion endlich fragte, ob etwas passiert sei.

Stattdessen kam: »Wie hat die Eintracht gespielt?«

Das hatte sie noch nie interessiert und war nur eine höfliche Frage nach seinem Bundesliga-Mittwochabend bei Karlheinz.

»Verloren.«

»Schade.« Mehr nicht. Er musste den Anfang machen.

»Deine Freunde!« Er blickte zu Alex, der auf dem Sessel lümmelte. Die zerrissene Jeans, das bemalte T-Shirt mit dem »Es gibt nur eine Welt«-Spruch, die fettigen, langen blonden Haare. Alex war ein wandelndes Klischee und zog dennoch Aufmerksamkeit auf sich wie ein Findelkind mit Stupsnase und Kulleraugen. Wobei die Stupsnase und das leichte, aber wirklich nur ganz leichte Doppelkinn bei Marion sehr apart wirkten.

»Eure Freunde«, sagte er mit einem Seitenblick zu Marion.

Alex grinste, die langsamen Augen verrieten, dass er wieder stoned war. Marion erhob sich vom Sofa, nahm die leere Pizzaschachtel von Alex und ging in die Küche. »Was meinst du?«, fragte sie über die Schulter.

Thomas suchte nach dem richtigen Einstieg. Mindestens ein »Oh Gott, nein!« musste aus der Küche kommen.

»Ich bin überfallen worden! Ein halbes Dutzend Kerle aus dem Flüchtlingsheim!«

Alex riss mühsam die Augen auf und beugte sich in Zeitlupe vor. Sein Mund öffnete sich langsam, doch sein benebelter Geist schien das Sprachzentrum verloren zu haben.

Marion kam aus der Küche gelaufen. »Echt jetzt? Überfall? Bist du verletzt? Haben sie dir was geklaut?«

»Nein. Hab mich gewehrt.«

»Oha!« Das sagte diesmal Alex. »Du?«

Während Thomas nach einer passenden Antwort suchte, ließ Marion sich neben ihm auf das Sofa nieder, stellte ein Bier auf den Tisch und schaute ihn besorgt an. »Erzähl schon. Und du bist wirklich unverletzt?«

In kurzen Worten, die Dramatik etwas überziehend, schilderte er die Begegnung mit den dunklen Männern.

»Bist du sicher, dass die aus der Gemeinschaftsunterkunft waren?«, hakte Marion nach.

»Na, woher denn sonst. Laufen hier im Viertel noch andere Ausländergangs rum?«

»Hätte ja auch eine Gang aus Frankfurt sein können.«

»Nein. Glaube ich nicht.« Den Teil mit der Kopftuchfrau und das mit dem »Please« wollte er nicht erzählen. Wütend fuhr er fort: »Eure Freunde. Ihr füttert sie tagsüber mit Essen, Kuscheltieren und Verständnis und nachts überfallen sie die Leute. Schöne Freunde!«

»Ist deren Sozialisierung«, stammelte Alex. »Täglicher Kampf ums Überleben. Wenn du von da kämst, wo die herkommen, wärst du genauso drauf.«

»Von wegen! Ich bin mit Anstand und Achtung vor Gastgebern erzogen worden.«

Alex fiel wieder nach hinten in den Sessel. »Aber nicht mit Anstand und Achtung vor Gästen.«

»Halt die Klappe!« Thomas sprang wütend auf und stellte sich vor Alex. »Du und dein linkes Gutmenschengeschmeiß seid doch Schuld daran, dass denen hier alles erlaubt wird!«

Marion zupfte an seinem Pullover. »Reg dich nicht auf«, sagte sie leise.

Widerwillig setzte er sich. »Hast du auch Verständnis für diese Kriminellen?«

Sie zuckte mit den Schultern. »Natürlich ist das nicht in Ordnung, wenn es denn Flüchtlinge waren.«

»Verdammt, hört ihr mir überhaupt zu?«, unterbrach er sie. »Ich hab doch gesagt, sie gehörten zur Einrichtung!«

»Jaja, schon gut.«

»Und? Das ist alles?«

»Nein, natürlich nicht. Ich spreche morgen mit der Einrichtungsleiterin. Kannst du die Männer beschreiben?«

Thomas zählte die wenigen Merkmale auf, die ihm aufgefallen waren. Die Turnschuhe, Kapuzenshirt, die spärlichen englischen und deutschen Worte.

»Afghanen? Syrier? Schwarzafrikaner?«

»Was weiß denn ich. In der Nacht sehen doch alle gleich aus.« Er sah die leuchtende ausgestreckte Hand vor sich. »Ziemlich dunkel jedenfalls.«

»Waren sie bewaffnet? Messer, Knüppel?«

Er seufzte. »Einer hatte eine Stange oder ein Rohr. Keine Ahnung, was genau. Mehr hab ich nicht gesehen.«

Marion berührte ihn am Arm und reichte ihm die Flasche Bier. »Hier, beruhig dich erstmal.«

Er trank einen langen Schluck. Alex schielte gierig auf das Bier.

»Was macht dein Bruder überhaupt hier? Und warum ist der so dicht?«

»Hatte einen schweren Tag. Demo in Frankfurt gegen Monsanto, danach noch mitmarschiert bei den Kurden.«

»Hoho, toller Kerl. Während ich den ganzen Tag Maschinen programmiere, deutsche Ingenieursarbeit leiste und Geld verdiene, hängt dein nichtsnutziger Bruder mit anderen Tagedieben in der Stadt rum und glaubt, damit die Welt zu verändern. Bezahlt von meinen Steuergeldern!« Er wandte sich an Alex. »Du solltest mal was arbeiten!«

»Yo, Bro«, kam es aus dem Sessel, ein Arm mit geballter Faust erhob sich. »Wir sind nicht allein.«

Thomas ignorierte ihn. »Warum ist er nicht in seinem Kellerloch und stinkt sein eigenes Sofa voll? Ist sein Kühlschrank wieder leer?«

Marion zuckte mit den Schultern. »Er hat doch nur noch mich.«

Mit diesem Totschlagargument war die immer gleiche Diskussion um Alex beendet. Thomas seufzte und trank noch einen Schluck Bier. Er hatte damals den Anruf aus dem Krankenhaus in Freiburg angenommen. Der Reisebus war auf der Autobahn verunglückt. Übermüdeter Fahrer, schlechtes Wetter, Stauende, auf einen LKW aufgefahren, die Böschung hinabgestürzt. Ihre Eltern, die seine Schwiegereltern hätten werden sollen, und sieben andere Mitreisende hatten den Unfall nicht überlebt. Marion hatte es mit Fassung getragen, sich neben ihrem Job in einem Steuerbüro mit noch mehr sozialem Engagement abgelenkt, zuletzt mit Flüchtlingen, und auf eine eigene Familie hingearbeitet.

Spätestens mit dreißig wolle sie ein Kind, sagte sie ihm nach den ersten drei Monaten ihrer Beziehung. Seit Kurzem, genauer seit der Eröffnung der Gemeinschaftsunterkunft, hoffte er, dass sie nicht noch länger damit warten und ihr soziales Verhalten endlich auf eine eigene Familie konzentrieren würde. Also auf ihn und ein Kind, Alex wäre dann hoffentlich wieder in seiner Kellerwohnung verschwunden und würde sein kleines Erbe weiter mit Dope und Nichtstun verprassen. Marion war da anders, sie hatte das Geld in diese kleine Zweizimmerwohnung investiert, in der sie beide wohnten. Es hatte eine Weile gedauert, bis es ihm nichts mehr ausmachte, dass seine Mietzahlung auf ihr Bankkonto ging.

Sie fuhr ihm sanft durch die Haare. »Du bist hoffentlich nicht zur Polizei gegangen?«

Thomas lachte hämisch. »Ich weiß ja, was du dann für ein Theater gemacht hättest. Aber ...«

Sie unterbrach ihn. »Danke. Und bitte kein ›Aber‹.«

»Hm.« Das war das eigentliche Problem. Sie gewann immer. »Aber ...«, er holte Luft und hob streng die Hand, »... du musst doch einsehen, dass kriminelle Handlungen nicht einfach verschwiegen werden können. Irgendwann ist Schluss!«

Marion griff nach seiner Hand und zog sie zu sich. »Ich hab doch gesagt, ich spreche mit der Leiterin. Die wird den Jungs ins Gewissen reden. Wenn du Anzeige erstattest, steht das morgen in der Zeitung und dann geht ein Shitstorm los. All die ›Hab es immer gewusst‹-Leute werden wieder laut, Leserbriefe, Anrufe beim Stadtrat, Pöbeleien auf der Straße, das muss doch nicht sein. Das hilft niemandem.«

Jaja. Dieses Argument kannte er auch schon auswendig. Doch irgendein Tropfen ist der berühmte letzte.

Er zog seine Hand zurück. »Und wie lange soll das so gehen? Alles verstehen, nichts sagen, bloß keine Vorurteile bedienen, lieber die Leute hier anlügen?«

»Versteh doch ...«

»Nein! Ich hab keine Lust mehr, für alles Verständnis zu haben. Wir lassen uns doch verarschen! Erst ausnutzen, dann ausrauben, was kommt als Nächstes?«

»Die Frage ist, was der Situation hilft: Polizei im Heim, Handyvideos von der Festnahme, Presse vor dem Haus? Verhandlung in einem halben Jahr, du im Zeugenstand? Wofür?«

»Dann zeigen wir endlich, dass bei uns Gesetze herrschen und wir uns nicht alles gefallen lassen!«

Marion stöhnte. »Übertreib nicht wieder. Unser Rechtsstaat ist einer der besten der Welt. Wenn du diesen missglückten

Überfall der Polizei meldest, leiden darunter all die anderen, die es hier ernsthaft versuchen. Die sich an die Regeln halten, regelmäßig in den Sprachunterricht kommen, in die Sportvereine gehen, obwohl ihre Bleibeperspektive ungewiss ist. Denk bitte auch mal an diese Menschen.«

»Jaja, immer an die anderen denken. Warum darf ich nicht mal an meine Leute denken?«

»Mensch Thomas, was soll das. Wer sind ›deine‹ Leute? Die Nachbarn und Arbeitskollegen sind dir sonst auch egal, und um Karlheinz musst du dich nicht sorgen. Dir geht es doch gut hier. Niemand nimmt dir was weg …«

»Ha!«, unterbrach er sie. »Bis heute Abend. Da wollten sie mir mein Geld stehlen.«

»Geld ist Kapitalismus ist Zerstörung«, behauptete Alex mit geschlossenen Augen und fuhr mit einer Hand durch die Luft. »Ohne Geld wären wir alle gleich.«

»Gleich arm«, wollte Thomas erwidern, spürte aber den sanften Druck von Marions Hand an seinem Knie.

Es war zum Kotzen.

3

Es dauerte mehrere Atemzüge, bis er merkte, wie es erneut passierte, sich von schräg links hinten an seine Gedanken heranschlich. Schon wieder hatte er sich gefragt, ob diese dicke Frau mit den beiden dunkeläugigen Knirpsen nicht einfach nur eine Mutter mit zwei Kindern war, die für sich und ihre Familie das Beste wollte. Dabei war sein erster Gedanke doch richtig: Diese dunklen und verhüllten Frauen gebären wie die Karnickel und wir werden nicht irgendwann, sondern schon bald verdrängt, wie ihm Karlheinz immer vorrechnete. Aber manchmal tauchte dann dieser freche Gedanke auf, wie ein plötzliches Niesen von einer Erkältung, mit der er sich bei Marion angesteckt hatte: Diese Fremden auch nur als Menschen zu sehen. Sich zu fragen, was du in so einer Situation machen würdest. Und Marions Standardsatz: Unsere Welt ist so klein geworden, dass wir alle miteinander auskommen müssen.

Thomas schüttelte den Kopf, um den aufsteigenden Niesreiz zu bekämpfen. Nein, diese kleine, unförmige, in dunkle und muffig riechende Tücher verhüllte Gestalt vor ihm an der Kasse war gefährlich, dazu die zwei quengelnden Kinder, das eine blickte ihn auch noch frech aus großen Augen unter krausen Haaren an. Wofür diese Unmengen Klopapier? Obendrein das 4-lagige mit Blümchen? Die Sippschaft musste ja erstaunlich groß und reich sein. Von seinen Steuergeldern. Die Straßenlaternen wurden nur noch in jeder zweiten Nacht eingeschaltet, den Sandkasten beim Kindergarten mussten die Eltern selbst reparieren, hatte zumindest Karlheinz erzählt, aber hier Supersoft-Klopapier. Und wofür bitteschön zehn Tafeln Schokolade? Da waren sicher noch mehr Kinder. Wusste sie nicht, wie schädlich Schokolade für die Zähne ist? Gerade bei Kindern? War ihr das Kindeswohl total egal? Sollten die Plagen mal genauso fett werden wie ihre Mutter? Oder Straßenräuber werden? So wie die Jungs zwei Tage zuvor?

Er biss die Zähne zusammen und zerdrückte fast die Brötchentüte. Gern hätte er dieser Rabenmutter eines Nestes von Fremdlingen die Meinung gesagt. Aber hier war nicht der richtige Platz, zuhause genauso wenig. Dieses unerschütterliche Verständnis von Marion, ihr Glaube an das Gute in diesen Leuten, ihre Blindheit vor deren Verschlagenheit, selbst nach dem Überfall.

Nachdem er bezahlt hatte, lief er im Trab den knappen Kilometer bis zur Firma, um den Ärger körperlich abzubauen. Seine Mittagspause wollte er sich nicht auch noch von denen verderben lassen.

Es war wirklich zum Kotzen.

4

Wie sehr Farim diese Stadt und das Leben darin und also auch sein eigenes Leben hasste, wurde ihm an dem Tag bewusst, als er ein Stück vergiftete Wurst in den Nachbargarten warf. Dieser kleine, permanent kläffende Köter ging ihm vom ersten Tag an auf die Nerven. Einige Jahre ertrug er es, zu seinem achtzehnten Geburtstag war dann Schluss. Jetzt war er ein Mann, und Männer handelten.

Nach außen integriert, immerhin in Duisburg geboren und in den Neunzigern noch als Baby nach Wolfsburg gezogen, als sein Vater, wie viele Tunesier, bei Volkswagen Arbeit fand. Erst wohnten sie im Westen der Stadt, in dem Teil, der später als »Ghetto« bezeichnet wurde. 7. Stock, schon bald zu viert in drei kleinen Zimmern. Die Mutter verließ nur zum Einkaufen die Wohnung, der kleine Supermarkt war praktischerweise im Erdgeschoss und die Kassiererin aus Marokko. Es hatte Jahre gedauert, ehe sie in das neue Shoppingcenter in der Innenstadt ging, natürlich nie allein. Zehn Jahre später war sein Vater Schichtleiter und fühlte sich schon so integriert, dass sie nach Reislingen in den Osten der Stadt zogen. Ein neues Wohnviertel, wie mit der VW-Promoversion von SimCity geplant: Satteldach auf geklinkerten Ein- und Mehrfamilienhäusern, die Nebenstraßen gepflastert wie Spielstraßen, Gartenzäune vorm Haus und natürlich VWs im Carport. Und kläffende Hunde im Nachbargarten.

Alle Straßen waren nach Dichterinnen, Malerinnen oder sonstigen Frauen benannt. Wohin er auf dem Weg zur Bushaltestelle auch blickte: Weiber wiesen ihm den Weg. In der Schule wurde er deswegen gehänselt. Den Lästerern hatte er gezeigt, welche Kerle in Frauenstraßen wohnten, sein rechter Haken war in der

Klasse gefürchtet. Im Schlag lag auch die Scham über seinen Vater, der in diese unglaublich deutsche Siedlung gezogen war und tatsächlich glaubte, von den anderen Bewohnern akzeptiert zu werden. Schaut her, wir haben nichts gegen Ausländer, sogar unser Nachbar ist einer. Der Quoten-Muslim. Musterbeispiel für gelungene Integration. Wenn da nur nicht dieser verzogene Sohn wäre, was man so hört. Na, wenigstens die Tochter wird es schaffen. Jaja, seine kleine Schwester Ayla war die Bessere, sie war ja auch ein Wolfsburger Produkt. Geplant, gezeugt, aufgewachsen und sozialisiert wie ein Golf-Facelift.

Dabei hatte sich der Vater jahrelang von deutschen Vorarbeitern schikanieren und als »Kameltreiber« verspotten lassen, wurde bis zu ihrem Umzug nie zu den Grillfeiern der deutschen Arbeitskollegen eingeladen und traf sich bis heute regelmäßig mit der tunesischen Gemeinschaft. Dort schwärmten sich die älter werdenden, stolzen Männer gegenseitig vor, wie schön es zuhause in Tunesien sei und wann sie zurückkehren und dort ein Geschäft oder eine Werkstatt aufmachen würden.

Keiner ist je zurückgegangen.

Farims Kosmos wurde begrenzt durch vier riesige Schornsteine am Horizont, die zentrale Straße hieß natürlich Porschestraße: mit Bürgersteigen, dreimal so breit wie anderswo, gesäumt von langweiligen Dönerbuden und Cafés. Zum Shoppen ging man in das hässliche Einkaufszentrum am einen Ende der Straße, zur Flucht ans andere Ende – zum Bahnhof. Wolfsburgs Künstlichkeit und Verlogenheit wurde ihm erstmals bewusst, als er mit der Schulklasse in ein Museum nach Braunschweig gefahren war. Eine Stadt, die von Heinrich dem Löwen vor tausend Jahren gegründet wurde und nicht von einem Versager wie Adolf Hitler grademal achtzig Jahre zuvor. Eine Stadt mit breiten und schmalen Straßen, alten, sehr alten und neuen Häusern, Klamottenläden für Schwule – darüber hatte er sich aufgeregt – und einem Bahnhof, der von Kiosken, Pennern und Taxen belebt wurde.

Und was für Autos dort fuhren! Die ganze Welt war dort vertreten: japanische Kleinwagen, fette BMWs, sogar einen US-Pickup mit schulterhohen Kotflügeln sah er. In Wolfsburg waren Querulanten, »Nichtintegrierte« oder »Fremde«, wie selbst Leute aus Magdeburg genannt wurden, allein dadurch erkennbar, dass sie keinen VW oder Audi fuhren oder wenigstens einen Skoda oder Seat. Der einzige Mercedes-Händler versteckte sich in einem Industriegebiet zwischen Fitnessstudio und Matratzengeschäft.

Wolfsburg war wie die Truman Show, nur ohne Zuschauer. Und die Brücke führte nach Braunschweig.

Seine Schwester fuhr einen zehn Jahre alten Polo, den er sich jedoch nie ausleihen durfte. Ein Grund, sich regelmäßig mit ihr zu streiten, aber er wäre nie mit diesem Wagen bei seinen Kumpels vorgefahren, um dann zugeben zu müssen, er gehöre der kleinen Schwester. Sie war integriert, Klassenbeste und machte eine Ausbildung zur Rechtsanwaltsgehilfin. Wo, musste man in dieser Stadt nicht fragen.

Die Schule hatte er wie viele seiner Kumpels vor der Zehnten abgebrochen und dennoch, dank seines Vaters, diesen Hilfsarbeiterjob an der Rampe bekommen und ihn nach der Vorstrafe behalten dürfen. Wegen Hehlerei von Nobeluhren. Falsche Uhren, wie sich in der Verhandlung herausstellte. Doch woran der Nachbarshund starb, wusste bis heute niemand.

Die arabischen Kleinkriminellen, mit denen er nach Feierabend an einer Dönerbude im Stadtzentrum abhing, waren beruflich ähnlich erfolgreich wie er, vertickten ein paar Gramm Koks an Arztkinder oder überlastete Konzern-Bereichsleiter oder verscherbelten geklaute Nobeluhren, echte und eben auch gefälschte. Ab und an verkauften sie ein geklautes Auto an einen polnischen Autohändler in Braunschweig. Nur keine mit WOB-Kennzeichen.

Ja, so war Wolfsburg: Alle glaubten an den einen großen Gott mit zwei weißen Buchstaben auf blauem Grund, niemand durfte andere Götter daneben haben oder fahren. Diese Fabrik und dieser Konzern und dieser Weg bildeten eine Falle, die all diese fleißigen Arbeiter freiwillig betraten, verführt von feinen Schwimmbädern, drei Fußballstadien und breiten Straßen. Aber eben Sackgassen. Innerlich war Farim längst ausgewandert, in eine andere Welt, die er noch nicht kannte, aber ganz anders war als diese künstliche Welt und realer als Computerspiele. Sie sollte so sein wie in den Filmen, die spätabends bei RTL und Tele5 liefen, mit jungen Helden, dunkeläugigen Frauen und einfachen Dialogen ohne Widerworte.

Dann kam der Tag, als an dieser Dönerbude ein dunkelblaues 3er-BMW Cabrio mit hellen Ledersitzen vorfuhr. Ebrahim, der aus Trotz einen verrosteten Twingo fuhr und in den letzten Wochen nur selten aufgetaucht war, grüßte den Fahrer freundlich auf Arabisch. Es war diese Kombination, die Farim beeindruckte: Ein Araber mit gepflegtem Bart in einem feinen Auto mit auswärtigem Kennzeichen. Dieser Mann war ganz offensichtlich nicht aus seiner Welt, selbst Drogendealer oder Möchtegernzuhälter fuhren in Wolfsburg einen tiefergelegten GTI oder röhrenden A7 mit verdunkelten Scheiben. Im Gegensatz zu den spießigen Deutschen deutete bei Arabern ein teures Auto tatsächlich auf Geld hin, denn Kredit war *harām* und gläubig waren oder taten alle.

Es gab also doch ein Leben außerhalb von Seahaven. Und Braunschweig.

Der Araber, den Ebrahim mit »Sheikh« ansprach, hätte ein Fotomodell für weiße Hemden aus ägyptischer Seide in einem Hochglanzfrauenmagazin sein können, das weniger für Hemden, als für feuchte Träume warb. Der Mann begrüßte Ebrahim selbst für arabische Rituale überschwänglich, nahm unaufgefordert an ihrem Tisch Platz und schaute Farim nach einer Weile eindringlich an.

»Gefällt dir mein Auto?«

Farim musste nicken. »Sieht man nicht oft hier.«

Der Araber lachte laut. »Spätestens bei Sonnenuntergang musst du mit so einem Auto die Stadt wieder verlassen haben, sonst hast du die Bullen am Hals.«

Ebrahim fand diesen Witz gelungen und schlug dem Araber auf die Schulter. »Sheikh, deine Welt ist eh nicht hier.«

»Wo ist sie denn?«, hakte Farim interessiert nach.

Der Araber beugte sich vor und senkte die Stimme. »Hat dir dein Freund Ebrahim nichts erzählt?«

Nein, fiel Farim in diesem Moment auf. Aber ein Araber gab nie zu, irgendetwas nicht zu wissen.

»Woher kommst du?«, fragte er stattdessen.

»Aus Duisburg, Bruder.«

»Echt?« Das brach das Eis. »Da bin ich geboren!«

Die Zähne des Arabers glänzten wie seine Hemdenwerbung. »Schau, Bruder, wie Allah uns zusammengebracht hat.«

Vielleicht nicht Allah, eher das Schicksal, dachte Farim. Er hatte den Koranunterricht in der As Salam Moschee schon zu Schulzeiten regelmäßig geschwänzt, aber immer, wenn der Imam das seinem Vater verpetzte – der immerhin im Vorstand des deutsch-tunesischen Integrationsvereins war – ging er ihm zuliebe ein-, zweimal hin und dann wieder nicht. Mit Glaube wurde man vielleicht reich an Gedanken, aber nicht an Geld. Doch dieser Kerl hier schien beides vereinen zu können. Das war interessant.

»Komm doch mal in die DITIP Moschee, nach dem Freitagsgebet spricht der Sheikh in kleinem Kreis«, sagte Ebrahim.

»Worüber?«, wollte Farim wissen.

Ebrahim schwieg und blickte zum Araber, der nach einer Weile sagte: »Über den wahren Glauben.«

Das »Pfft« verkniff sich Farim gerade noch. »Dazu muss ich nicht zu den Türken gehen.«

»Allah ist mit jedem Gläubigen, sofern er fest im Glauben ist«, schwurbelte der Araber.

Farim schaute wieder zum BMW auf der Straße. »Und mit deinen Predigten finanzierst du solche Autos?« Ein Vorteil als

Wolfsburger war, jeden Fremden, und kam er nur aus Hannover, abschätzig behandeln zu dürfen.

»Wer stark im Glauben ist und für seinen Glauben kämpft, der wird nicht erst im *Dschanna* entlohnt.«

Oha, dachte Farim. Nicht nur Bäche voll genussvollem Wein und gefiltertem Honig im Paradies, sondern ein 3er-Cabrio im Hier und Jetzt. Nun war klar, woher der Kerl kam. In Syrien fuhren sie X5, soviel hatte er schon gehört.

»Was wird entlohnt: Für seinen Glauben zu kämpfen oder gegen die Ungläubigen?«

Ebrahim trat ihn so fest unter dem Tisch, dass dieser wackelte, aber der Araber winkte mit einer gnädigen Geste ab.

»Lass, Bruder«, sagte er zu Ebrahim. Er schwieg einen Moment, sah in den abendblauen Himmel und fragte: »Empfängst du jetzt schon einen gerechten Lohn?« Dann blickte er Farim an, immer noch lächelnd. »Oder Mindestlohn?«

Umständlich fummelte Farim eine Zigarette aus der Packung West, die auf dem Tisch lag und ließ sich wortlos von Ebrahim Feuer geben. Nach dem zweiten Zug sagte er:

»*Sie wünschen, dass ihr ungläubig werdet, wie sie ungläubig sind, und dass ihr ihnen gleich seid. Nehmet aber keinen von ihnen zum Freund, ehe sie nicht auswanderten in Allahs Weg.*« Eine der wenigen Koransuren, die er behalten hatte und die den gewünschten Eindruck hinterließ.

»Kennst du auch den zweiten Teil?« fragte der Araber.

Farim lächelte, zog an der Zigarette und beugte sich vor. »*Und so sie den Rücken kehren, so ergreifet sie und schlagt sie tot, wo immer ihr sie findet; und nehmet keinen von ihnen zum Freund oder Helfer.*«

»Mein Freund«, sagte der Araber nach einem Moment, »es gibt viele Möglichkeiten für Leute wie dich.«

Das will ich hoffen, dachte Farim und wartete ohne Regung auf weitere Erklärungen.

»Wir brauchen nicht nur Kämpfer, wir brauchen auch Elektriker, Hausmeister, Mechaniker, Verwalter.«

Und Leute, die euer Geld für Autos, Zellenaufbau und Frauen ausgeben, überlegte Farim. Handwerker konnte er überall sein, dazu musste er nicht in ein Land gehen mit vertrockneten Äckern bis zum Horizont, langsamem Internet und ohne Techno-Clubs. Aber hier leben, wie dieser Angeber, deren Geld verprassen und dumme Jungs als frisches Kanonenfutter anheuern, das sollte doch machbar sein.

In der Stadt redete man später vom Araber als »der falsche Prediger«, doch er ignorierte schon aus Prinzip das Verbot seines Vaters, sich mit ihm zu treffen. Lobte der Vater die kleine Schwester für ihren Erfolg in der Ausbildung, lästerte Farim, wie sie ein Rechtssystem lernen könne, das nicht die Scharia sei, auch wenn er davon nicht viel verstand. Brachte der Vater Halāl-Fleisch vom Metzger mit, musste er am nächsten Tag demonstrativ bei Burger King am Tor-6-Tunnel einen Bacon-Cheeseburger essen.

Als der Imam der As Salam Moschee seinem Vater erzählte, dass er mit dem »falschen Prediger« am Bahnhof nahe der DITIP-Moschee gesehen wurde, gab es Schläge. Erst schrie der Vater ihn beim Abendessen an, wie er sich mit diesem Verräter am Glauben und Terroristenanwerber treffen könne, er habe es ihm doch oft genug verboten, er solle ab sofort wieder zum Freitagsgebet in ihre Moschee kommen, warum nur er ihren guten Ruf und das Ansehen aller Tunesier und Araber und Moslems so in Gefahr bringe. Als Farim dann mit einem »Fick dich« antwortete, sprang der Vater auf, rannte um den Esstisch und gab ihm eine Ohrfeige, dass ihm noch tagelang die Wange brannte.

Aber es war auch seine letzte Ohrfeige.

Nach diesem Abend redeten sie kein Wort mehr miteinander, dafür wurden die Gespräche mit dem Araber intensiver. Was der »Sheikh« versprach, konnte ihm nicht der Vater und erst recht nicht diese Stadt bieten: Macht über das Leben seiner Unterdrücker, Respekt von Gleichgesinnten. Keinen Schuss würde er hören, nachts könnten sie die Lichter der Türkei sehen und jederzeit zurückgehen, behauptete der Sheikh. Der Staat, den sie aufbauten, brauche viele Gläubige, nicht nur Kämpfer, und er versprach alles, was Farim schon immer wollte: Geld, Anerkennung, Macht.

Er sah sich die aufwändig produzierten Propagandavideos an, wollte den Bildern von neuen Autos, Frauen mit Katzenbabys auf dem Arm, Männergemeinschaften am Pool und einer funktionierenden Zivilgesellschaft glauben. Gut, das mit dem Kopfabhacken war nicht seine Sache, aber es gebe genug anderes zu tun, hatte der »Sheikh« ja gesagt. Und er hatte da auch schon so eine Idee.

So traf er den Araber jeden Freitag im kleinen Kreis, lauschte seinen Versprechungen und Koranversen, von denen er einige auswendig lernte. Dass der »Sheikh« im Nebenraum der Moschee im langen braunen Gewand auftrat und nicht in teuren Hemden, in Sandalen statt in Maßschuhen und der BMW nicht vor der Moschee parkte, irritierte ihn nicht. Der IS versprach den Ausweg aus diesem Stadtgefängnis und eine Chance für seinen Plan: Wenn andere mit dem IS Kohle machten, sollte es ihm auch gelingen.

5

In der Firma wurde ebenfalls diskutiert. Nein, nicht diskutiert, eher getratscht. Wenn in der Kaffeeküche von Kollegen Sätze fielen wie »Jetzt ist schon wieder einer Frau von einem Kameltreiber die Handtasche aus dem Einkaufswagen geklaut worden«, dann war das nach Marions Definition unreflektiertes Gerede, wiedergekäute Geschichten von einem, der irgendwo gehört hatte, dass ...

Wie gern hätte Thomas von dem Überfall die Woche zuvor erzählt, mal aus erster Hand berichtet, als echtes Opfer. Er hatte jedoch Marion versprochen zu schweigen. Wusste sie, wie schwer ihm das fiel? Schweigen, immer nur die Klappe halten. Sie reagierte überheblich, wenn er nur nachfragte, ob sie denn nun endlich mit der Heimleitung gesprochen habe. Passiert war natürlich nichts.

Er ging in die Kantine, grüßte ein Dutzend Kollegen und setzte sich Karlheinz gegenüber. Ein Urgestein, der die Firma noch unter dem Gründer kannte, bevor diese traditionelle Ingenieursbude Ende der Siebziger von einem großen Automobilzulieferer aufgekauft und zu einem Zahnrädchen in einem unüberschaubaren Getriebe wurde.

»War der Chef schon bei dir?«, fragte Karlheinz und blickte aus seinen runzeligen Augen noch sorgenvoller als sonst. Ein Ziehen stach in Thomas' Magen, wie immer, wenn es um den neuen Chef ging. Nicht nur, dass sie beide auf die gleiche Fachhochschule in Friedberg gegangen waren und Joachim Geiger vor ein paar Jahren im dicken 7er-BMW und Nadelstreifen als neuer Geschäftsführer aufgetaucht war, während er sich hier unten im Maschinenraum die Hände schmutzig machte, sondern auch, weil sein ehemaliger Kommilitone und jetziger Chef den Kontakt zum Fußvolk meist nur dann suchte, wenn er unangenehme Botschaften von der Konzernmutter übermittelte. In tolle Worte verpackt, keine Frage, aber wenn er von »Strategie« und »Marktchancen« und »Anpassung« anfing, war klar: das Weihnachtsgeld würde gestrichen.

Thomas setzte sich und schüttelte den Kopf. Leise fragte er: »Was kann er wollen?«

Karlheinz biss in sein Frühstücksbrot, Thomas bestaunte den dramatischen Fortschritt der Glatze. Der Kollege nuschelte mit vollem Mund: »Er will die Ingenieure aus der Produktion wegen den neuen computergesteuerten Polymerschaum-Anlagen für ein Meeting zusammenrufen.«

»Will er die umprogrammieren oder abbauen und nach Rumänien verschiffen?«

»Keine Ahnung. Ich bin nur für das Entgraten und die Qualitätskontrolle der Schläuche verantwortlich. Noch drei Jahre, dann erledigt das ein japanischer Roboter.«

»Erst, wenn die billiger sind als die Rumänen.«

»Jaja, du kennst dich aus, seitdem du bei der Einrichtung der Reifenfabrik in Dingsda in Rumänien vor ein paar Jahren geholfen hast.«

Thomas nickte. »Timişoara, vor zwei Jahren.«

»Aber die Leute da kann man doch nicht mit uns vergleichen, oder?«

Thomas blickte auf die abgewetzte Plastiktischplatte. Tja, er hätte das vielleicht ähnlich gesehen, aber von den Computerspezialisten, mit denen er dort zusammenarbeiten durfte, hatte er mehr gelernt als auf allen Fortbildungen. Bei den Ausflügen mit Marion in die Stadt und ins Umland hatte die banale Erkenntnis gewonnen: Die Lebensumstände waren anders, ja, aber nicht die Menschen.

»Naja«, sagte er langsam, »so pauschal kannst du das nicht sagen.«

Karlheinz pochte mit der Hand auf den Tisch und wurde lauter. »Fahren wir nach Rumänien zum Klauen, Betteln und Sozialschmarotzen? Hä?«

»Wenn du unter diesen Umständen dort leben müsstest, würdest du das vielleicht genauso machen.«

»Tu ich aber nicht.«

Irritiert öffnete Thomas seine Tupperdose und holte zwei Tomaten heraus. Woher kam ihm dieser Dialog so bekannt vor?

Karlheinz' Weltbild beschränkte sich auf Friedberg und dreißig Kilometer Radius, ließ man die regelmäßigen Urlaube in Südspanien weg. Aber das war noch mit seiner Frau.

»Die, die dort leben, nehmen uns die Arbeit weg, und die, die hierher kommen, klauen uns den Rest und verprassen meine Steuergelder!«, schimpfte Karlheinz weiter.

Thomas schnitt Fleischwurst in kleine Scheiben, viertelte die Tomaten und strich sich Meersalzbutter auf eine dunkle Brotscheibe.

»Und jetzt kommen sie von noch weiter her! In Massen!«

Thomas biss in sein Brot.

»Irgendwann reicht es!«

Thomas blickte auf. »Wann?«

Karlheinz zog die Zeitung zu sich und las einen Leserbrief vor:

»›Unsere Kommune sieht dem anwachsenden Drogenhandel im Park hinter der Schule ungerührt zu und die arabischen Dealer liefern sich laut lachend Versteckspiele mit den Polizeistreifen, so sie denn mal den Park kontrollieren. Ob Ohnmacht oder Ignoranz der Behörden und politischen Eliten ist mir einerlei, ich habe Angst um meine Kinder auf dieser Schule. Muss ich wirklich die Schulranzen kontrollieren, ob sie irgendwo Drogen versteckt haben? Müssen wir Mütter solange warten, bis eine unserer Töchter vergewaltigt im Gebüsch aufgefunden wird? Es muss Schluss sein mit dem hemmungslosen Zuzug, der Untätigkeit der Politik und der Gutmenschelei. Das sind Verbrecher und sie sind gekommen, um Verbrechen zu verüben.‹«

»Oha«, sagte Thomas. »Aber was kann man dagegen unternehmen?«

Karlheinz schaute zu ihm hoch. »Zumindest nicht tatenlos zusehen, wie die Verbrechen in unserer Stadt begehen und unsere Frauen vergewaltigen!«

»Natürlich nicht. Aber was machen?«

»Handeln.« Karlheinz klopfte mit der rechten Hand auf den Tisch. »Handeln«, wiederholte er.

Klaus, der studierte Buchhalter, hatte gerade seine Flasche Orangensaft in den Kühlschrank gestellt und beugte sich über den Tisch. »Karlheinz, große Töne, das kenn ich von dir.« Dann drehte er sich um und ging.

»Du Zahlenfresser kennst die wirkliche Welt nicht«, rief Karlheinz ihm nach und schaute Thomas wieder an.

»Kommst du mit?«

Thomas blickte ihn erstaunt an. »Wohin?«

Karlheinz blätterte in der Zeitung ein paar Seiten zurück und deutete auf einen Artikel. »Hier«, sagte er. »Die tun was.« Thomas neigte seinen Kopf und überflog den kurzen Bericht.

Im Wohngebiet Heide-Ost sollte eine weitere Flüchtlingsunterkunft eingerichtet werden. »Gemeinschaftsunterkunft«, hörte sich nach Studenten-WG an, doch von Marion kannte er die Verhältnisse: Zusammenpferchen von jungen Männern und Kleinfamilien unterschiedlichster Herkunft auf engstem Raum, keine Privatsphäre, verdreckte Küche, eine Dusche für den ganzen Flur.

Jetzt wurde eine Bürgerversammlung angekündigt. Immerhin war der hessische Innenminister eingeladen, um die aktuellen Aktivitäten der Landesregierung vorzustellen. Und wahrscheinlich um zu verhindern, dass sein Wahlkreis in unmittelbarer Nachbarschaft bei der nächsten Wahl flöten geht, wie ein süffisanter Nebensatz im Artikel vermutete. Ein Stadtratsmitglied befürwortete erhöhten Polizeischutz, unter anderem, weil sich

Vertreter der neuen Partei »DbD – Die besseren Deutschen« angesagt hatten.

»Die gewählten Volksvertreter sollen sich auf kritische Fragen vorbereiten«, so wurde der Kreisvorstand der DbD zitiert und das Stadtratsmitglied befürchtete »polemische und populistische Störungen der Veranstaltung.«

»Was meinst du jetzt genau?«, fragte Thomas.

Karlheinz tippte auf den Artikel. »Die Jungs hier. ›Die besseren Deutschen‹. Die tun was.«

»Naja«, sagte Thomas. »Die mögen recht haben, aber sind doch arg rechts, oder?«

Karlheinz lachte hämisch. »Du glaubst auch allen Scheiß in der Lügenpresse.«

»Na ja ...«, mehr fiel Thomas nicht ein.

»›Na ja?‹«, äffte Karlheinz ihn nach. Seine Stimme wurde lauter, am anderen Ende des Tisches drehten sich Köpfe um. »Die Flüchtlinge rauben Handtaschen, verkaufen Drogen, kosten ein Schweinegeld und sind Terroristen! Und was macht die Politik? Hä?« Er nahm sein Handy und hielt es vor sich. »Klick. Die Politik macht Selfies. Keiner fragt uns, ob wir die ganzen Flüchtlinge haben wollen! Mit freundlichen Fotos werden immer mehr angelockt und Presse und Politik wollen uns weismachen, dass alles in Ordnung ist!«

Jaja, dachte Thomas.

»Nun ja«, erwiderte er vorsichtig, »das ist vielleicht etwas vereinfacht dargestellt.« Er wartete einen Moment, ob Karlheinz gleich wieder lospoltern würde, aber der blickte ihn nur stumm an.

»Zum einen muss uns die Regierung nicht fragen, ob wir die Flüchtlinge haben wollen. Wir sind nicht die Schweiz, wo über jedes zusätzliche Loch im Käse eine Volksabstimmung entscheidet.«

»Wär aber mal was«, murmelte Karlheinz.

»Nee, denn dafür wähle ich ja Profis, die den ganzen Tag nichts anders tun, als sich mit Problemen und deren Lösung zu beschäftigen.«

»Wenn sie es mal täten!«

»Und du kannst beurteilen, ob sie das tun oder nicht?« Das war eine von Marions Lieblingsantworten. »Soll einer dieser Politiker beurteilen, ob du deinen Job richtig machst?«

»Und zum anderen?«

Tja, zum anderen. Er probierte Marions Argument: »Was wäre denn die Alternative?«

»Ach!«, fuhr Karlheinz auf, »schon wieder ›alternativlos?‹ Es gibt immer Alternativen!«

»Ja welche denn?«

»Geltende Gesetze.«

»Du meinst Dublin? Das war doch von Anfang an Käse und von unserer Regierung gegen alle Vernunft durchgeboxt. Sieht man ja jetzt.«

»Aber geltendes Recht.«

»Und wenn zwanzigtausend abgerissene Gestalten an einem Tag an der Grenze stehen, was hätte sie denn machen sollen?«

Karlheinz stopfte ein halbes Wurstbrot in den Mund und nuschelte: »Trotzdem geht das so nicht.«

Ja, dachte Thomas. Aber wie?

Karlheinz tippte mit einem Finger auf den Artikel und hinterließ dunkle Fettflecken auf der Zeitung. »Ich geh da hin.«

»Auf diese Bürgerversammlung?«

»Klar.«

»Und was willst du da? Gegen die neue Flüchtlingsunterkunft demonstrieren?«

»Quatsch. Ich hör mir die Alternative an. Die Jungs von der DbD. Live und in Farbe.«

»Marion sagt ...«

»Pah!«, unterbrach ihn Karlheinz. »Ich hab nix gegen deine Freundin, aber ihr Gutmenschentum und ihre Leichtgläubigkeit sind echt eine Gefahr!«

»Für wen?«, fragte Thomas überrascht.

»Scheinbar für dich und deine Selbstbestimmung!«

Thomas schwieg und biss in sein Brot. Ein Tomatenviertel kullerte hinunter und fiel auf den abgewetzten Linoleumboden. Vorsichtig legte er die Brotscheibe ab, bückte sich, hob das Tomatenstück auf und warf es in den Mülleimer neben der Spüle.

Nachdem Thomas sich wieder gesetzt hatte und behutsam den nächsten Bissen tat, beugte sich Karlheinz vor und senkte die Stimme.

»Was jetzt: Schlappschwanz oder aufrechter Demokrat?«

6

In seinen E-Mails fand Thomas dann die Einladung vom Geschäftsführer zu einem Meeting am Nachmittag. »Sicherheit in Zeiten von Industrie 4.0« lautete das Thema, typische Buzz-Wörter auf der Agenda, die er auswendig kannte: »Wandlungsfähigkeit«, »Ressourceneffizienz durch Agilität« und »Herausforderungen der horizontalen Datenintegration«. Bullshit-Bingo lernte man erst nach der Fachhochschule. Aber nun erzeugte das Thema ab einer gewissen Managementebene Aktivität, weil sie zu Haftungsproblemen führen konnten.

Auch wenn sie damals nicht befreundet waren, so hatte Joachim ihm das »Du« angeboten, nachdem er sich als neuer Geschäftsführer dieser Niederlassung vorstellte. Was heißt »vorstellte«: Ein Rundschreiben per E-Mail, aber da konnte er mit dem Namen noch nichts anfangen. Erst als der neue Chef durch die einzelnen Abteilungen ging, erkannten sie sich. Joachim sprach ihn auf die gemeinsame Studienzeit an, ob er gehört hätte, dass der Professor Dingsda, na wie hieß der doch gleich, jedenfalls habe der eine Studentin geheiratet und sich ein paar Jahre später im Suff erhängt, und wie froh er wäre, mit so kompetenten Mitarbeitern zusammenarbeiten zu dürfen.

Blabla, hatte Thomas gedacht. Gleiche Ausbildung, aber während er abwechselnd vor einem Computermonitor saß oder in der Werkshalle die Maschinen einstellte und einen Opel fuhr, kam dieser Schleimer im dicken BMW und residierte im neuen Anbau als Geschäftsführer, wenn er nicht ständig in anderen Fabriken, im Ausland oder in der Konzernzentrale unterwegs war.

Gut, er hatte ihm den Job in Rumänien angeboten. Joachim kam kurz nach seiner Inthronisierung auf ihn zu und schlug ihm vor, beim Aufbau der Fabrik in Timişoara die Anlagen zu programmieren. Marion bestärkte ihn und nahm sich extra Urlaub, um die Stadt kennenzulernen, in der die rumänische Revolution gegen ihren kommunistischen Diktator Ceauşescu den Anfang genommen hatte. Eigentlich gehörte es zu seinen Aufgaben, die Anlagen im Netzwerk zu schützen, aber da Rumänien im Bereich Cyber-Sicherheit eine der führenden Nationen in Europa war, schlug er vor, mit der Firma »Byte-Defender« vor Ort zusammenzuarbeiten. Joachim schien es egal zu sein, Hauptsache billig. Und die Rumänen, deshalb wurde die Fabrik ja dort gebaut, waren billig.

Marion zeigte ihm abends in der Innenstadt die gemütlichen Restaurants mit alten Kronleuchtern von hohen Decken, die sie tagsüber bei ihren Streifzügen entdeckt hatte. Sie erzählte ihm die Geschichte der Stadt, des Landes und von König Ferdinand I, dessen Büste vor dem Byte-Defender Büro stand, mit deren Mitarbeiter er das Netzwerk der Reifenfabrik testete und absicherte. Er berichtete begeistert von den Fachkenntnissen der Security-Spezialisten, wie er in den Diskussionen sein Englisch trainierte, Marion brachte ihm ein paar Brocken Rumänisch bei. Noch vor dem Frühstück im feinen aber seelenlosen Hotel notierte er sich Fragen für den Tag, testete in der Fabrik Konfigurationen für die Firewalls und freute sich gemeinsam mit den Byte-Defender Kollegen, wenn sie die Firewalls wieder überwunden hatten.

Die speziellen Programme, die dabei eingesetzt wurden, kopierte er sich, um mal in Ruhe das Netzwerk an seinem Arbeitsplatz zu prüfen. Es wurde eine fröhliche Abschiedsfeier, von dem schwarz gebrannten Obstbrand nahm er zwei Flaschen mit nach Hause. Die eine brach er schon kurz nach seiner Rückkehr an, als auf seinen Vorschlag einer tieferen Sicherheitsanalyse niemand reagierte, auch Joachim nicht. Visionäre wurden in diesem Laden tatsächlich zum Arzt geschickt und nicht befördert.

Aber jetzt? Pünktlich um fünfzehn Uhr betrat Thomas den Konferenzraum, knapp vierzig Kollegen waren versammelt: aus der Arbeitsvorbereitung, Qualitätssicherung, Produktion und zwei seiner Kollegen aus der Anlagensteuerung.

Immerhin grüßte Joachim ihn persönlich mit Vornamen, nur wenige waren per Du mit dem Chef, was Thomas' Rang bei den Mitarbeitern etwas erhöhte. Die Präsentation des Themas bestand zum großen Teil aus einer Kopie dessen, was er nach dem Auftrag in Rumänien für Joachim zusammengefasst hatte.

Insgeheim hoffte er, mit dem Projekt zur Prüfung und Verbesserung der IT-Sicherheit beauftragt zu werden, die meisten der vorgestellten Ideen waren ja von ihm, gleichwohl Joachim sie als seine eigenen verkaufte. Aber daran gewöhnte man sich in Konzernen. Dann jedoch stellte Joachim einen Berater einer externen IT-Sicherheitsfirma vor, die bereits ein Dutzend anderer Standorte in Deutschland behandelt hatten. Thomas wurde wütend. Lautlos, natürlich. Sein einziger Trost, mit dem er sich über das Meeting rettete, war die Vorstellung, wie er mit den Programmen der Rumänen nach dem wahrscheinlich sackteuren Beratungsprojekt und den umständlichen, neuen Sicherheitsmaßnahmen das Netzwerk prüfen und die mit hoher Wahrscheinlichkeit immer noch vorhandenen Lücken fein säuberlich dokumentieren und mit einem netten, oder vielleicht nicht ganz so netten Kommentar an Joachim schicken würde.

Mit ehrlicher Arbeit konnte man offenbar nicht weit kommen, nur mit Schleimerei, Ideenklau und PowerPoint. Irgendetwas lief hier falsch.

7

»Dann muss man halt die Gesetze ändern!«, rief jemand von hinten.

Der Innenminister verdrehte kurz die Augen, schaute auf den Boden und hielt dann das Mikrofon wieder an den Mund. Es schien nicht seine erste Bürgerversammlung zu sein, auf der er sich routiniert und ohne Manuskript aufgebrachten und besorgten Bürgern stellte sowie für die Linie der Partei und der Kanzlerin warb. Sein jugendliches Aussehen mit den dunklen Haaren ohne jeden Grauschleier, das charmante Lächeln wie ein Chefarzt auf Visite – er konnte sich, seine Politik und nackte Zahlen anschaulich präsentieren: In einem halben Jahr umgerechnet eine ganze Kleinstadt an Flüchtlingen untergebracht, einige hundert Polizisten neu eingestellt, unzählige Verordnungen formuliert und herausgegeben, Budget für weitere Sozialarbeiter in Berlin beantragt.

Mit kurzen Pausen zwischen den Sätzen trug er Auszüge aus der Polizeistatistik vor, um sie gleich selbst zu kommentieren:

»Die Kriminalitätsrate ist nur bei bestimmten Delikten gestiegen, die von einheimischen Bürgern nicht begangen werden können!«

»Die überwiegende Mehrzahl der Flüchtlinge ist friedlich und beachtet unsere Gesetze!«

»Die Wahrnehmung in den Medien ist verzerrt, durchschnittlich begehen diese Menschen nicht mehr Gesetzesverstöße als Bundesbürger!«

Die letzten Sätze musste er lauter gegen das anschwellende höhnische Gelächter vortragen, einige riefen »Glaub keiner Statistik, die du nicht selbst gefälscht hast!« und »Lüge, alles Lüge!«

Die Zahlen beeindruckten Thomas, doch die Aussagekraft von Statistiken kannte er aus seiner Arbeit nur zu gut.

Als der Innenminister dann von Werten sprach, europäischen, deutschen, christlichen, noch immer ohne sichtbar zu schwitzen, wurde er von Zwischenrufen unterbrochen: »Und was ist mit dem Recht auf Selbstverteidigung?« und »Dann diskutieren sie diese Werte doch mal mit denen, die scheißen doch drauf.«

Tapfer wie ein Drittklässler beim Gedichtaufsagen kämpfte sich der Innenminister durch sein unsichtbares Manuskript, nickte ab und zu bei Zwischenrufen »Da kommen wir gleich zu«, schlug den Bogen von der Kommunalpolitik über Wiesbaden nach Berlin und Brüssel, lobte die zahlreichen ehrenamtlichen Helfer und dass wir es eben doch schaffen würden. Der Großteil des Publikums war sich da anscheinend nicht so sicher.

Dann kam die Fragerunde. »Politik im Gespräch mit den Bürgern« erschien groß auf der Präsentationsleinwand. Jeder hatte was gehört: In einer Aufnahmeeinrichtung seien Frauen vergewaltigt worden, in einer anderen hätten sie syrische Christen verprügelt, Beschwerden über das Essen, in Düsseldorf sei deswegen sogar ein ganzes Flüchtlingsheim angezündet worden. Marion hätte zu jedem dieser Vorfälle eine Entgegnung gefunden: Fake-News, komplett gelogen, total übertrieben, Jahre alt.

Der Innenminister versprach, den Sachen nachzugehen und nickte einige Male seinem Assistenten zu, der angestrengt mitschrieb. Thomas war sich nicht sicher, ob dieses Ritual zur Show eines Politikers auf Bürgerversammlungen gehörte, oder ob dieser Mann solche Hinweise tatsächlich ernst nahm. Nachprüfbar war das nicht, aber vielleicht war dieser Minister ja wirklich so engagiert wie er tat?

Die Fragen wechselten zum Allgemeinen, Überregionalen. Wie denn diese Flüchtlingsschwemme aufgehalten werden könnte, was das alles koste, wieso Deutschland alle reinlassen müsse, die in Bayern an der Grenze aufschlügen.

»Das ist in unseren Gesetzen verankert«, antwortete der Innenminister. »Wer an der Grenze steht und ›Asyl‹ sagt, hat ein Recht auf ein Verfahren.«

Dann kam dieser Zwischenruf: »Dann muss man halt die Gesetze ändern!«

Dem Minister schien der Geduldsfaden zu reißen. Schnell und laut zählte er auf: »Deutsches Asylgesetz, Grundgesetz, europäisches Gesetz, UN-Menschenrechte. Das können Sie nicht einfach mal so ändern!«

»Tatenlosigkeit der Politik ist aber keine Lösung«, sagte ein Mann im Anzug, der einige Reihen vor Thomas aufgestanden war. »Ein Problem nicht lösen zu wollen, weil die Lösung komplex ist, kann nicht Richtlinie deutscher Politik sein.«

Applaus, zustimmende Rufe. Karlheinz neben ihm flüsterte: »Das ist er. Bernd Hügel, Kreisverbandsvorsitzender der besseren Deutschen. Jetzt pass auf!«

Der Innenminister schien ihn zu kennen und antwortete routiniert: »Einfache Lösungen für komplexe Probleme funktionieren nicht, auch wenn das immer wieder gerne behauptet und vor allem gewünscht wird. Der Vorschlag, einfach mal die Gesetze zu ändern, ist weder umsetzbar noch zielführend.« Er wandte sich von Bernd Hügel ab und schaute auf eine grauhaarige Frau am anderen Ende des Saals, die ihre Hand gehoben hatte, doch Bernd Hügel rief laut:

»Es gab Zeiten, da ist unsere Gesellschaft mit zehn sehr einfachen Geboten und knallharten Strafen ganz gut gefahren.« Applaus, erst zaghaft, dann lauter. Der Innenminister rückte mit einer schnellen Bewegung seine Brille zurecht, stockte einen Moment und drehte sich zu Bernd Hügel.

»Damals herrschten andere Machtverhältnisse. Despoten, grausame Könige, Ausbeutung, Ungerechtigkeit, keine Mitsprache der Bürger.«

Hügel drehte sich um und sprach mehr zum Publikum als zum Minister. »Ist das heute anders?« Vereinzelt zustimmendes Gemurmel.

Thomas erkannte ihn von Bildern aus der Zeitung, er sah nur besser aus als auf den gerasterten Schwarzweißfotos. Akkurat gescheiteltes Haar, ähnlich markante Brille wie der Minister, dynamisch offener oberster Hemdknopf, fein gestreifter dunkelblauer Anzug und mit Mühe Mitte Vierzig. Dieser Mann hatte ein Selbstbewusstsein, das man nicht von Motivations-CDs, aus Selbsthilfebüchern oder in »Du schaffst das«-Vorträgen lernte, soviel wusste Thomas. Eher über die Nabelschnur aufgesogen, mit einem Lichtstrahl aus Gottes Hand übermittelt, wie eine einzige Selbstverständlichkeit.

»Wenn unsere Kanzlerin und ihre Regierung über unser aller Köpfe hinweg ...«, dabei schwang Hügel seine Hand im Halbkreis, »... geltende Gesetze außer Kraft setzt, was ist das anderes als Diktatur? Wenn ihre Meinung der des Volkes widerspricht? Wenn reale Gefahren geleugnet und die Grundfeste unserer Werte zerstört werden? Wo ist der Fortschritt, wenn das Volk nichts gegen die bewusste und gezielte Kulturvernichtung durch die Eliten unternehmen kann?«

Jetzt applaudierten alle im Saal, auch Thomas klatschte leise mit. Irgendwo hatte der Mann ja recht. Seit dem Überfall wuchs sein Gefühl der Ohnmacht. Nichts durfte er tun, nichts konnte er tun, nichts würde sich ändern.

Der Innenminister lächelte nachsichtig, hob beschwichtigend eine Hand und wartete geduldig, bis die Unruhe in leises Gemurmel überging.

»Zum einen haben wir eine repräsentative Demokratie, also die Bevölkerung wählt nicht die einzelne Entscheidung, sondern ihre Vertreter, deswegen heißt es ja ›Volksvertreter‹. Zum anderen ...« Weiter kam er nicht.

»Wir sind das Volk!«, riefen einige aus den hinteren Reihen. Thomas schaute sich um und blickte in erhitzte, rot angelaufene und wütende Gesichter. Karlheinz skandierte mit und stupste ihn aufmunternd an. Thomas grinste verlegen und schüttelte den Kopf. Er war kein Schreihals und brüllte keinen Minister nieder. Oder Marion.

Hügel lächelte noch einen Moment bewegungslos in den Saal hinein, bevor er die Hand erhob. Schlagartig verstummten die Rufe.

Er drehte sich wieder zum Minister.

»Sollen wir auf Broschüren der Stadtverwaltung warten, dass unsere Töchter keine kurzen Röcke in der Schule anziehen sollen? Mit Verhaltensregeln für den nächtlichen Weg von der Bushaltestelle nach Hause? Ist das die Fürsorge des Staates?«

Das Johlen und Rufen schwoll erneut an, der Minister rückte seine Brille nervös zurecht.

»Das ist doch völlig übertriebene Panikmache!«, rief er und deutete auf Hügel. »Sie schüren Ängste, statt welche zu artikulieren! So funktioniert keine gemeinschaftliche und zielorientierte Problemlösung. Wir hingegen machen ...«

Hügel unterbrach ihn durch lautes Lachen. »Was machen Sie? Gar nichts! Warum tun Sie als Volksvertreter nicht endlich mal das, was das Volk will? Was ist ihre wahre Motivation für ihr Nicht-Handeln?« Wieder lärmender Applaus. Thomas musste zugeben, dass die Frage berechtigt war: Was wollten die wirklich? Oder wollte die Politik tatsächlich etwas anderes? War diese Zuspitzung ein Freilegen eines von den Eliten verdeckten Masterplans, oder wurden dadurch tiefe Risse in eine zart gewachsene Schicht einer gesellschaftlichen Vereinbarung geschnitten, wie Marion immer behauptete?

Der Innenminister hob das Mikrofon an den Mund und schüttelte den Kopf. »Zum einen habe ich in meiner Rede gerade eben hinreichend erläutert, was wir unternommen haben. Zum anderen ist ›Die Politik‹ kein unheimliches Wesen, sondern ein Prozess um Inhalte, der von Menschen mit sehr viel Leidenschaft und Energie betrieben wird. Sie fragen nach meiner Motivation?

Für mich als Mitglied einer christlichen Partei ist es nicht nur ein christliches Gebot, in Not geratenen Menschen Schutz zu geben, sondern darüber hinaus ein menschliches! Wenn wir diese Menschlichkeit verlieren, verlieren wir die Errungenschaften unserer Zivilisation. Dann können wir wieder mit Äxten und Steinschleudern aufeinander losgehen. Wollen wir das?« Kurz blieb es still im Saal, viele schauten zu Bernd Hügel.

»Gutes Stichwort«, sagte er in die Stille hinein, »das mit den Äxten und Steinschleudern. Niemand will das, deswegen ...«, er erhob seine Stimme, »... wollen wir auch keine Menschen unter uns, die mit LKWs, Schusswaffen und tatsächlich auch mit Äxten ihre Vorstellung von Zivilisation hierher bringen!«

Wieder lautes Klatschen, Zwischenrufe, Gejohle. Karlheinz beugte sich zu Thomas.

»Na, hab ich es dir nicht gesagt?«, grölte er gegen den Lärm. Thomas nickte beeindruckt. Ja, dieser Typ hatte es drauf.

»Das wollen wir natürlich auch nicht«, rief der Innenminister in sein Mikrofon, es klang verzweifelt und dauerte eine Weile, bis der Lärm nachließ. »Natürlich nicht. In meinem Ministerium sind wir auch dafür verantwortlich, potentielle und tatsächliche Verbrecher, Terroristen, Scheinflüchtlinge und andere, die unserer Gesellschaft schaden wollen, aufzuspüren. Und glauben sie mir, wir sind da sehr aktiv. Unsere verschiedenen Sicherheitsbehörden arbeiten erfolgreich rund um die Uhr am Schutz unserer Bevölkerung.«

In eine kurze Atempause rief Hügel hinein: »Wie erfolgreich die Behörden uns vor Terroristen schützen, haben wir in Berlin gesehen. Also ehrlich, Herr Minister, ich will mich nicht darauf verlassen müssen, dass erst italienische Dorfpolizisten die Terroristen erledigen, die unsere Dienste laufen lassen!«

Lautes Gelächter. Die grauhaarige Frau, die immer noch nicht mit ihrer Frage drangekommen war, brüllte: »Der Verfassungsschutz macht für Terroristen den Umzug, das LKA vernichtet Akten und allen Polizeibehörden war der Attentäter bekannt.

Wie sollen wir denn glauben, dass der Staat uns vor islamistischem Terror schützen kann?« Zustimmende »Genau«-Rufe.

»Ja«, sagte der Minister nach zwei abwartenden Atemzügen, »es gibt ständigen Verbesserungsbedarf, das gilt gleichfalls für die Sicherheitsbehörden. Wir haben eine Reihe von Maßnahmen ergriffen ...«, er hob beschwichtigend die Hand, als wieder lautes Lachen durch die Menge ging, »... um die Zusammenarbeit all dieser Behörden zu optimieren.«

Hügel wedelte aufgeregt mit dem Arm durch die Luft. »Gab es seit dem Anschlag in Berlin keine weiteren Attentate, weil ihre Behörden mittlerweile so gut arbeiten und vieles verhindert haben, oder weil noch nicht genügend Terroristen hier im Land sind?« Noch ehe der Minister antworten konnte, fuhr er fort: »Ich sage Ihnen: Bald sind genug Terroristen hier, dann geht es hier zu wie in London oder Brüssel und schon bald wie in Libyen und Bagdad! Beim nächsten Mal sterben unschuldige Mütter und Kinder an einer Bushaltestelle durch eine Autobombe!«

Das Johlen und Rufen nahm kein Ende. Der Minister trat einen halben Schritt zurück und schielte nach einem der Bodyguards am Seiteneingang.

»Beruhigen Sie sich doch«, rief er in das Mikrofon und hob den anderen Arm. Heftiges Getuschel, vereinzelte Zwischenrufe. Thomas beugte sich vor, sein Rücken war verschwitzt. Nicht nur die Stimmung war aufgeheizt, die Luft wurde warm und stickig, durch die gekippten Fenster kam keine Abkühlung.

Der Minister deutete auf Bernd Hügel. »Das ist ein politischer Streit um Ziele und Strategien. Sie wollen tausend Flüchtlinge aussperren mit der Ausrede, dass vielleicht, womöglich, einer von Ihnen ein schlechter Mensch ist. Damit schicken Sie jedoch neunhundertneunundneunzig unschuldige, aber schutzbedürftige Menschen in den sicheren Tod! Ich will neunhundertneunundneunzig Menschen Asyl und Obdach gewähren und den einen, der mit schlechten Absichten kommt, suchen, finden und ihn unserer Justiz übergeben. Das ist unsere Vorstellung von christlichen, modernen und europäischen Werten!«

Stille. Sehr vereinzelt kam ein vorsichtiges Klatschen, das schnell wieder verstummte. War das der Kern der Diskussion? überlegte Thomas. Sicherheit durch Abgrenzung und Eingrenzen versus pluralistische Offenheit und soziale Gemeinschaft mit der Gefahr, auch mal überfallen zu werden und Steuergelder für Fremde auszugeben, statt für einen schlecht geplanten Flughafen? War sein Überfall und der Anschlag in Berlin der Preis, den er und einige andere bezahlten, damit sie alle in einer freien Gesellschaft leben konnten?

»Herr Minister«, entgegnete Bernd Hügel lächelnd, »das sind Reden, die Sie im Kuppelsaal in Wiesbaden bei Prosecco und Lachshäppchen vor Ihrer Systempresse und ehrenamtlichen Gutmenschen halten können. Hier ...«, er deutete in den Saal, »... sehen und hören Sie die Menschen, die tagtäglich mit den Ergebnissen Ihrer wohlfeilen Multikulti-Experimente konfrontiert sind!« Erneut zustimmende Rufe und Beifall. »Und entschuldigen Sie, aber Sie haben Unrecht: Es geht hier nicht um den politischen Streit von Zielen und Maßnahmen«, er betonte die letzten Worte verächtlich und legte wieder eine Kunstpause ein, »sondern ...«

In diesem Moment wurde die rückwärtige Saaltür aufgestoßen und mit wildem Geheul stürmte ein knappes Dutzend junger Menschen mit selbstgemalten Plakaten in den Saal. Sie skandierten abwechselnd »HÜGEL, DU ALTE NAZISAU!« und »ASYL FÜR ALLE!« und rannten den Gang zwischen den Stuhlreihen nach vorne, zwei Streifenbeamte hilflos hinterher. Bodyguards in dunklen Anzügen sprangen vom Seiteneingang auf den Minister zu, packten ihn grob an den Oberarmen und zerrten ihn hinaus. Ein Randalierer hatte das Mikrofon erreicht und schrie »NAZIS RAUS!«, die Lautsprecher übersteuerten. Aus den ersten Reihen sprangen Männer auf die Störer, zwei rissen einem jungen Burschen mit langen Haaren ein Plakat aus der Hand und boxten ihn zu Boden. In Sekunden entwickelte sich eine unüberschaubare Schlägerei. Thomas war wie alle anderen aufgesprungen, konnte jedoch nichts Genaues erkennen. Er blickte nach rechts, im Gang griffen die beiden Streifenbeamten nach einem Aktivisten und zerrten ihn aus der Menge. Weitere männliche Zuhörer drängelten durch die Stuhlreihen und stürmten auf die Schlägerei zu. Einer hob einen Stuhl und drosch mit hochrotem Kopf auf den Rücken eines Randalierers ein.

Bernd Hügel stand immer noch aufrecht und schrie über das vielstimmige Gebrüll »Kommt doch her, ihr linkes Gesindel!« Wieder flog ein Stuhl, einige Frauen flüchteten an die Saalwand, das prügelnde Knäuel wurde immer größer, grelle Schreie übertönten das Gebrülle. Einer der Polizisten hielt einen Störer im Schwitzkasten, da tauchte aus dem Gewimmel ein anderer langhaariger Bursche auf, sprang auf den Polizist zu und befreite seinen Gefährten. Beide flüchteten zurück zur Saaltür, durch die in diesem Augenblick mehrere behelmte Polizisten in dunklen Schutzwesten und mit erhobenen Schlagstöcken stürmten. »POLIZEI, AUS DEM WEG!« riefen sie, einige schlugen dabei auf die beiden Flüchtenden ein, die innerhalb von Sekunden zu Boden gingen. Die anderen zerrten mit roher Gewalt die Kämpfenden auseinander. Männer mit blutenden Nasen zogen sich in die Stuhlreihen zurück, nach einigen Sekunden waren die Demonstranten im Schwitzkasten oder im Schlagstock-Würgegriff.

Einzeln wurden sie abgeführt, einer drehte mühevoll den Kopf und blickte genau in Thomas' Richtung.

»VERRÄTER!«, schrie er.

Thomas erstarrte: Es war Marions kleiner Bruder. Alex, der Dauerkiffer. Der Weltverbesserer. Der ewige Demonstrant.

Der Marion verraten würde, dass er heute nicht mit Karlheinz Bundesliga schaute.

8

Dann kam der Teil der Erzählung, auf den Achmed immer begierig wartete.

»Jetzt erzähl schon, wie du zum *Mujahedin* wurdest, wie du dem *Jihad* dienst«, fragte Achmed drängend.

»Das weißt du doch«, erwiderte Farim.

»Aber ich höre es immer wieder gern. So ein großer Kämpfer für die gerechte Sache möchte ich auch werden.«

Farim erhob sich seufzend, ging in die schmale Küche und bereitete eine Kanne grünen Tee. Achmed wartete schweigend, bis Farim zwei kleine Gläser, mehrere Schälchen mit Nüssen und eine silberne Zuckerdose auf einem runden Silbertablett drapierte und alles auf dem verzierten Holztisch vor dem Sofa abstellte. Farim schenkte ein und ließ drei Stück Zucker in sein Glas gleiten. Schweigend rührten sie ihren Tee.

Farim trank einen Schluck und erzählte, wie ihn die weisen Lehren des »Sheikhs« überzeugt hatten. Dabei zitierte er den Vers 74 aus Sure 2:

»*Und so soll kämpfen in Allahs Weg, wer das irdische Leben verkauft für das Jenseits. Und wer da kämpft in Allahs Weg, falle er oder siege er, wahrlich dem geben wir gewaltigen Lohn.*«

Ob er denn keine Angst vor dem Krieg hatte, fragte Achmed erneut, und Farim antwortete wie jedes Mal mit Vers 216:

»*Vorgeschrieben ist euch der Kampf, doch ist er euch ein Abscheu. Aber vielleicht verabscheut ihr ein Ding, das gut für euch ist, und vielleicht liebt ihr ein Ding, das schlecht für euch ist; und Allah weiß, ihr aber wisset nicht.*«

Farim begann mit dem Freitag vor einem knappen Jahr, an dem er mit Ebrahim und vier anderen aus Wolfsburg von Hannover aus an die türkische Schwarzmeerküste geflogen war, die Tickets hatte der »Sheikh« bezahlt. Seiner Schwester hatte er erzählt, er würde übers Wochenende mit Kumpels auf ein Hip-Hop Konzert nach Hamburg fahren.

Am Flughafen in Samsun wurden sie abgeholt und in einen Bus gesetzt, nach Ganziantep, eine Stadt nahe der syrischen Grenze. Dort sollten sie am Kiosk im Busbahnhof nach Yussuf fragen, der drei lange Stunden später kurz vor Sonnenuntergang erschien, ein dürres Gerippe in abgewetzter Stoffhose. Ohne große Worte stiegen sie in einen Kleinbus, in dem bereits drei andere junge Männer mit ähnlich nervösen Blicken saßen. Während der Fahrt durch die Dunkelheit auf einer geschotterten Piste sprach niemand, bis der Fahrer plötzlich bremste, sie mit einem lauten »Yalla, Yalla« aus dem Bus trieb und sie Yussuf einen staubigen Pfad hinterherstolperten. Er sprach Yussuf an, ob denn hier keine Grenzsoldaten unterwegs seien. Yussuf lächelte und antwortete in gebrochenem Deutsch, dass hier sehr wohl eine Menge Soldaten patrouillierten, die schießen würden, wenn sie zu langsam gingen. Aber nur in die Luft, sie würden schließlich gut bezahlt.

Nach einer guten Stunde in der kühlen Nachtluft durch trockene Felder und weite Olivenhaine erreichten sie an einer verfallenen Hütte einen anderen Kleinbus. Sie stiegen ein, Yussuf verschwand. Schweigend rumpelten sie durch die Nacht, der Fahrer alt und grau und still, es stank nach Schweiß und frischem Diesel, die Fenster verschraubt. Als er in der Ferne Lichter einer Kleinstadt sah, sagte der Fahrer nur »Jarabulus«. Die Kriegsfront. Auf der anderen Seite des Euphrat lag das mittlerweile von den Kurden wieder zurückeroberte Kobanê.

Ja, genau, Kobanê, das ihre Kameraden so lange und so tapfer gehalten hatten.

Der Wagen bog kurz vor der Stadt in einen Feldweg Richtung Süden, nach einer weiteren Stunde überquerten sie auf einer asphaltierten Brücke den Eurphrat und holperten auf schmalen Pfaden weiter. Erst vor einer Ansammlung verschiedener Gebäude, in der mondlosen Nacht nicht näher zu erkennen, hielt der Kleinbus. Mehrere Männer liefen aus einem Haus, rissen die Türen des Transporters auf und scheuchten mit leisen Rufen und schnellen Befehlen die ganze Gruppe ins Haus. Dort wurden sie in kahle Räume verteilt, an der Tür mussten sie ihre Handys und Reisepässe abgeben. Seinen kleinen Rucksack durfte er nach einer gründlichen Durchsuchung behalten. Aber er sei froh gewesen, mit Ebrahim zusammen in ein Zimmer gebracht worden zu sein, ehrlicherweise habe er in diesen Stunden ziemlich Angst gehabt.

»Das verstehe ich«, kommentierte Achmed. »Hat dir dein Glaube geholfen?«

»Nur Allah kennt den richtigen Weg«, das habe er sich in diesem Moment immer wieder gesagt.

Die Kammer sei karg eingerichtet gewesen: zwei Pritschen, ein hohes, vergittertes Fensterloch, durch das kühle Luft zog, eine Campingtoilette, die einen chemischen Geruch verströmte, sonst nichts. Sie saßen noch eine ganze Zeit auf den Pritschen und unterhielten sich leise. Als er probieren wollte, ob sich die Tür öffnen ließe, musste er feststellen, dass sie von außen abgeschlossen war.

Er habe natürlich kaum geschlafen und sich mit Gebeten beruhigt. Dass er in Wahrheit an vier Frauen dachte, verschwieg er Achmed.

In der Morgendämmerung wurde die Tür geöffnet und ein Mann in grüner Uniform bat sie auf Englisch überraschend freundlich zum Frühstück. In einem großen Raum, nur ein langer Holztisch und einfache Stühle, kahle Wände, Steinfußboden, saßen die anderen aus ihrer Gruppe, ein halbes Dutzend junger, motivierter Gotteskrieger. Sie begrüßten sich in einem Gemisch aus arabischen Dialekten, Englisch und Deutsch. Ein jeder schien froh, bei Tageslicht vertraute Gesichter zu sehen.

Ein sehr dicker Mann trat ein und stellte sich als Abu Sadah vor, dabei sah er so deutsch aus wie ein Nachbar in Wolfsburg und schien kaum älter als sie. Vielleicht über dreißig, aber kahlköpfig und flaumiger Bart. Er sprach tatsächlich akzentfreies Deutsch, mittelmäßiges Englisch, doch kein Wort Arabisch. Wie froh er sei, sie hier begrüßen zu dürfen, dass sie nun endlich im Heiligen Land angekommen seien, um zu kämpfen und mitzuhelfen, dieses Land zu vergrößern, die Ungläubigen ins Meer zu treiben und eine neue alte Gesellschaft aufzubauen, ganz im Sinne des Propheten. Gleichzeitig wurde reichhaltiges Frühstück von anderen jungen Männern in Kampfuniformen aufgetischt: Favabohnen, Hummus, Taboulé, besser als es seine Mutter zubereitete, Laban mit Olivenöl, dazu frisch gebackenes Fladenbrot.

»Haben da keine Frauen gekocht?«, unterbrach ihn Achmed.

Farim schüttelte den Kopf. »Nein, in diesem Haus und auf dem gesamten Gelände habe ich keine Frauen gesehen.« Leider, dachte er.

Selbst die Wäsche wurde von Männern gewaschen und in der Küche backten Männer das Brot und bereiteten das Essen zu.

»Wie viele Kämpfer haben dort gelebt?«, fragte Achmed weiter.

»Eine Menge.«

Am ersten Nachmittag ging es dann zur Koranschulung in eine Art Scheune, dort saßen ungefähr fünfzig junge Männer auf Bänken, Heuballen oder dem Lehmboden. Alle aus Europa. Frankreich, einige Deutsche, sogar zwei Schweden. Ein hagerer Araber mit langem Bart und ernstem Gesicht predigte und redete, abwechselnd auf Englisch und Arabisch, eine ganze Woche lang. Aber mit Beamer, Leinwand und Videos. So lernte er endlich den wahren Koran kennen. Und den wahren Glauben. Nur im Kalifat des islamischen Staats würde das Leben nach dem Koran gelebt, dozierte der Langbart, so, wie ihn der Prophet empfangen und aufgeschrieben hatte. Denn nur die *Sunnah* ermögliche einen reinen Glauben, ohne verfälschte Interpretation durch die *Ahadith*.

Nach dieser Woche begann die Kampfausbildung. Kalaschnikows und Maschinengewehre der US-Armee auseinanderbauen und reinigen, Schießtraining im Laufen, Liegen und Stehen.

»Und, ist schießen geil?«, hakte Achmed nach.

Farim lächelte. »Sehr.« Die Macht, die solche Waffen verströmten, spürte er bis in die Haarwurzeln. Eine leichte Beugung mit dem Zeigefinger, der Stoß des Rückschlags in die rechte Schulter, die zerfetzten Strohpuppen am Ende des Schießfeldes und dieses Gefühl, all diejenigen bestrafen zu können, die ihm widersprachen.

Mit den in Mossul erbeuteten M198-Haubitzen durften sie leider nicht üben, die Munition war zu teuer. Monströse Geräte, allein das Rohr länger als ein Audi A8 und innen so groß, dass ein iPhone hochkant reinpasste; eine Sprenggranate wog mehr als zwei 225er Reifen auf Alufelgen.

Dafür trainierten sie den Umgang mit dem Messer im Zweikampf und trieben sehr viel Sport. Jeden Morgen noch vor Sonnenaufgang gingen sie joggen, erst danach zum Gebet. Wobei er sich fragte, wie dieser dicke Deutsche diese Ausbildung überlebt hatte.

Dass er schnell begriff, dass Abu Sadah den Weg eingeschlagen hatte, den auch er gehen wollte, sagte er nicht. Wenn ein ungläubig geborener Fettwanst den Chef markieren konnte, dann bot der islamische Staat Aufstiegschancen, die nicht nur vom richtigen Familiennamen und Koranwissen abhingen.

In diesen Wochen des Trainings unterhielt er sich bei jeder Gelegenheit mit Abu Sadah und gewann einen Einblick in die Hierarchie der Organisation. Der Dicke konnte gut reden, messerscharf analysieren, war streng in seinen Entscheidungen und hockte auf einem Sack voll Dollars. Er habe einen Anteil am *Dschizya,* dem Lösegeld für christliche Geiseln, wie er einmal stolz erzählte, weil er an den Verhandlungen beteiligt gewesen sei.

Geld. Das war es, was Farim dort unten suchte. Die führenden Ebenen des IS hatten enorme Summen zur Verfügung: Zwei große Ölfelder nahe Hama, mitten in Syrien, über hundertfünfzig kleine Ölfelder an der Grenze zum Irak, jeden Tag verdienten sie damit zwei Millionen Dollar, obwohl sie das Öl für einen Bruchteil des Marktpreises verkauften. Über eigens gebaute Leitungen ging es vornehmlich in die Türkei und von dort in die Welt. Nach der Eroberung von Mossul hatten sie nicht nur den Kurden weitere Ölfelder abgenommen, sondern zusätzlich die irakische Nationalbank um mehrere hundert Millionen Dollar erleichtert. Dann die Besteuerung und Zwangsabgaben aus den eroberten Gebieten, Schutzgelder von Nicht-Muslimen, Zölle, Frauenhandel, diese Summen sollten, wie er gehört hatte, sogar noch höher sein als aus dem Ölschmuggel. Der IS war die reichste Terrororganisation aller Zeiten. Und an dieses Geld wollte er ran.

»Erzähl mir vom *Jihad*«, riss ihn Achmed aus seinen Gedanken.

Das sei nicht so schnell gegangen, erklärte er.

Die Rekruten wurden während und nach der Ausbildung einzeln befragt, intensiv sogar, um zu klären, wer zum Kämpfer und wer zum Märtyrer bestimmt war. Von Elektrikern, Hausmeistern und Maurern sprach niemand mehr. Sogar einige Spione wurden entdeckt. Die Geräusche aus dem Verhörzimmer am Ende des Ganges beschrieb er nicht. Dafür fehlten ihm die Worte. Dass für die Selbstmordkommandos die Dümmsten ausgesucht wurden, verriet er auch nicht. Die Gläubigsten seien es gewesen, behauptete er stattdessen und log weiter, dass er neidisch gewesen sei, nur für den Kampf ausgewählt worden zu sein, wo er doch seinen Glauben als *Shuhada,* als Märtyrer, beweisen wollte.

Dann kam der Tag, an dem er mit einem Dutzend anderen Kämpfern über ar-Raqqa in den Westteil von Tall Abyad gebracht wurde. Die Kurden griffen von Kobanê aus diese strategisch wichtige Grenzstadt zur Türkei an, ein nördliches Eingangstor ins Kalifat und wichtiges logistisches Drehkreuz. Auch aus anderen Regionen trafen Kämpfer zur Verteidigung der Stadt ein, insgesamt über Tausend.

»Details«, drängte Achmed. Der Tee war mittlerweile kalt.

Farim stockte kurz.

»Blutig«, sagte er. Sehr blutig, dachte er.

Am ersten Tag wurde er einer Einheit von ungefähr zwanzig Soldaten zugewiesen, die im Westteil der Stadt die Abwehr des nahenden Angriffs der kurdischen Kämpfer vorbereiteten. Sie legten Sprengfallen in die verlassenen Häuser, die Anwohner waren geflüchtet und harrten an der Grenze zur Türkei aus. An der westlichen und südlichen Ausfallstraße bauten sie Mörsergranaten auf. Dass er als unerfahrener Europäer das geringste Ansehen genoss und die schwere Ausrüstung schleppen musste, erwähnte er nicht. Gegen Abend verschanzten sie sich außerhalb des Stadtkerns in den leeren Gebäuden mit den dicken Lehmwänden und niedrigen Türlöchern. Er schob die erste Wache auf einem Dach. Es war kalt. Und ruhig.

Im Morgengrauen erfolgte der Angriff. Der Kommandant ihrer Einheit weckte sie mit kurzen Tritten, jeder schnappte sich seine Waffe, dann verteilten sie sich zwischen den Häusern. In der Ferne, hinter den trocken braunen Äckern auf einem sanften Hügel, rollten die ersten Panzer in einer großen Staubwolke auf sie zu. Dann erst hörte er das hohe Pfeifen der US-Kampfflieger.

An den Einschlag der ersten Bombe erinnere er sich nicht, nur an das viele Blut. Es sog sich in die Kampfstiefel ein, verschmierte in seinen Haaren, im staubigen Schutt des getroffenen Hauses lagen dunkelrote Fleischfetzen. Die Panik, die ihn überfiel, ließ er in der Erzählung weg. Er berichtete stattdessen von ihrem Gegenfeuer, wie sie auf die nahenden Kämpfer auf den weißen Pickups feuerten. Einmal, so log er, habe er einen dieser Transporter so getroffen, dass er explodiert sei.

»Buum!«, rief Achmed und deutete mit seinen Armen eine Explosion an.

Jaja, dachte Farim in diesem Moment. Buum.

Die Flugzeuge der Amerikaner seien das Problem gewesen, erklärte er den Rückzug in die Stadt. Lasergesteuerte Bomben aus Kampfjets, keine Chance. Die Raketen planierten die ganze Straße hin zum Hauptquartier, ständig detonierte links oder rechts ein Haus in einem Feuerball. Die Druckwellen warfen ihn immer wieder um, jedes Mal blieben einige Kämpfer liegen. Dann wurde das Hauptquartier getroffen. Ein vierstöckiges modernes Gebäude mit kleineren Nebengebäuden, Keller voller Waffen, einem großen Innenhof mit einem Dutzend amerikanischer Humvees, so einen wäre er immer gerne mal gefahren. Er warf sich neben der Straße in einen Abwassergraben und wartete minutenlang, bis der Regen aus Schutt und Blut aufhörte.

»Wie habt ihr denn nun die Ungläubigen besiegt, was hat Allah euch geschickt?«, unterbrach ihn Achmed.

»Regen«, antwortete Farim.

Allah habe es in der Nacht regnen lassen, die schweren Geschütze der Feinde seien im Schlamm stecken geblieben, die Flugzeuge haben nicht starten können, und mit neuen Kämpfern aus ar-Raqqa hätten sie den Angriff abgewehrt.

Das war zwar gelogen, die Stadt fiel zwei Wochen später und er war einer der wenigen Kämpfer, die ar-Raqqa in einem zerschossenen Toyota erreichten, aber Achmed hörte diese Geschichte schon zum dritten Mal und glaubte immer noch seinen Erzählungen. Dass der IS zur Vergeltung in Kobanê eine Woche später einige Autobomben explodieren ließ, stimmte jedoch.

»Buum!«, krähte Achmed zuverlässig an dieser Stelle, seine Augen glänzten.

Den Rest kürzte Farim ab: Wie er nach einigen Wochen das Kalifat mit einem gefälschten syrischen Pass verlassen habe, um im Auftrag des Kalifen eine Zelle in Düsseldorf aufzubauen. Seit die deutsche Regierung durch Waffenlieferung an die Kurden aktiv den islamischen Staat bekämpfte, hatte der Kalif beschlossen, den Jihad auch nach Deutschland zu bringen. Dass der gleiche Kalif korrupten Kurden diese deutschen Waffen für gutes Geld wieder abkaufte und so das Arsenal weiter auffüllte, schien kein Widerspruch zu sein.

Achmed riss erneut erstaunt die Augen auf, als er den *Amīr al-Mu'minīn*, den Führer der Gläubigen, den Kalifen, erwähnte.

»Nein«, sagte Farim noch vor Achmeds Frage, »Abu Sadah hat mir den Auftrag vom Kalifen übermittelt, ich habe ihn nie persönlich getroffen.«

Und wenn, dann hätte er lieber die zehn Millionen Dollar Kopfgeld kassiert, aber auch das verschwieg er, so wie, dass in Wahrheit er den Fettwanst von der Idee der Zelle in Deutschland überzeugt hatte. Das kalte Mittelmeer, die verdreckten Lager in Griechenland, der lange Fußmarsch durch den Balkan, der Hunger und die Verzweiflung all der echten Flüchtlinge, das Zweifeln an seinem Plan, das Heimweh, die Angst, als er das erste Mal den falschen Pass einem deutschen Beamten zeigte, all das unterschlug er ebenso.

»Hast du dort mal einen Ungläubigen enthauptet?«, wollte Achmed zum Schluss wissen.

»Nein«, sagte Farim und auch das zum dritten Mal. Aber Achmed wollte es fragen, um danach betonen zu können: Er würde nur ins Paradies gehen, wenn er wenigstens einmal einen *Kāfir* enthauptet habe.

»Und, hast du oder der Sheik schon einen Auftrag für mich?«, fragte Achmed.

»Vertrau mir. Dein Name wird groß werden«, antwortete Farim. Wie jedes Mal.

9

Nicht schon wieder, dachte Friedrich Keller. Er hängte seine Jacke an die Garderobe, stellte die Aktentasche aus alter Gewohnheit leise neben den Schuhschrank. Der gelbe Brief lag in der Silberschale auf der Kommode. Nach dreißig Stunden Fahrt, den elektronischen Fahrtenschreiber mit einem Magneten überlistend, einer Vollsperrung auf der A7 und der letzten Stunde mit leuchtender Tankanzeige – die Kreditkarte war überzogen – nun auch das noch.

Er nahm den Brief und zog das Post-it mit der knappen Notiz seiner Putzfrau »Kam heute, Gruß Erika« von der Vorderseite, ging in die Küche und griff eine Flasche Bier aus dem Kühlschrank. Morgen, war sein erster Impuls. Oder übermorgen. Einen Moment zögerte er, nahm den ersten langen Schluck, dann öffnete er ihn doch. Er hätte eh nicht schlafen können, ohne zu wissen, wie ernst es nun wurde.

Es war wie befürchtet: Die Androhung der Pfändung seines Lebensunterhaltes, der Zugmaschine Volvo FH 460. Die Letzte, die er vor fünf Jahren auf Kredit gekauft hatte, um dauerhaft Asphalt, Steine und Schutt für seinen einst ärgsten Konkurrenten Karl Maser zu fahren. Der es mit den richtigen politischen Verbindungen und der notwendigen Korruption geschafft hatte, sich dick im kommunalen Straßen- und Wohnungsbau einzurichten. Fünf Jahre, in denen er nicht mehr kostendeckend gefahren war, auf die Erweiterung der Zusammenarbeit gehofft hatte und nicht einsehen wollte, dass es am Ende der Nahrungskette nichts zu fressen gab. Natürlich musste er sein Angebot an Maser jedes Jahr nachbessern, der Diesel sei ja billiger geworden. Und wenn der Sprit oder die Maut mal teurer geworden war, dann könne der

Aufpreis natürlich nicht an die Endkunden weitergegeben werden, das müsse er doch verstehen, Festpreis und so.

Er blätterte um. Auf der zweiten Seite in der Mitte, extra mit Leerzeilen abgetrennt und in fett, brannte sich der Termin in die müden Augen. Innerhalb von zehn Tagen den Restbetrag von 17.512,43 Euro. Andernfalls ...

Der VW Tuareg brachte höchstens noch 5000 Euro, das hatte er schon recherchiert. Einen fünf Liter Zehnzylinder-Diesel ohne grüne Plakette kaufte ja niemand mehr. Musste ja die dickste Maschine sein, damals, als sich seine Frau noch als Unternehmergattin gefühlt hatte. Bis sie zu einem Architekten mit einem großen Büro und dreißig Mitarbeitern nach Frankfurt zog. Topsanierte Loft-Etage, beste Lage, Marmorbad und Echtholzparkett. Wenn seine Ex die beiden Kinder brachte, zeigten sie ihre neuesten Smartphones und Klamotten, hingen den ganzen Tag vor seinem Computer im Büro und meckerten über das langsame Internet.

Der Putzfrau kündigen? Der er ohnehin noch drei Monate schuldete? Manfred entlassen, seinen treuesten und mittlerweile einzigen Mitarbeiter? Der seit über zwanzig Jahren für ihn fuhr, seine Freizeit in der Werkstatt mit der Reparatur der LKWs verbrachte, noch sieben Jahre bis zur Rente hatte und seit sieben Jahren keine Gehaltserhöhung? Nein, mit ihm verdiente er noch etwas Geld. Nicht viel, aber die Raten für den kleinen MAN waren bezahlt. Und Manfred hatte die Schmiererei an diesem Sonntagmorgen vor drei Monaten am Werkstatttor entdeckt und noch am gleichen Tag übermalt, während er einen Container von Hamburg nach Erding gefahren hatte.

»Nazisau, fahr zur Hölle«, hatte dort gestanden.

Nur weil er einen Auftrag aus Überzeugung abgelehnt hatte. Sein Job war ja so unpolitisch wie wenige andere, aber die Anfrage der »Freien Flüchtlingshilfe Friedberg«, einen Konvoi mit Spenden und Hilfsgütern nach Griechenland für die dort festsitzenden Flüchtlinge zu fahren, musste er ablehnen. Es waren Ausländer, die ihm seine Aufträge stahlen. Polen, Weißrussen, Tschechen, die Holländer sowieso, aber die wurden wenigstens noch ordentlich bezahlt. Doch dieses osteuropäische Pack fuhr für einen Hungerlohn, kochte in der Einfahrt von Autobahnparkplätzen auf Campingkochern Dosenravioli auf, schmiss den Abfall neben die Mülleimer und kackte in die Büsche. Und fuhr immer einen Euro billiger. Drei Großkunden hatte er in den letzten zehn Jahren an die Billigkonkurrenz verloren. Nicht mehr lange und es fuhren mehr Ausländer als Deutsche auf Deutschlands Autobahnen. Von seinen einst zehn fetten Zugmaschinen, davon ein Actros mit über 500 PS, waren nur der Volvo und die beiden alten MAN übrig geblieben, der Rest unter Wert verkauft. Und dann sollte er unbezahlt Kram zu Flüchtlingen bringen, die alle hierher wollten?

Nein, hatte er gesagt, als die dickliche Frau von diesem Verein vor ihm im Büro saß und ihn mit diesem Hundeblick durch ihre runde Brille anschaute. Aber er vertrete doch das älteste Transportunternehmen im Ort, sagte sie, so, als wäre das ein Wert an sich. Klar, sein Großvater hatte mit Pferdewagen Kartoffeln nach Frankfurt gefahren und war mit Bierfässern zurückgekehrt. Im Eingangsbereich des Bürogebäudes hingen noch die alten Schwarzweiß-Aufnahmen, daneben verblassende Farbfotos der Belegschaft in den Sechzigern und Bilder verschiedenster LKWs mit dem riesigen Schriftzug »Keller Logistik, Transporte seit 1912«. Geschichte, Herkunft, Tradition. Heute Werte ohne Wert.

So warf er ihr in einem unbedachten Moment an den Kopf, dass früher die Zeiten besser gewesen seien, als Deutsche noch für Deutsche arbeiteten, aber heute diese Ausländer den Deutschen die Jobs wegnähmen, den Steuerzahlern auf der Tasche lägen, durch Drogenhandel die Jugend verführten, mit Einbrüchen und Diebstahl das hart verdiente Geld anderer Leute stahlen und karnickelgleich Nachwuchs produzierten.

Die aufgerissenen Augen und der sprachlos geöffnete Mund sahen genauso unerträglich aus wie ihr Gutmenschblick, und so hatte er ihr noch zugerufen, sie solle doch einen der Polaken-

Fahrer fragen, die ihm seine Jobs wegnähmen und sich dessen Meinung zu den Muselmännern anhören. Da würde ihr ein Licht aufgehen, wie ein Staat seine Bürger schütze, die Polen würden es richtig machen.

Wortlos war die fette Kuh davongewatschelt und zwei Tage später stand der Spruch auf dem Garagentor. Das hatte er ihr nicht zugetraut. Mit ungestillter Wut war er Tage später zum ersten Mal zum Stammtisch der »besseren Deutschen« gegangen und hörte dort Bernd Hügel reden. Messerscharfe Sätze, nicht polemisch, sondern analytisch, frei von unscharfem Geschwurbel und politisch korrekten Begriffen. Er ahnte, dass er doch nicht machtlos war, etwas unternehmen konnte, bei diesen Menschen Werte noch was zählten und es Hoffnung gab. Entgegen seiner Befürchtung, dort nur arbeitslosen und abgehängten Jammerlappen zu begegnen, traf er normale Mitglieder der Gesellschaft. Unternehmer wie er, Abteilungsleiter, Mitarbeiter im öffentlichen Dienst, selbst ein paar Studenten dabei. Das bildhübsche Mädchen mit den dunklen Locken war sogar Protokollführerin. Die hart arbeitende Mittelschicht, hier brodelte eine neue Kraft, eine »Bewegung«, wie der eine Student immer wieder aufgeregt rief.

Diese Stammtische im Gasthof »Die drei Hirsche« glichen einem Überdruckventil für die gärende Wut, die er bislang nur auf der Autobahn in quälend langsamen Überholmanövern abgebaut hatte. Qualvoll natürlich für die genervten BMW-Fahrer hinter ihm. Die aufgeregten Diskussionen, diese Aufbruchsstimmung, diese Abende wirkten wie Viagra für seinen Kampfeswillen, mit dem er seine Spedition, ok, die seines Vaters, retten wollte. Nach einem Stammtisch testete er sogar, seit Jahren mal wieder, seine Manneskraft in einem Puff im Bahnhofsviertel. Ging noch.

Bei einem Bier mit Hügel entwickelte sich dann die Lösung: Hügel schlug ihm die Bewerbung für einen Listenplatz vor. Für Berlin bräuchte die Partei erfahrene und sturmerprobte Kämpfer. Wie es um die Spedition stand, wusste nur die Bank und die Putzfrau, auf den Stammtischen lief er als erfolgreicher Unternehmer, in der gleichen Liga wie Hügel. Er fühle sich geehrt, hatte er gesagt, würde sich das überlegen, was gelogen war: Die Entscheidung war längst getroffen.

Schon seiner ersten Bewerbungsrede auf der Kandidatenvorstellungsrunde wurde stürmisch applaudiert. Niemand rollte die Augen, wenn er versprach, für dieses Land zu kämpfen, so wahr im Gott helfe. Auf den Parkplätzen der Landgasthöfe imponierte sein V10 Tuareg, anerkennende Blicke, wenn er mit den jeweiligen Kreisverbandsvorsitzenden am Wagen lehnte und deren Basisarbeit lobte. Und seine Hoffnung wurde genährt: Zweimal wurde er gebeten, Angebote für Transporte abzugeben. Gesinnungstreue Dienstleistung war gefragt. Hügel druckte ja auch die Parteiflyer.

Platz sechzehn war es am Ende. Aussichtsreich, hatte Hügel gesagt, schon bei zehn Prozent sei er mit dabei. Vage Hoffnung, aber ein Schimmer, den er in den dunklen und einsamen Stunden auf der Autobahn vor sich sah.

Keine drei Monate bis zur Wahl, im Wahlkampf würde sein Name überregional verbreitet werden. Die Chance für den Volvo, Manfred und vielleicht einen neuen Actros mit der optimierten Zwölfgang-Automatik.

Er trank den letzten Schluck aus der Bierflasche.

Nur, so viel Zeit hatte er nicht mehr. Noch zehn Tage, bis die Bank den Volvo abholte.

10

Das letzte Mal war Thomas vor einigen Jahren hier gewesen, mit Marion und seinen potentiellen Schwiegereltern. Die Gaststätte »Die drei Hirsche« hatte Marion vorgeschlagen, ihre Eltern mochten dieses Gutbürgerliche, Bekannte, Bewährte. Schließlich schmeckten Turnvereinsgaststätten-Schnitzel auf der ganzen Welt gleich. Marion hingegen kochte gut.

Hatte gut gekocht.

Morgen musste er seine letzten Sachen abholen. Vorerst war er bei Karlheinz untergekommen, der sich ohne Zögern bereit erklärt hatte, ihn in seinem Gästezimmer aufzunehmen. Karlheinz bestärkte ihn, weiter unnachgiebig zu bleiben, schimpfte auf Marion, was Thomas zwar schmerzte, aber zuließ. Eine Frau habe den Weg ihres Mannes zu gehen, stattdessen habe sie ihn ausgestoßen, nur weil er sich auf der Versammlung habe informieren wollen, verraten von diesem linken Kifferbruder. Jetzt sei er selber Flüchtling. So seien sie, die Frauen und besonders die gutmenschelnden.

Warum seine Frau ihn verlassen hatte, wusste Thomas nicht genau, Karlheinz hielt sich da bedeckt. Dennoch hatte Karlheinz recht. Dass Alex seine Anwesenheit auf dieser Veranstaltung verpfiffen hatte, war zu erwarten gewesen, aber dass Marion ihn ohne Diskussion rauswarf, war unnachgiebig, dogmatisch, intolerant.

Dem Taxifahrer, ausnahmsweise ein Deutscher, gab er ein Trinkgeld, holte tief Luft und ging die drei Stufen zu der schweren Eingangstür des Landgasthofs hinauf. Der Gastraum sah aus wie die Kulisse für einen fünfziger Jahre Film: Halbe Gardinen vor den gelblichen Butzenfenstern, auf einer Tafel stand krakelig

»Schnitzelwoche«, auf den Tischen Plastikblumensträuße und Pfeffer-Salz-Streuer in Alublech-Halterungen, schummrig beleuchtet von Messing-Deckenlampen.

Die Theke war gut besetzt, am anderen Ende des Gastraumes hing ein Zettel an einer Schiebetür:

»DbD Kreisverband Versammlung. Nur für Mitglieder.«

Also auch für ihn. Karlheinz hatte nach der Versammlung gleich zwei Mitgliedsanträge mitgenommen. Thomas unterschrieb ihn später nach einem langen Gespräch mit viel Bier und Wut auf Marion.

Nervös und ohne in die Augen der Gäste zu blicken, durchschritt er den Gastraum und öffnete so selbstverständlich wie möglich die Schiebetür. Ein typischer Veranstaltungsraum für goldene Hochzeiten, Konfirmationen und Vereinstreffen: die Tische mit dunkel gemusterten Tischdecken in einem U gestellt, eine mit dicken Stoffen verhängte Bühne, zahllose Gruppenfotos an den Wänden. Im Raum saßen rund zwanzig Männer und zwei Frauen. Karierte Hemden, Segelohren, dicke Bäuche, wirres oder graues oder gegeltes Haar, die meisten ein Glas Bier vor sich, die beiden alten Frauen herausgeputzt. Es roch ungelüftet und nach Frittierfett, Bratkartoffeln und Schnitzel.

Bernd Hügel winkte ihm zu und rief, für Thomas etwas zu laut, in die Runde:

»Darf ich unser neuestes Mitglied vorstellen!«

Kleine Pause, bis die meisten aufblickten.

»Thomas Eidmann, Ingenieur und ein überzeugter Kämpfer für unser Land, wie wir alle!«

Er nickte höflich in die Runde, es wurde genauso freundlich zurückgenickt, einige klopften zur Begrüßung mit den Fingerknöcheln auf den Tisch. Hügel deutete auf einen freien Stuhl an seiner Ecke und führte das Gespräch mit seinem Nachbarn fort.

Thomas setzte sich und grüßte seinen linken Nachbarn, ein Mann mit grauen Haaren und grauen Falten. »Hallo, Eidmann.«

»Keller«, sagte der Mann, reichte ihm flüchtig die Hand und konzentrierte sich wieder auf sein Schnitzel. Thomas ärgerte sich, ohne Karlheinz hierhergekommen zu sein, der Nachtschicht und ihn überredet hatte, allein zu gehen.

Thomas nickte über das Eck einem flotten Mittvierziger in Anzug und blauer Krawatte zu, der ihm irgendwie bekannt vorkam. »Hallo.« Den Namen ließ er diesmal weg.

»Herr Eidmann, schön Sie hier zu sehen«, sagte die blaue Krawatte überraschend zutraulich, gab ihm mit einer angedeuteten Verbeugung die Hand und schaute ihn aufmerksam an. »Bernd hat mir erzählt, dass wir wieder einen Neuzugang erwarten dürfen.«

Thomas lächelte verlegen. »Davon haben Sie wahrscheinlich viele.«

Die blaue Krawatte lachte auf. »Ja, da haben Sie recht.« Der Mann winkte einer Bedienung zu, die gerade den Raum betrat. »Ein Bier?«, fragte er Thomas, und ohne auf eine Antwort zu warten rief er: »Zwei Bier. Danke.«

»Peter Frank«, stellte er sich vor. »Also egal, ob Du oder Sie: Peter oder Frank, alles passt«, sagte er und lachte geübt. »Das erste Mal auf einer Parteiversammlung?«

»Ja«, antwortete Thomas. Dreiundvierzig Jahre in keinem Verein. Kein Fußballverein in der Jugend, kein Hobbyverein, kein Bürgerverein, keine Kirche, noch nicht mal im ADAC. Das war tatsächlich eine Premiere. »Ich habe Herrn Hügel auf der Versammlung wegen dieses Flüchtlingheims kennengelernt«, fügte er hinzu.

Frank nickte. »Ja, das ist seine Bühne.« Die Bedienung schlängelte sich vorbei, Frank nahm zwei Bier vom Tablett und reichte Thomas eins. »Prost«, sagte er und hob sein Glas.

Thomas deutete ein kurzes Anstoßen an und trank. Woher kannte er dieses Gesicht?

»Darf ich fragen, was Ihre Bühne ist?«, traute er sich schließlich.

Breit lächelnd antwortete Frank: »Komme ich Ihnen bekannt vor? Wahrscheinlich aus dem Frühstücksfernsehen.«

Wow. Fernsehprominenz hier?

Zögernd fragte Thomas: »Als Moderator oder so?«

»Nein. Ich kommentiere nur ab und zu unsere aktuelle politische Situation. Damit dem Zuschauer mal die Wahrheit präsentiert wird.«

»Und wie wird man Politik-Kommentator?«

Wieder lächelte Frank und senkte seine Stimme. »Indem man als Geschäftsführer bei der Produktionsfirma arbeitet.«

Doppelt Wow. Die Leute sind ja wirklich gut vernetzt.

»Und Ihre Funktion in der Partei?«

Diesmal schüttelte Frank den Kopf. »Noch keine. Könnte einen Interessenskonflikt bedeuten. Aber wenn wir an der Macht sind, bilde ich ein Gremium und überprüfe alle Journalisten und Redakteure der volksfeindlichen Medien.«

»Aha.« Was anderes fiel Thomas nicht ein.

Hügel drehte sich zu ihnen um, tippte Frank auf die Schulter und sagte: »Ich denke, wir fangen an.« Frank nickte kurz, Hügel schob seinen Stuhl zurück und stand auf.

»Ich begrüße euch zu unserem Kreisverbandsstammtisch und bedanke mich für euer zahlreiches Erscheinen. Noch vor einem Jahr hätten wir diesen Raum nicht füllen können, und in wenigen Wochen werden wir für unsere Wahlparty die Stadthalle brauchen!«

Zustimmende Rufe, vereinzeltes »Yeah«.

»Wahltag ist Zahltag!«, rief Hügel und wartete die begeisterten Rufe ab.

»Wir wollen heute besprechen, wie wir die letzten Wochen des Wahlkampfes organisieren«, fuhr er fort und blickte auf einen Zettel, den er neben seinem Glas Wasser liegen hatte. »Die Wahlkampf-Veranstaltungen sind geplant, die Hallen gebucht, die Termine stehen, werden aber erst kurzfristig bekanntgegeben.

Heute wollen wir besprechen, wie wir gegen die antidemokratischen Kräfte vorgehen!«

Wieder eine kleine Kunstpause. »Zwei Mal in jüngster Zeit wurden wir von den Antifanten mit Trillerpfeifen, Plakaten und körperlichen Attacken überfallen«, laute »Buh«-Rufe, »Gesindel« rief einer, »doch das bekommen wir durch neue Ordner in den Griff. Ich habe eine befreundete Security-Firma gebeten, bis zum Wahlabend alle unsere Veranstaltungen abzusichern.« Kurze Pause.

Und? dachte Thomas.

»B-e-f-r-e-u-n-d-e-t«, wiederholte Hügel langsam. Da erhellten sich einige Mienen, lautes Lachen, Schenkelklopfen.

»Die Jungs aus Köln?«, rief ein Mann vom Ende des Tisches. Hügel nickte, das Gelächter verstärkte sich. »Das Gesocks wird staunen!«, rief der Mann.

Peter Frank beugte sich zu Thomas und erklärte leise: »Die ›Freie linksrheinische Bürgerwehr‹. Kerle wie hundert Jahre alte Eiche, urdeutsche Gesinnung und ein Schlag wie ein Krupp-Ambos.«

»Und Herr Hügel kennt die?«, fragte Thomas.

»Vom ›Patriotischen Fundament‹. Eine lose Verbindung verschiedener Gruppierungen, die uns unterstützen oder zumindest wohlgesonnen sind.«

Thomas wollte noch weiter nachfragen, da rief ein anderer Mann mit Glatze und grauer Weste: »Aber was machen wir gegen dieses Gesindel hier bei uns außerhalb der Veranstaltungen? Sie zerkratzen unsere Autos, bemalen Hauswände, werfen die Wahlkampfstände um!«

»Nun«, sagte Bernd Hügel. Augenblicklich wurde es still. »Die Antifanten nehmen für sich in Anspruch, politisch korrekt zu sein.« Das sagte Alex tatsächlich immer über sich. »Aber politische Korrektheit ist nicht korrekt! Sie ist der ekelhafte Versuch der politischen Kaste, sich den Bürger vom Leib zu halten, indem man ihm Honig ums Maul schmiert, ungewünschte Meinungen unterdrückt oder verleumdet. Der Bürger wird nur dann akzeptiert, solange er der politischen Korrektheit folgt!«

Laute, zustimmende Rufe, »Nicht mit uns«, »Neue Zeiten brechen an.«

»Wer gegen diese politische Korrektheit verstößt, wird von der rot-grünen Sippschaft aus der Gesellschaft ausgestoßen. Dieses Gesindel nimmt für sich in Anspruch, besonders korrekt zu sein, und dabei beschimpfen sie alle anderen, die ihrer Ideologie nicht folgen, im einfachsten Fall als ›rechts‹, im schlimmsten als ›Nazis‹.«

Hügel lächelte und nickte. »Deswegen gehört die politische Korrektheit auf den Müllhaufen der Geschichte! Sie ist Sprachhygiene, Moralismus und Heuchelei, Sozialkitsch und eine politisch gefährliche Perversion der Toleranz. Ich sage diesen linken Gesinnungsterroristen, diesem Parteienfilz ganz klar: Wir lassen uns den Mund nicht verbieten, wir sprechen die Probleme unserer Gesellschaft offen an, auch wenn es denen da oben nicht passt! Wenn wir kommen, dann wird aufgeräumt, dann wird ausgemistet, dann wird wieder Politik für das Volk und nur für das Volk gemacht, denn, liebe Freunde: Wir sind das Volk! Nur wir sind die wahren Aufrechten, nehmen die Demokratie beim Wort, lassen uns nichts verbieten, schon gar nicht von linken Faschisten, die uns am liebsten einsperren, totschlagen oder rauswerfen würden. Hoppla, hab ich da gerade echte Nazi-Methoden aufgezählt?« Er brauchte nicht auf das vielstimmige Gelächter zu warten, lautes Applaudieren und Klopfen auf den Tischen bestätigte den Treffer seiner Pointe.

»Und wie begegnet man einem solchen ideologisch verkrampften und uneinsichtigen Gegner?«, fuhr er fort. Das, überlegte Thomas, wüsste ich auch gern, um endlich einmal Alex kontern zu können. »Nicht in politischen Reden, nicht in der Lügenpresse, nicht mit Argumenten, sondern ...«, er schaute in die Runde und klopfte ganz langsam auf den Tisch, »... auf der

Straße! Wir müssen die Straße weiterhin in fester deutscher Hand behalten!«

Vereinzelte »Auf die Fresse«-Rufe, ehe Bernd Hügel mit einer Handbewegung wieder zur Ruhe rief. »Diese Zecken und dieses im Herzen undemokratische Gesindel besprühen unsere Häuser und Garagen ...«, er deutete auf den graufaltigen Mann links von Thomas, »... sie reißen unsere Wahlplakate von den Laternen und die Polizei unternimmt nichts dagegen«, seine Stimme wurde lauter, »deswegen müssen wir unsere Schlagkraft wieder entdecken! Müssen wehrhaft werden, liebe Freunde! Wir werden diesem linksgrün versifften Gesindel auf der Straße begegnen und sie dort bekämpfen!«

Der Mann links von Thomas fragte knapp: »Wann und wo?«

Hügel beugte sich vor und senkte die Stimme: »Für Mittwoch haben sie Wahlkampfstände in der Fußgängerzone beantragt.«

»Polieren wir ihnen die Fresse oder demontieren wir den Stand?«, fragte ein junger Kerl schnappatmig.

Hügel schüttelte den Kopf. »Wir sind besser als die, vergesst das nie. Wir sind die besseren Deutschen.«

»Was dann?«, kam es schnarrend zurück.

»Wir gehen zu ihnen. Alle, wie wir hier sitzen. Marschieren an ihren Stand. Konfrontieren sie mit ihrem linksfaschistischen Gehabe und undemokratischen Verhalten.« Stille. »Und glaubt mir«, fuhr Hügel fort, »die rasten aus. Schimpfen und beleidigen uns. Ihre Fratze der Intoleranz wird sich zeigen und irgendeiner wird handgreiflich werden!«

»Und dann polieren wir ihnen die Fresse?«

»Aber nein. Wir lassen uns die Fresse polieren.«

Ungläubige Stille. Vereinzelte »Niemals!«-Rufe.

»Und ein zufällig anwesendes Fernsehteam wird das dokumentieren ...«, er blickte zu Frank, »und eine zufällig anwesende Polizeistreife wird einschreiten und unsere Anzeige aufnehmen. Am nächsten Tag wird das ganze Land die Wahrheit sehen!«

Na, das wird schwer für Alex, dachte Thomas. Seiner Schwester erklären zu müssen, wer hier gewalttätig ist.

Begeisterte Ausrufe, »Hill for president« schallte es vom Ende des Tisches.

Thomas schaute Hügel gedankenverloren an, während die Lautstärke wieder anschwoll und heftig diskutiert wurde, mit welchen Sprüchen sie die Mannschaft am Wahlkampfstand provozieren wollten. Witze wurden gerissen, hämisches Lachen durchbrach die Debatte, die Stimmung steigerte sich ins Euphorische.

Als die Diskussion erlahmte, erhob sich Peter Frank, dankte dem Vorsitzenden für seine Worte und hielt eine geschliffene Rede, ganz der TV-erfahrene Experte. Über die Unfähigkeit der deutschen Regierung, der Flüchtlingsproblematik Herr oder »Frau« zu werden, wie er bemüht süffisant bemerkte, nachdem sie diese Krise überhaupt erst ausgelöst hatte. Die verschiedenen Rechtsbrüche, die von der Regierung, nein, von der Kanzlerin alleine, begangen wurden; er beklagte den fehlenden »politischen Willen« bei der Durchsetzung fraglos eindeutig formulierter Gesetze. Zahlen, Prozentsätze, gefälschte Polizeistatistiken, ganz wie ein scheinbar emotionsloser Kommentator im Fernsehen, es passte alles.

Ein junger Mann, schlank, kantiges Gesicht, wohl gerade dreißig, berichtete von seiner Arbeit in einer Polizeiwache in Frankfurt: Mit wie viel krimineller Energie bei »denen« er sich jeden Tag auseinandersetzen müsse und wie oft seine Strafanzeigen von der »68er«-Staatsanwaltschaft eingestellt würden, weil, er betonte es, »kein öffentliches Interesse an einer Verfolgung bestehe«, das sei doch unglaublich, unverantwortlich.

»Das Problem«, rief er aus, »sind nicht nur die kriminellen Ausländer, sondern die links versiffte Justiz! Ich kenne Richter und Staatsanwälte, die hinter vorgehaltener Hand die Sichtweise unserer Partei bestätigen. Die warten auf den Tag, wieder nach Recht und Gesetz und nicht nach Ideologie richten zu dürften!«

Die Zwischenrufe wurden vielstimmiger, Hügel unterhielt sich leise mit Frank und griff in die Diskussion nicht mehr ein. Thomas trank noch zwei Biere und wunderte sich, wie tief diese Organisation in den Institutionen, Medien und der Wirtschaft verankert war. Ein Mann im grünen Pullover und in irgendeinem Kommunalparlament in der Nähe – so genau hatte Thomas nicht zugehört – begann über das nächste »große Ding« zu schimpfen: Der Familiennachzug. Die Araber, so der Mann, müssten nur pauschal Familiennachzug ohne genaue Angaben beantragen, und dann stünde die ganze Familie, Geschwister, Eltern, sogar Großeltern, vor dem Kreishaus und würden nach Wohnung und Geld verlangen. Das, so versicherte der Mann, passiere täglich!

So ein Quatsch, dachte Thomas. Von Marion kannte er die Realität. Er hatte auf mehr Kompetenz gehofft, so wie Hügel sie verströmte. Einige Male schaute er ihn an, bis dieser die Blicke bemerkte. Hügel beugte sich zu ihm, er würde jetzt fahren und könne ihn gerne bis zum Bahnhof mitnehmen. Thomas fühlte sich erlöst und geehrt, sagte dankbar zu: Bahnhof Höchst wäre ok, er müsse nur noch schnell bezahlen. Peter Frank hielt ihn am Ärmel fest, nein, nein, schon in Ordnung, er sei Gast der Partei.

Draußen am Parkplatz wartete Thomas auf Hügel, der sich noch mit dem missmutigen Mann unterhielt, ehe er ihn zu seinem Audi A6 führte. Ob ihm dieser erste Abend gefallen habe? Thomas nickte zustimmend. Seine Zweifel an der fachlichen Richtigkeit einiger Bemerkungen der Anwesenden verschwieg er.

Sie fuhren vom Parkplatz auf die Hauptstraße und folgten dem VW Tuareg des wortkargen Mannes, der eben noch neben Thomas gesessen hatte. Er deutete auf das Auto und fragte, wer das sei.

Friedrich Keller, knapp über fünfzig, sicherer Listenplatz für die Wahl, erklärte Hügel. Transportunternehmer, drei LKWs, zwei Kinder, ein Mitarbeiter, keine Frau mehr.

Ups, dachte Thomas. Schon der Dritte in der Partei, dem die Frau abgehauen war.

»Warum haben die ihm die Garage beschmiert?«, wollte Thomas wissen, während sie die Kleinstadt verließen, den SUV des Spediteurs vor ihnen auf der dunklen Landstraße.

»Er sollte kostenlos Hilfslieferungen nach Griechenland fahren und hat abgelehnt. Zwei Tage später haben die Antifanten ihm das Werkstatttor mit ›Nazisau, fahr zur Hölle‹ beschmiert.« Hügel schimpfte weiter. »Hier gibt es Vertragsfreiheit! Diese linken Bazillen verlangen, dass wir keine Waffen mehr verkaufen und schreiben dann einem Transportunternehmer vor, welche Aufträge er durchführen soll! Das sind doch ›Kauft nicht bei ...‹ Nazimethoden!«

Thomas schwieg, nickte und schaute Kellers Wagen hinterher, der auf der einsamen Landstraße hinter einer Kurve verschwand. Als Spediteur wohl ein erfahrener Autofahrer, dachte er, diese Kurve hätte er nicht ungebremst genommen.

Kurz darauf sahen sie das Warnblinklicht rechts im Wald. Heller Rauch, von einem Scheinwerfer beleuchtet, waberte um einen dicken Baumstamm, der unnatürlich aus dem Motorraum des VW Tuareg herausragte.

11

»Mist!«, schrie Hügel, bremste heftig und brachte den Audi einige Meter vor der Unfallstelle auf dem Seitenstreifen zum Stehen. Thomas hielt vor Entsetzen die Hand vor den Mund.

Hügel schaltete das Warnblinklicht ein und sprang hinaus, Thomas folgte ihm. Der SUV war mit hoher Geschwindigkeit aus der Kurve getragen worden und anscheinend ungebremst gegen den dicken Baum gekracht. Die Front zerfetzt, die Kotflügel aufgeplatzt, die Fahrertür geknickt und aufgesprungen. Keller saß bewegungslos im Wagen, sein Oberkörper auf dem erschlafften Airbag, seine Beine unter dem Lenkrad eingeklemmt. Hügel beugte sich in das Wageninnere, schrie Keller an und lehnte den leblosen Oberkörper zurück in den Sitz. Der Kopf fiel zur Seite, das surreale gelbe Blitzlicht der Warnblinkanlagen beleuchtete das blutverschmierte Gesicht.

»Lebt er noch?«, rief Thomas.

»Keine Ahnung, der Idiot war nicht angeschnallt«, brüllte Hügel zurück. Dann, nach unendlichen Sekunden, drehte Hügel sich um und schüttelte den Kopf. Thomas schlug die Hände vors Gesicht.

»So eine Scheiße!«, schrie Hügel in den Wald hinein, Thomas blickte weiter stumm auf den Toten. Hügel lief hin und her, fluchte und schimpfte, trat mit seinen feinen Lederschuhen in den feuchten Waldboden, ehe er sich beruhigte und auf Thomas zukam.

»Der kannte die Strecke, der fuhr hunderttausend Kilometer im Jahr, der konnte nach einer halben Flasche Schnaps auf der Linie laufen, was zur Hölle ist hier passiert?«

»Vielleicht abgelenkt, oder die Bremsen«, murmelte Thomas. Hügel blieb ruckartig stehen und schaute Thomas an. Dann rannte er zu seinem Audi, öffnete die Kofferraumklappe, eilte mit einem blechernen Werkzeugkoffer zurück und krabbelte seitlich unter das Fahrzeugwrack. Der gute Anzug, dachte Thomas. Hügel kroch wieder hervor, wühlte im Werkzeugkoffer, griff eine kleine Metallsäge und robbte erneut unter die zerstörte Fahrzeugfront.

Thomas bückte sich, sah aber nichts.

»Waren es die Bremsen?«, rief er.

Undeutliches Gemurmel, angestrengtes Stöhnen, dann tauchte Hügel wieder auf.

»Jetzt ja«, sagte er knapp, warf die ölverschmierte Säge in den Blechkasten, klopfte sich mit verschmierten Händen Laub und Staub von der Kleidung und fluchte, als er registrierte, wie er sich mit feuchter Erde und Öl eingesaut hatte.

Hügel packte ihn an den Schultern. »Er ist tot. Ohne Bremsspuren kann die Versicherung Selbstmord vermuten und dann bekommen seine Kinder keinen Cent aus der Lebensversicherung.«

»Ja aber«, stammelte Thomas, »wer sollte ihm denn die Bremsleitungen durchschneiden?«

»Wir sind umringt von politischen Gegnern. Haben doch eben drüber gesprochen. Schmierereien an seiner Wand, wer weiß, was denen noch alles zuzutrauen ist?«

»Ein Mord?«, rief Thomas.

»Könntest du das mit Sicherheit ausschließen?«

Thomas zuckte mit den Schultern. Hügel schnappte sich das Werkzeug und rannte zu seinem Auto.

»Los, weg hier.«

Benommen trottete Thomas zum Audi, setzte sich und noch ehe er die Tür geschlossen hatte, beschleunigte Hügel.

»Langsam«, sagte Thomas. »Du hinterlässt Spuren im Seitenstreifen.« Hügel bremste und sah zu ihm rüber.

»Scheiße! Spuren!« Er ließ den Wagen mitten auf der Straße stehen, sprang hinaus und rannte zurück zur Unfallstelle. Thomas sah im Seitenspiegel, wie er mit dem Fuß Laub verteilte, sich vor den zerstörten Wagen bückte und mit der Hand durch den Boden fuhr. Dann ging er auf Zehenspitzen zurück auf die Straße und kam über den Asphalt angerannt. Atemlos sprang er ins Auto, blickte noch einmal in den Rückspiegel und raste los.

Sie bogen auf die Schnellstraße Richtung Frankfurt Höchst, die wild flackernden Lichter der Chemiefabrik in der Ferne erhellten die Wolken wie ein Lagerfeuer einen nahen Waldrand. Hügel blickte zu Thomas. »Kein Wort zu den anderen. Kein Wort zu irgendjemand. Klar?«

Thomas nickte. Klar, dachte er. Wem sollte er sowas schon erzählen?

»Übrigens«, sagte Hügel, als sie am Shoppingcenter vorbeikamen und er den Wagen vor der Blitzanlage verlangsamte, »da ist soeben ein Listenplatz frei geworden.«

12

»*Allahu Akbar*, Gott ist groß!«, grüßte Achmed.

Mit welchen Idioten muss ich hier eigentlich arbeiten, dachte Farim und zog Achmed am Arm in die drückend heiße Dachgeschosswohnung hinein.

»Erstens: Nicht so laut. Heb dir das für später auf. Und zweitens«, er schubste Achmed auf das kleine Sofa, »*Allahu Akbar* heißt nicht ›Gott ist groß‹, sondern ›Allah ist größer‹. Größer als jeder Gott, an den du glaubst. Kapiert?«

Achmed blickte betreten zur Seite. »Aber es gibt doch keinen Gott außer Allah«, sagte er trotzig.

Farim stöhnte. »Ich erklär es dir bei Gelegenheit nochmal.«

»Ist ja auch egal«, gab Achmed beleidigt zurück.

Stimmt, dachte Farim. Hier ging es um was anderes. Er setzte sich in den einzigen Sessel und beugte sich vor.

»Nein, Achmed. Was wir tun, tun wir für Allah und das Reich der Gläubigen. Dann solltest Du wissen, wie er richtig angesprochen wird. Stell dir die Schlagzeile vor:« Er hob die Arme und zeichnete einen meterbreiten Schriftzug: »Ahnungsloser Gotteskrieger!«

Er blickte Achmed streng an. »Sollen das deine Angehörigen von dir denken? Soll das die Welt von dir denken?«

»Mann, Farim, bleib locker. Ja, den Koranunterricht hab ich geschwänzt, gibt hier in Düsseldorf genug anderes zu tun.«

»Zum Glück hat der Allmächtige unsere Wege kreuzen lassen.«, sagte Farim gutmütig. Es war zwar aufwändiger gewesen, ihre Wege kreuzen zu lassen, als auf irgendeinen Allmächtigen zu warten, aber erfolgreicher.

Nach der Rückkehr aus Syrien im Schatten der Flüchtlingsströme hatte er sich mit dem syrischen Pass auf den Namen »Kalil Al Agha« in einem Flüchtlingsheim in Düsseldorf angemeldet. Abu Sadah, der fette deutsche, aber mächtige Wichtigtuer hatte ihm aufgetragen, in dieser Stadt eine neue Zelle aufzubauen, nachdem der erste Anschlag in der Altstadt durch einen Feigling verraten wurde und der zweite Versuch mit dem gebürtigen Düsseldorfer Samir el Abballschu frühzeitig scheiterte: Samir wurde durch die Überwachung seines Telefons entdeckt und verhaftet. Farim hatte sich dem Dicken als perfekter Soldat und Zellenaufbauer verkauft und versprochen, es besser zu machen.

Nach zwei Wochen erschien ihm Abdel, ein vierundzwanzigjähriger Marokkaner, ein geeigneter Kandidat: Er beschimpfte andere muslimische Flüchtlinge, wenn sie, seiner Zählung nach, Gebete vergaßen, beschwerte sich bei der Heimleitung über das Essen, bezweifelte, dass wirklich Halāl-Fleisch verarbeitet wurde und schlug Frauen, die kein Kopftuch trugen. Farim horchte vorsichtig dessen bisherigen Lebenslauf aus und erzählte vom Leben im islamischen Staat, genauso blumig und begeisternd wie damals der Sheik.

Es funktionierte.

Glaubte er.

Doch dann rastete Abdel eines Mittags bei der Essensausgabe aus, rannte zu seinem Feldbett, goss eine Flasche Schnaps über die Matratze und zündete sie an. Eine Panik brach aus, das Feuer griff schnell um sich und die Halle brannte komplett nieder. Farim stieg nicht in die Busse, um in andere Lager verteilt zu werden, nachdem er mitbekam, wie Abdel verhaftet wurde. Er rannte am Rheinufer bis in die Altstadt und versteckte sich in einer Dönerbude. Im Fernsehen sprach während einer Live-Schaltung vor dem turmhoch flammenden Feuer ein Reporter von einem rechtsradikalen Anschlag. Farim wollte »Blödsinn« rufen, doch da keimte eine zarte Idee, die sich seit diesem Tag wie ein aufgedröselter Schnürsenkel täglich in Erinnerung brachte.

Die erste Nacht schlief er bei den Obdachlosen am Bahnhof, die nächsten Tage in einer verfallenen Gartenhütte in der nahegelegenen Kleingartenanlage Stoffeln. In Oberbilk, von dem die Flüchtlinge im Lager als »Klein-Marokko« sprachen, fand er in einem arabischen Café nahe der Marokkanisch-Islamischen Moschee Kontakt zu Tunesiern. Hier gab er sich unter seinem echten Namen als in der Illegalität lebender Tunesier aus, musste sein Deutsch nur etwas holprig klingen lassen. Den gefälschten Pass trug er in einer Bauchbinde immer bei sich, gewiss, ihn eines Tages zu brauchen.

Nach einer Woche bot ihm der Betreiber des Cafés ein freigewordenes Dachgeschoss in der Sonnenstraße an. Kurz zuvor wurden dort drei Algerier von der Polizei abgeholt und abgeschoben. Mit dem Bargeld, das Abu Sadah ihm regelmäßig über das Hawala-System übermittelte, bezahlte er die Miete und finanzierte ein einigermaßen komfortables Leben, aber der Dicke fragte mehrmals wöchentlich über einen verschlüsselten Messenger-Dienst nach seinen Fortschritten.

Schließlich lernte er Achmed im Café kennen. Der Zweiundzwanzigjährige kam aus Bir Amir, einem gottverlassenen Kaff nahe Remada im Süden Tunesiens und lebte illegal in Deutschland, nachdem seine Eltern vor Jahren abgeschoben wurden. Nach einigen gemeinsamen Besuchen der Moschee nahe des Hauptbahnhofes, dort predigte ein bekannter Salafist, erkannte Farim: Mit Achmed hatte er einen dummen, gläubigen und nach Ruhm strebenden Jünger gefunden, den er für seine Sache begeistern konnte.

Achmed seufzte erleichtert. »Und ich bin dankbar, dass du mir diese Aufgabe geschenkt hast.«

Farim stand auf, setzte sich neben Achmed und legte ihm einen Arm um die Schulter. »Bruder, das sind die Wege Gottes. Allah ist weise und eben größer als alles. Nur er weiß, warum wir uns getroffen haben. Vertrau auf ihn, so wie ich nur auf Allah und seinen Propheten vertraue.«

Nur vergesse ich nicht, das Kamel anzubinden.

Achmed nickte mit geschlossenen Augen. »*Barak Allahu Feek.* Lehre mich weiter seine großen Worte und lass mich den Weg ins Paradies beschreiten.«

»Dafür sitzen wir hier«, sagte Farim, tätschelte Achmed versöhnlich die Wange und stand wieder auf. Achmeds Augen wurden groß, als Farim vom kleinen Holzschreibtisch am Fenster eine Mappe zog und mit dramatischer Geste schwenkte.

»Hier, Achmed, ist deine Eintrittskarte ins Paradies.«

13

»Und, hattest du auch ein schönes Wochenende?«, fragte Landers fröhlich, als Berg am späten Vormittag bei ihr ins Büro schaute.

»Woher so gute Laune an einem Montag?«, gab Berg zurück.

Landers lächelte nur und blickte wieder in eine Akte auf ihrem Schreibtisch.

»Ah, soll ich raten? Mit Emil Toblerone naschen und Uhren anprobieren?«, hakte er nach.

Sie lächelte immer noch, antwortete jedoch nicht. Berg zog wortlos ihre Bürotür zu und ging in sein gegenüberliegendes Büro. Die »Sache«, wie Elena Landers sie nannte, schien zu halten. Seit sie bei diesem letzten großen Fall in Kolumbien einen Kriminaler aufgerissen hatte, fuhr sie regelmäßig am Wochenende nach Zürich. Berg hatte Basil, den Kommissar aus der Wirtschaftsabteilung der Kantonspolizei Zürich, zuletzt am Frankfurter Flughafen gesehen, als sie aus Bogotá landeten. Die Verabschiedung war für seine Verhältnisse vergleichsweise herzlich ausgefallen. Krisensituationen verbinden, wie gesagt wird, und wenn der eine, Basil, angeschossen wurde und er selbst dem Angriff mit Raketenwerfern und Kalaschnikows mit Landers' Hilfe nur knapp entkommen war, durfte das ohne Übertreibung als Krisensituation bezeichnet werden. Aber ein Bier hätte er dennoch gerne mit ihm getrunken. Vielleicht sollte er Landers fragen, ob sie sich mal in Frankfurt treffen könnten.

Stöhnend fiel er in den Schreibtischsessel, der mit einem gequälten Ächzen antwortete. Ein neuer Stuhl, überlegte er, oder weniger Goldringe. Obwohl er schon Verzicht übte. Aber alte Gewohnheiten ...

Er beugte sich vor, um den Rechner einzuschalten und ließ sich im letzten Moment wieder zurückfallen. Langsam, mahnte er sich. Beim Arzttermin am Morgen hatte die Arzthelferin rücksichtslos mit einem »Naja, in ihrem Alter« nach einem Blick auf die Ergebnisse der Vorsorgeuntersuchung reagiert. Warum glaubte diese Arzthelferinnenkuh, ihn durch diesen Spruch vom Leben ausschließen zu müssen, zu können, zu dürfen? Ihr Arsch und ihre Titten würden irgendwann der Schwerkraft erliegen und dann soll ihr mal ein junger Frauenarzt so eine Frechheit entgegenschleudern.

Eine Weile sinnierte er noch über sein Alter und sein zurückliegendes Wochenende und stellte sich vor, wie sehr sich das von den Lebensumständen seiner knapp zwanzig Jahre jüngeren Kollegin unterschied. Am Samstag war er mit seiner Frau in das Gartenzentrum gefahren und musste am Nachmittag zahlreiche Löcher im Rasen und vor dem Haus ausheben, in die seine Frau wahllos Pflanzen und Zwiebeln versenkte. Aber alles, was sie tat, war gut und richtig. Den Sonntag verbrachte er traditionell mit gepflegtem Nichtstun, was seine Frau nicht ertrug und deshalb regelmäßig mit Hund und Freundin zu langen Spazier- und Schwatzgängen entschwand. Aber Nichtstun war eine hohe Kunst. Seinen unablässig kreisenden und dampfenden Geist abzustellen und ins Nichtstun zu versetzen, war in Wahrheit sehr anstrengend, während die meisten Hirne selbst dann nichts taten, wenn sie scheinbar tätig waren. Aber wer verstand das schon.

Also gut. Er beugte sich gemächlich vor, schaltete den Rechner ein und verfolgte den langsamen Startvorgang, als Landers die Tür aufriss.

»Arbeit«, sagte sie.

»Was?«, fragte er genervt zurück.

»Anruf vom Kriminaldauerdienst: Tödlicher Unfall am Wochenende bei Oberursel ...«, sie hob die Hand, um Bergs Einwurf schon im Ansatz zu ersticken, »... und wenn so ein Polizeischüler nicht hyperaktiv gewesen wäre, hätte keiner gemerkt, dass die Bremsleitungen angesägt waren.«

»Oha«, entfuhr es Berg. »Ganz die alte Schule. Erzähl weiter.«

Landers setzte sich auf den Besucherstuhl vor Bergs Schreibtisch und schaute in ihr kleines Notizbuch. Schwarzer Ledereinband, leicht gelbstichige linierte Seiten. Sah teuer aus. Sicher in Zürich gekauft.

»Transportunternehmer Friedrich Keller, fuhr am Samstag so gegen dreiundzwanzig Uhr in einer Linkskurve mit Schmackes gegen eine gute deutsche Eiche. Die fette Karre, so ein SUV, hat nicht viel abgehalten, Keller war zudem nicht angeschnallt. Brustquetschungen, Rippenbrüche, innere Verletzungen, Genickbruch.«

»Und wer sägt einem Spediteur die Bremsleitung an?«, fragte Berg verwundert.

Landers grinste. »Wenn du das bis heute Abend rausbekommst, ist dein Wochenwerk getan.«

»Langsam, junge Frau. Der Abschlussbericht zum Eifersuchtsmord wartet und am Mittwoch muss ich als Zeuge vor Gericht aussagen.«

»Ja klar, aber die neuen Sachen sind doch viel spannender«, lockte Landers und blickte ihn mit einem Augenaufschlag aus schräg gestelltem Kopf an, der andere Männer mit Sicherheit zur Verzweiflung gebracht hätte. Oder brachte.

»Na gut«, seufzte er. »Wo steckt Kerner?«

Landers schüttelte den Kopf. »Nicht da. Und ehe du fragst: Den Tauchurlaub auf den Malediven hast du selbst genehmigt.«

»Mist. Bezahlen wir zu viel? Oder ist er korrupt geworden?«

»Lass ihn. Er hat zig Jahre drauf gespart.«

»Und deine Pläne für heute?«

»Hab zu tun.« Sie nahm einen Stift, zog einen kleinen Zettel von einem Block und schrieb ein paar Daten aus ihrem Notizbuch ab. »Mach einen Ausflug in den Vordertaunus«, sagte sie, erhob sich und legte ihm das Blatt auf die Computertastatur. Berg nahm die Notiz und murmelte »Wer ist hier eigentlich der Chef?«, aber Landers war schon draußen.

Mit dem 5er-BMW und aufgedrehter Klimaanlage fuhr er gegen den langsam abebbenden Pendlerstrom nach Norden aus der Stadt hinaus und steuerte eine Tankstelle an, nachdem das Reservelämpchen aufleuchtete und er leichten Hunger verspürte.

Es schreit der nach Essen, der seit Stunden keines hatte, und nennt es »Hunger«. Aber wer sein Leben lang hungerte, blieb ungehört. So war es auch mit der Trauer. Viele redeten darüber, aber wer wirklich trauerte, blieb still. Gegen Hunger gibt es was zu essen, gegen Trauer nur Trost, aber sie verschwindet nie. Wird Bestandteil des Alltags, wie Zähneputzen oder den gelben Sack rechtzeitig vor das Haus stellen. Hier ein kleiner Junge auf einem Tretroller vor dem Supermarkt, dort ein Aufmacher im Lokalteil über die Verurteilung eines Sexualverbrechers, es gab unzählige Momente, die seine Trauer fütterten. So regelmäßig, dass sie nie Hunger litt.

Die Trauer hatte seinen Lebensweg geprägt. Was aus ihm und seinem kleinen Bruder geworden wäre, wenn sie ihn nicht tot aus der Schleuse gezogen hätten, fragte er sich oft. Und immer in beruflichen Krisen. Er war nur Polizist geworden, um den Mörder zu suchen und, nun ja.

Vielleicht wäre er Finanzbeamter geworden wie sein Vater, oder KFZ-Mechaniker wie die meisten aus seiner Klasse. Obwohl, so mit der Technik hatte er es ja nie. Mit seiner Moral hätte er vielleicht Pfaffe werden, aber dann wenig ausrichten können.

Die Zapfpistole klackte, er wandte den Blick von dem kleinen Jungen im Auto an der Nachbarsäule ab und verschloss den Tankdeckel.

14

Das Navi leitete ihn zur Polizeistation in Oberursel, die in einem historischen Gebäude untergebracht war, wesentlich ansehnlicher als der Siebziger-Jahre Zweckbau der Stadtverwaltung direkt daneben. Am Empfang zeigte er seinen Dienstausweis und erkundigte sich nach dem Polizeischüler, der die angesägten Bremsleitungen entdeckt hatte.

Der habe den Transport des Unfallfahrzeugs zur Polizeistation nach Bad Homburg begleitet, sagte die dicke Polizistin, »hier haben wir ja keinen Platz« und deutete dabei unbestimmt Richtung Parkplatz vor der Stadtverwaltung. »Der ist jetzt entweder in Bad Homburg oder zuhause.«

Berg bedankte sich so freundlich, wie es ihm möglich war, schimpfte wortlos auf Landers dünne Vorarbeit und kurvte, sich langsam wieder abregend, in die Nachbarstadt. Immerhin mit einem »Bad« im Namen, somit wichtiger, wenn auch kaum größer. Dafür eine deutlich größere Polizeistation mit Innenhof, wo der zerstörte VW Tuareg stand. Er parkte und schlenderte auf den Unfallwagen zu.

»Wow«, murmelte er. »Massive Kaltverformung.« Als er um den Wagen herum schlich, schritt ein schlaksiger, junger Polizist in schlecht sitzender Uniform aus dem Gebäude auf ihn zu.

»Hallo«, rief der junge Mann, »was wollen Sie hier?«

Berg ließ ihn noch ein paar Meter laufen, ehe er in den Mantel griff und seinen Ausweis zeigte.

»Berg, K10, Frankfurt.«

Fast schien der Junge die Hacken zusammenschlagen zu wollen, zumindest verlor er die Sprache. Er hatte tatsächlich noch Pickel am Kinn und auf der Stirn.

»Sie haben das mit den Bremsleitungen bemerkt?«, fragte ihn Berg.

»Ja.«

»Und wie kommt ein Polizeischüler dazu, so was zu erkennen?«

Ein stolzes Lächeln zog durch das Pickelgesicht.

»Ich hatte Nachtdienst und durfte die Streife begleiten, die zu dem Unfall gerufen wurde. Als der Abschleppwagen das Wrack aufgeladen hat, hab ich halt mal unter den Wagen geblickt.«

»Aber wie haben Sie in dem Schrott die angesägte Bremsleitung entdecken können?«, hakte Berg nach.

Der Polizeischüler grinste verlegen. »Naja, ich kenne jemand mit einer Hobby-Schrauber-Werkstatt, da bin ich ab und zu.«

»Aha«, sagte Berg. Stöhnend bückte er sich und blickte erneut unter den Wagen, sah aber nur zerrissenes und gefaltetes Blech, Metallstangen und Schläuche, aus denen Reste verschiedener Flüssigkeiten in eine dunkle Pfütze tropften.

Berg klopfte den Staub von den Knien, wischte mit der Hand den Schweiß von der Stirn und holte Landers' Zettel aus der Manteltasche.

»Kennen sie das Unfallopfer?«, fragte er.

»Friedrich Keller, Keller Logistik, Transporte seit 1912.«

»Was wissen Sie über ihn?«

Der Polizeischüler überlegte. »Naja, seine Spedition sitzt in Friedberg im Gewerbegebiet, da wohnt er auch. Also im 1. Stock des Bürogebäudes. Sein Vater war mal ne Nummer, alteingesessener Unternehmer, später Stadtrat und so Sachen. Aber der ist schon lange tot. Der Junior hat den Laden ...«, er kniff die Augen zusammen und schien zu zählen, »... vor siebzehn Jahren übernommen. Kurz danach kamen die Kinder, zwei, glaube ich. Aber die leben bei der Mutter in Frankfurt.«

»Sie kennen sich gut aus in Friedberg?«

»Naja, ich lebe dort. Bin nur gerade als eine Art Springer in verschiedenen Polizeistationen hier in der Gegend unterwegs. Ein Polizeischüler kann sich seine Arbeit nicht aussuchen.«

Einen Moment überlegte Berg, ob er was darauf antworten sollte, aber ihm fiel nichts ein.

»Keller lebte also allein dort draußen?«

»Im Grunde ja, nur die Putzfrau ist zweimal die Woche da. Und an den Wochenenden repariert Manni die LKWs.«

Berg hob fragend die Augenbrauen.

»Manfred Kreilich, alle kennen ihn nur als Manni. Fährt und schraubt seit Jahrzehnten für Keller, ich glaube sogar, er ist beim Alten in die Lehre gegangen. Ein paar Jungs aus der Stadt bringen ab und zu an den Wochenenden ihre Mopeds und Autos zu ihm, da verdient er sich ein bisschen was dazu. Keller scheint nicht immer pünktlich zu zahlen.«

»Aha«, sagte Berg. »Ist das der Bekannte mit der Werkstatt?«

»Stimmt.«

»Und deshalb sind Sie so gut informiert?«

»Naja, Manni redet gern.«

Dorf, dachte Berg. Da wissen alle alles über alle. In der Stadt unmöglich. Komplett abgeklemmt ist, wer in der Stadt arbeitet und auf dem Dorf lebt. Vieles würde an ihm vorbeigehen, wenn ihm nicht seine Frau regelmäßig vom neuesten Dorftratsch berichten würde. Aber in so einer Dorfwache arbeiten?

Berg schaute wieder auf das Wrack.

»Wie sicher sind Sie mit den angesägten Bremsleitungen?«

»Sehr sicher. Das sieht richtig frisch aus, da hingen sogar noch Späne an der Leitung.«

»Hingen?«, hakte Berg nach.

»Ähm ...«, stotterte der Polizeischüler, »... als ich das gesehen habe, bin ich mit dem Finger an der Bruchstelle lang, um sicher zu gehen, danach hingen ein paar Späne am Finger. Weiß nicht, ob noch welche da sind.« Er schaute zu Boden.

Anfängerfehler, dachte Berg, sagte aber: »Kann passieren. Jetzt interessiert mich die Unfallstelle.«

»Klar, gerne«, antwortete der Polizeischüler. Dann zögerte er. »Oder soll ich einen richtigen Kollegen aus der Wache holen?«

»Ist einer von denen, die gestern Nacht dabei waren, überhaupt da?«

Der Polizeischüler schüttelte den Kopf.

»Und warum sind Sie noch hier?«

Verlegen schaute der Polizeischüler zur Seite. »Naja …«, druckste er leise, »… ich wollte halt mal … also …«

Berg lächelte. »Sie wollten dabei sein, wenn die großen Jungs aus der Stadt anrücken, stimmt's?«

Erleichtert nickte der Polizeischüler, die Wangen mittlerweile so rot wie die Pickel.

»Na dann, ich sag drinnen kurz Bescheid«, sagte Berg, ging über den Hof durch den Hintereingang der Wache und erklärte die Situation am Empfang. Dort schienen die Diensthabenden erleichtert, ob wegen der Möglichkeit, den offenbar neunmalklugen Polizeischüler aus den Füßen zu haben oder nicht selbst raus zu müssen, interessierte Berg nicht.

Zurück am Unfallwagen rief er dem Polizeischüler zu: »Der muss in die kriminaltechnische Untersuchung nach Frankfurt. Organisieren Sie das bitte.«

»Selbstverständlich, sofort.« Erwartungsvoller Blick. »Wen rufe ich da an?«

Berg nannte ihm Landers' Telefonnummer. Bemüht sachlich bat der Polizeischüler um den Transport. Berg musste sich etwas zur Seite drehen, damit der Polizeischüler nicht sein breites Grinsen sah.

Als sie in Bergs BMW saßen, fragte er: »Was lernt ihr denn heute in der Polizeischule, wie jetzt weiter zu verfahren ist?«

Der Polizeischüler rieb sich das Kinn. »Also …«, begann er, stockte und fuhr fort: »Da wären die Angehörigen zu benachrichtigen, als erstes, denke ich.«

Berg zog die Augenbrauen hoch. »Die sind noch nicht informiert?«

»Nein, wir wussten ja nicht genau, was wir ihnen sagen sollen.«

Stöhnend nickte Berg. »Ok.« Blieb wieder an ihm hängen. Beim ersten Mal tut es immer weh. Danach tut es nur noch weh.

»Und weiter?«, fragte er ohne Regung.

»Ermittlung im privaten Umfeld des Opfers, zwei Drittel der Täter sind Verwandte oder nähere Bekannte.«

»Und das andere Drittel?«

»Hm ...« Er kratze sich am Kinn.

Berg befürchtete, dass einer der Pickel gleich bluten würde. Er schüttelte sich und zählte auf: »Also: Motiv, Gelegenheit, Kenntnis. Oder: Wer hat was, wann, wie, warum und womit getan.« Er holte tief Luft. »Erstens: Motiv unklar, in der Regel wissen wir das erst kurz vor Schluss. Glauben Sie nicht den Quatsch aus dem Fernsehen, dass immer ein Haufen Leute mit allen möglichen und unmöglichen Motiven rumlaufen und man nur die Alibis knacken muss. Zweitens: Kenntnis. Wer kann eine Bremsleitung erkennen und zersägen? Ich nicht. Das schränkt den Täterkreis schon mal ein. Drittens: Gelegenheit. Da wird es interessant.«

Der Polizeischüler blickte ihn mit offenem Mund an.

»Auch ohne ein technisches Gutachten behaupte ich, dass Keller mit einer durchgesägten Bremsleitung nicht sehr weit fahren konnte. Wo stand sein Wagen vorher? Also fangen wir dort an. Klar soweit?«

»Ja«, stammelte der Polizeischüler und als Berg auf die Bundesstraße einbog, fragte er leise: »Was meinen Sie mit ›wir‹?«

»Mir fehlt ein Hiwi wegen Urlaubs. Hab das mit dem Polizeistationsleiter gerade geklärt. Ok?« Der Polizeischüler grinste zum ersten Mal.

Nach ein paar Richtungsangaben bogen sie auf eine einsame Landstraße, hinter einer Kurve sah er die Absperrung auf der linken Straßenseite. Er parkte den Wagen auf einem kleinen Waldparkplatz und stieg aus. Die Waldluft war durch den Regen in der Nacht angenehm kühl, die hochstehende Sonne von dichten Bäumen verdeckt. Berg streckte sich und atmete tief ein. Schweigend überquerten sie die Straße und betrachteten den aufgewühlten, schlammigen Boden, die zahlreichen verstreuten Plastikteile. Helle Schrammen am Baumstamm, tiefe Reifenspuren, niedergewalztes Gras, blitzende Glassplitter. Es roch nach Öl und feuchter Erde.

Berg deutete auf den Boden. »Diese Spuren hat nicht nur der Unfallwagen verursacht, oder?«

Der Polizeischüler schüttelte kaum sichtbar den Kopf. »Wir dachten an einen Unfall. Es erfolgte keine Tatortabsicherung.«

»Und auch keine Spurensicherung?«

Wieder schüttelte er den Kopf. »Nein.«

Berg zog sein Handy aus der Manteltasche und rief Landers an. »Elena, schick mal die weißen Männchen mit den großen Koffern her.« Er ließ sich von dem Polizeischüler die genaue Ortsbeschreibung durchgeben, dann steckte er das Handy wieder ein und schaute die Straße hoch. »Da geht's nach Oberursel, weit kann er nicht gefahren sein. Eine Idee, woher er kam?«

»Vielleicht von der Versammlung bei den drei Hirschen.«

»Hä?«, entfuhr es Berg. »War er Jäger?«

Der Polizeischüler lachte auf. »Nein, eher der Gejagte.«

»Bitte Klartext!«

»Entschuldigung. Keller hatte vor ein paar Wochen Anzeige erstattet wegen Schmierereien an seinem Werkstatttor. So ...«, er stockte, »... Sprüche halt.«

»›Ich bin klein, mein Herz ist rein‹ oder sowas?«

»Nein, nein. Entschuldigung.« Er holte tief Luft. »›Nazischwein, fahr zur Hölle‹ hat da gestanden.«

»Oha. Nicht nett. Was versammelt sich denn da bei den drei Hirschen?«

»Nun ja, eigentlich treffen die sich da eher heimlich, aber von unserer Polizeistation kann man ja fast hinspucken. Die Wirtin hat in der Wache mal gefragt, ob wir bei Stress vorbeikämen.«

»Wer ist ›die‹, und was für ›Stress‹?«

Der Polizeischüler trat nervös im Waldboden herum, seine Schultern zuckten, einige Male holte er Luft, um dann wieder die Arme sinken zu lassen.

»Was jetzt?«, herrschte Berg ihn an.

Der Polizeischüler zuckte zusammen. »Also, ›die besseren Deutschen‹, Sie wissen schon, diese neue Partei. Die treffen sich dort regelmäßig. Keller war seit einigen Monaten dabei, vielleicht deswegen die Schmiererei an seiner Garage. Und die Wirtin befürchtete, dass irgendwelche linken Gegendemonstranten davon erfahren.«

Stöhnend winkte Berg ab, drehte sich um und ging zum Auto zurück. Sie saßen einen Moment schweigend im Wagen, ehe Berg fragte: »Echt jetzt? Diese Deppen von der DbD sitzen unter Polizeischutz bei deutschem Bier und deutschen Schnitzel und bauen wieder an 1000 Jahren Deutsches Reich?«

Hilflos zuckte der Polizeischüler mit den Achseln, den Blick starr in den Wald gerichtet.

Wütend startete Berg den Motor und hinterließ im Kies des Parkplatzes zwei breite Spuren, Steine prasselten gegen den Unterboden und klackerten noch, als sie längst auf Asphalt fuhren.

Wortlos rasten sie nach Oberursel, zweimal rechts, einmal links, dann stand er wieder vor der Stadtverwaltung. Berg schaltete den Motor aus und schaute nach links. Über einem mäßig renovierten Gebäude, vielleicht hundert Jahre alt, stand in verschnörkelter Schrift »Die drei Hirsche«. Er blickte geradeaus auf den Behördenbau der Stadtverwaltung mit dem grauen Waschbeton, dann nach rechts auf die herausgeputzte historische Polizeiwache.

»Ich fasse es immer noch nicht«, sagte er leise. Der Polizeischüler schwieg, die Ohren knallrot.

»Da«, Berg zeigte auf die Stadtverwaltung, »sitzt die Verwaltung unserer Gesellschaft. Die sorgen für Bushaltestellen, treiben Hundesteuer ein, finanzieren Kindergärten und strengen sich an, um es dieser kleinen Stadtgesellschaft irgendwie bequem zu machen. Dort ...«, er zeigte nach rechts, »hockt ihr, die Polizei, Wächter der Gesetze, Freund und Helfer, schützt die Leute vor Verbrechern, Falschparkern und angelt Katzenbabys von Bäumen. Und da«, er deutete verächtlich mit dem Daumen nach links, ohne den Blick zu wenden, »sitzen die Verräter an unserer Demokratie und reden wie Zeitreisende aus den dunkelsten Löchern der Vergangenheit. Und ihr beschützt sie?«

»Naja«, erwiderte der Polizeischüler zaghaft, »wir können ja nichts dagegen unternehmen. Es gab mal eine Initiative, ihren Landesparteitag in der Stadthalle zu verbieten, aber das Gericht hat unseren Bürgermeister gezwungen, das wieder zu erlauben. Solange die gegen keine Gesetze verstoßen, was sollen wir machen? Von Gesetz wegen müssen wir sie beschützen.«

Berg stöhnte. »Jaja, ich weiß, Sie haben ja recht. Aber ...« Er verstummte. Es gab kein »Aber«.

»Ok, erzählen Sie mir davon.«

Der Polizeischüler schilderte im Polizeibericht-Jargon von den regelmäßigen Versammlungen der »besseren Deutschen« im Hinterzimmer des Gasthofes und dass der Kreisverbandsvorsitzende auf einer Bürgerversammlung wegen einem Flüchtlingsheim den Innenminister platt geredet hatte. Bevor die Randale losbrach.

»Randale?«, hakte Berg ein.

»Gegendemonstranten.« Der Polizeischüler schien sichtlich bemüht, keinerlei Wertung in seinen Bericht zu legen, so wie sie es in der Polizeischule lernten und wie es auch Berg gelernt hatte. Nur war das so lange her, dass er sich angewöhnt hatte, diese Unsprache wieder zu verlernen.

»Also war Keller ein Nazischwein?«, fragte Berg, nachdem der Bericht endete.

Der Polizeischüler schaute stur geradeaus. »Das zu beurteilen, steht mir nicht zu. Zu meinen Aufgaben gehörte es, Versammlungen zu schützen und die Täter der Sachbeschädigung am Werkstatttor zu ermitteln.«

»Und als Unfall getarnte Mordanschläge zu entdecken«, ergänzte Berg wohlwollend. Er blickte ihn kurz an und sah, dass die Pickelfarbe ins Nasenblutrot wechselte, was die kleinen hellen Punkte noch mehr leuchten ließ.

»Ok, zeigen Sie mir den Weg zu Kellers Spedition. Vielleicht treffen wir dort diesen Manni.«

Schweigend fuhren sie durch Kleinstädte und erreichten Friedberg. Noch vor dem Ortsschild wies der Polizeischüler ihm den Weg ins Gewerbegebiet. Kurz darauf sah Berg das große verwitterte Schild der Spedition an einem hohen Maschendrahtzaun hängen. Er bog auf das Gelände ein und parkte vor dem Bürogebäude. Zwei Stockwerke, Flachdach, wie es in den Siebzigern modern war, die Rollläden halb heruntergelassen. Eine rote Zugmaschine mit Auflieger parkte rechts, auf grauer Plane stand in großer gelber Schrift »Keller Logistik, Transporte seit 1912«

Sie stiegen aus, die Mittagshitze drückte gegen Bergs Lunge wie die zwanzigste Minute auf dem Trainingsrad beim Arzt. Er zog den Mantel aus und warf ihn auf den Rücksitz, ehe er am Hauseingang bei »Büro« klingelte. Niemand öffnete. Er probierte es erneut, das helle Schnarren der Klingel war durch die Tür zu hören. Dann drückte er auf »Keller privat«. Wieder nichts. Berg ging um das Bürogebäude herum, auf der Rückseite lag die Werkstatt. Mehrere Meter hoch, riesiges, geschlossenes Rolltor. Auch unter der frischen Farbe war im grellen Sonnenlicht der Schriftzug noch schattenhaft zu erkennen.

Berg legte den Kopf leicht schräg. »So ein Spruch sieht echt scheiße aus.«

Der Polizeischüler nickte.

»Wer hat das übermalt?«, fragte Berg.

»Manni.«

»Und, haben Sie die Schmierfinken ermittelt?«

»Wie denn?«, fuhr der Polizeischüler auf. »Die eine Hälfte der Leute hier ist für Flüchtlinge, die andere Hälfte dagegen. Also könnte ich die halbe Stadt befragen und alle linken Gruppen aus

Frankfurt. Tausende. Und was werden die alle sagen? ›Keine Ahnung‹ werden sie antworten und nur mit Mühe ihr Grinsen verbergen.«

Berg musste lächeln. »Stimmt. So ist Polizeiarbeit.« Mit ernster Stimme fuhr er fort: »Haben Sie trotzdem irgendwelche stadtbekannten linken Fanatiker befragt?«

Der Polizeischüler hüstelte verlegen. »Einen. Den einzigen, den ich kenne.«

»Und?«

»Wie gesagt: Gegrinst hat er, und von nichts eine Ahnung.«

»Woher kennen Sie ihn?«

»Ehemaliger Klassenkamerad.«

»Und, treffen sie sich regelmäßig auf ein Bier?«

»Nein, eher nicht. Eher beruflich.«

Berg zog die Augenbrauen hoch. »BtM?«

»Naja, das auch. Er war an der Randale auf der Versammlung neulich beteiligt. Musste ihn mit auf die Wache nehmen, Protokoll, Anzeige, aber das ist er schon gewohnt.«

»Wo finden wir ihn?«

»Wohnt bei seiner Schwester.«

»Auch so eine linke Kämpferin?«

Der Polizeischüler lachte. »Nein. Die hat damit nichts zu tun. Erst nachdem sie sich von ihrem Freund getrennt hat, ist ihr Bruder zu ihr gezogen.«

»War der gewalttätig, der Freund?«

»Nein nein, ein ganz harmloser Typ, Maschinenbauer oder so. Die haben sich zerstritten wegen ...«, er suchte nach den richtigen Worten, »... dieser aktuellen Diskussion.«

»Sagt wer?«

»Der linke Fanatiker. Alex. Also Alexander.«

15

Der Karton und noch irgendwas Kleines. Die Wintermäntel vielleicht. Er prüfte, ob die Kofferraumklappe des Opel Astra noch zuging. Mit viel Schwung sollte es klappen. Nein, dachte er, das konnte nicht endgültig sein. Vieles war entweder unausgesprochen oder zu emotional ausgesprochen.

Ein letztes Mal stieg er schwitzend die zwei Stockwerke hoch. In ihre Wohnung. Sie hatte damals seine Beteiligung abgelehnt, als sie von dem Erbe diese Eigentumswohnung gekauft hatte. Ruhige Wohngegend, die Fassaden in frischem blassen Rapsgelb gestrichen, die angebauten Balkone in Grün. Nix für Immobilienspekulanten oder reiche Zahnärzte, die sich ein privates Liebesnest oder eine erste Bleibe für verwöhnte Kinder gönnten. Er wäre gerne hier geblieben und beim ersten Kind hätten sie sich dann eine größere Wohnung gemietet. Oder ein Haus, oben am Feldrand, mit Blick auf den Taunus, wenn man die Autobahn davor ignorierte.

Nun hauste er seit einer Woche bei Karlheinz im stickigen Gästezimmer.

Ein kurzer Blick in die schmale Küche, aber er hatte eh nicht viel mitgebracht. Sein Singlehaushalt hatte aus zwei Tellern bestanden, verschiedenen Tassen – sollte halt Marion seine Tassen wegräumen oder sich jeden Morgen an ihn erinnern – und dem Sessel. Hoffentlich wird Alex sich ärgern, dass sein Lieblingsplatz weg war.

In der Mitte des Wohnzimmers standen ein Stapel seiner Bücher, eine graue Einkaufskiste mit CDs und zwei Schwarzweiß-Drucke von Alfred Erhardt aus der Serie »Hamburger Industrie, 1952«. Sie empfand sie immer als zu düster, ihn aber erinnerten diese Bilder von großen Zahnrädern und Männern in einer Turbinenfabrik an Räder, die einst die Welt bewegten. Jetzt bewegte die Welt sich von allein.

Wenige Tage zuvor hatte er neben ein paar Klamotten seinen Sessel weggeschleppt. Den Rest, hatte er auf einen Zettel geschrieben, würde er später abholen. Er wollte ihr Zeit geben, um zur Vernunft zu kommen, aber das war ein kläglicher Plan gewesen. Kein Anruf, kein Rückruf.

Im Schlafzimmer öffnete er den Schrank und stutzte. Da hingen bereits Alex' Sachen. Machte sich diese Zecke schon hier breit! Wütend knallte er die Tür zu, aber die Scharnierdämpfer fingen den Schwung ab. Die Wohnung schien ihn geräuschlos ausscheiden zu wollen, ohne Stöhnen, ohne Krach. Er ging ins Wohnzimmer zurück, legte die Bücher in die CD-Kiste, klemmte sich die beiden Bilder unter den Arm und trug alles in das Treppenhaus. Dort fummelte er den Haustürschlüssel vom Bund, legte ihn auf die kleine Ikea-Kommode im Flur und zog die Tür von außen zu.

War er unnachgiebig oder einfach nur standhaft gewesen? Oder sie? Warum hatte sie nicht versucht, ihn zu verstehen? Aber mit Alex an ihrer Seite hatte er keine Chance. Sie trug eine in mancher Hinsicht naive Vorstellung von der Welt in ihrem Herzen. Ihr Bruder war besessen von seinem linken politischen Kampf und den auswendig gelernten Parolen, warum der Kapitalismus und der Patriotismus der Untergang oder Schlimmeres sei, wobei Alex immer nur von »Ausbeutung« und »Nationalismus« sprach. Abstraktes Gerede, wie Thomas fand, aber in der Diskussion nicht zu widerlegen.

Wie Marion ihn verhört hatte, warum er dort auf dieser Veranstaltung gewesen sei und nicht auf der Gegendemonstration, warum er sie angelogen, aber diesen Deppen der DbD zugehört habe. Es gebe, behauptete sie, ein paar, nicht viele, aber eben ein paar rote Linien, die ihrer Meinung nach, nein, ihrer Überzeugung nach, nicht und niemals und unter keinen Umständen überschritten werden dürften. Und eine wie auch immer geartete Nähe zu Rechtspopulisten, Fremdenfeinden, überhaupt nur mit diesen schweigend in einem Raum zu sitzen, auf einer Veranstaltung, von der bekannt war, dass dort die berühmten »besorgten Bürger« auflaufen würden, ihr das zu verschweigen und stattdessen was von Bundesliga vorzulügen, das seien so viele rote Linien auf einmal gewesen, dass sie mit ihm nicht mehr an einem Tisch sitzen geschweige denn im gleichen Bett liegen könne.

Aber er habe doch nur zuhören wollen, hatte er sich verteidigt, auch das sei Demokratie und Freiheit. Getan habe er nichts, im Gegenteil, er sei überfallen worden und nicht zur Polizei gegangen, weil sie es so hatte haben wollen, soviel habe er für sie getan. Mit den Gangstern im Wohnheim an einem Tisch sitzen, das ginge, ja? Aber ihn rauszuwerfen war doch Heuchelei. Und als er ihr in seiner ungeübten Streitlust vorwarf, ihr Verhalten sei genauso radikal und uneinsichtig und ausgrenzend wie das der DbD oder, dabei zeigte er auf Alex, von diesem arbeitsscheuen linken Gesindel, da hatte sie überraschend ruhig nur diese drei Sätze gesagt:

»Eine Woche. Sonntag bist du weg. Den Schlüssel legst du auf die Kommode.« Alex hatte im Sessel gesessen und gegrinst. Überlegen, gehässig.

Er klemmte die Kiste auf den Beifahrersitz zwischen Rückenlehne und Handschuhfach. Fertig. Das war's. Er zog das Hemd aus, wischte sich die Stirn trocken und stopfte das T-Shirt in die Hose. Beide Fenster runtergekurbelt fuhr er los, der Durchzug trocknete die verschwitzten Haare im Nacken. Die Straßen waren sonntagnachmittäglich leer, nur am Wohnheim standen einige Flüchtlinge auf der Straße oder saßen auf dem kleinen Grünstreifen vor dem Haus und schwätzten, ein Grill qualmte. Wegen euch hat mich meine Frau verlassen, fluchte er und spürte wieder diese Wut.

Als er die Innenstadt durchquerte und am vollbesetzen Eiscafé vorbeifuhr, entschloss er sich, bei Alex vorbeizuschauen, bevor der sich komplett bei Marion einnistete. Ihn fragen, ob er sich jetzt besser fühlen würde, warum er das getan hatte, oder ob er einfach nur in Marions schöne Wohnung wollte. Und ob er den Nazispruch auf das Garagentor des Spediteurs geschmiert hatte.

Und wie er sich fühlen würde, jetzt, wo dieser Mann tot war.

16

»Hey, Ex-Fast-Schwager«, sagte Alex, als er die Tür öffnete. Ein Gestank aus wochenalter Unterwäsche, Plantagen von Marihuana und vergammelter Spaghetti-Soße zog aus der Kellertür. Thomas drehte den Kopf zur Seite. War vielleicht doch keine gute Idee.

»Hi, Alex.«

»Ey, Alter, komm rein«, nuschelte Alex und trat einen Schritt zur Seite.

Zögernd betrat Thomas die Wohnung. Er konzentrierte sich auf das schwache Licht am Ende des Flurs und stieß unterwegs gegen einige Kartons. Im Wohnzimmer, sofern man es so nennen wollte, glimmte eine Stehlampe, durch das blinde Kellerfenster war nicht zu erahnen, dass dort oben die Augustsonne das Land und die Gemüter erhitzte. Alex folgte ihm und wies auf den alten Drehstuhl. Die einzige Sitzgelegenheit, abgesehen von dem schmalen Bett. Thomas setzte sich und betrachtete das Chaos auf dem Schreibtisch. Ungeordnete Papierstapel, der Laptop zugeklappt, aber ein paar Lämpchen leuchteten. Hat wahrscheinlich Pornos geschaut oder im Darknet geshoppt. Langsam drehte er sich in den Raum hinein, links verstellte ein Bücherregal die Wand, rechts neben dem Bett ein alter Weichholzschrank. Marion hatte ihm erzählt, dass dieser Schrank schon in ihrem Kinderzimmer gestanden hatte und davor im Schlafzimmer der Oma. Mit den Eltern hatten sie ihn blau gestrichen und mit tollpatschigen Kinderhänden Pril-Blumen aufgeklebt.

Alex warf sich auf sein Bett, lehnte sich an die dunkelgrüne Wand und verschränkte die Beine zum Schneidersitz.

»Seltener Gast hier«, sagte er nach einer Weile. »Was willst du?«

Thomas räusperte sich. »Eigentlich fragen, warum du das getan hast.«

»Die Frage gebe ich zurück. Warum belügst du Marion und gehst auf eine Nazi-Versammlung?«

»Erstens war das keine Nazi-Versammlung und zweitens hab ich dich zuerst gefragt. Warum hast du mich und Marion auseinandergebracht?«

Alex lachte laut auf und schlug sich eine Hand klatschend auf den Schenkel.

»Alter, welche Macht räumst du mir denn ein? Es ist nur passiert, was ohnehin passiert wäre.«

»Es ist passiert, weil du Mist erzählt hast.«

»Es ist passiert, weil du Mist gebaut hast.«

So ging es nicht weiter.

»Hör mal, Alex, wir kennen uns jetzt lang genug. Auch wenn wir uns nicht übertrieben mögen, so haben wir uns doch immer respektiert. Zumindest ich habe das getan. Ich bin kein Arschloch, auch wenn du das gerne hättest. Aber in deiner Welt existieren ja nur Arschlöcher.«

Das Bett knarzte, als Alex den Oberkörper ein wenig hin und her schaukelte.

»Nicht nur meine Welt ist voller Arschlöcher.« Er blickte Thomas an, die Augen erstaunlich klar. »Zugegebenermaßen hab ich dich nicht immer dazu gezählt.«

»Und warum jetzt?«

»Ist das eine Frage?«

»Alex, lass das.« Thomas schaute zum Kellerfenster hoch, aber auf der schmalen Fensterbank stapelten sich Zeitschriften und Ordner so hoch, dass an ein Öffnen nicht zu denken war.

»Na hör mal«, sagte Alex, »Ich demonstriere gegen diese Neonazis, verhindere, dass wir hier rechtsradikalisiert werden, stehe für unsere Mitmenschen ein und du läufst diesen Rattenfängern nach.«

»Ich laufe niemandem nach, ich informiere mich.«

Wieder lacht Alex auf. So ein kurzes Husten oder ein erkältetes Bellen eines Schoßhundes. »Audiatur et altera pars. Versuchst du mich intellektuell zu packen? Lass es.«

Stimmt. Es war zwecklos, Alex schien nüchtern zu sein. Nüchtern war es schwierig bis unmöglich.

»Du magst manchmal der schnellere Denker von uns beiden sein«, sagte Thomas, »das gibt dir aber nicht das Recht auf solche Arroganz.«

»Ich stelle nur fest.«

»Und wie stellst du anhand einer einzigen Begebenheit fest, dass ich ein Arschloch bin?«

»Ich muss niemandem erklären, welche Fakten in diese Bewertung einfließen. Also auch dir nicht.«

Thomas feilte einen Moment am nächsten Satz. »Muss ich das so verstehen, dass all die Jahre, die ich gut für deine Schwester war – die seelische Unterstützung, die ich euch beiden beim Tod eurer Eltern geleistet habe, mein Steuerbeitrag für die Gesellschaft – in deinen Augen wertlos sind im Vergleich zur stillen Anwesenheit auf einer Versammlung, die du persönlich anders bewertest als ich?«

»Wenn du es so darstellen willst, dann lautet meine Antwort: Ja.«

Stöhnend senkte Thomas den Blick auf den graugrünen Teppichboden. Ein lebenswertes Biotop für mancherlei Mikroorganismen, zumindest bewegte sich irgendwas dort. Außer Marion gab es keine einzige Schnittmenge ihrer beiden Welten. Ohne Marion verachtete er Schmarotzer wie Alex.

Er wechselte das Thema. »Hast du die Nazisprüche auf Kellers Garage geschrieben?«

Alex grinste eine Weile und blickte ihn an. »Und wenn?«

»Der Mann ist tot.«

»Kein Verlust für die Menschheit.«

»Du freust dich über den Tod eines Menschen?«

»Wenn der Tod die Richtigen trifft?«

Thomas schüttelt den Kopf. »Ich versteh dich nicht.«

»Das hast du noch nie.«

»Warst du es denn?«

»Was? Ihn umgebracht?«

»Nein, das mit dem Nazispruch.«

»Jetzt kann er mich ja nicht mehr anzeigen. Ja, ich hab den Mitmenschen gezeigt, was für eine Nazisau sie als ehrenwerten Bürger in ihrer Mitte verehren.«

»Und wenn du ihn damit in den Tod getrieben hast?«

Alex riss die Augen überrascht auf und beugte sich vor. »Im Internet steht, dass er mit seiner fetten Umweltpestkarre besoffen gegen einen Baum gerauscht sei.«

»Ohne zu bremsen?« Mist, dachte Thomas im selben Augenblick. Alex legte seinen Kopf schief und fragte:

»Woher weißt du das?«

Thomas zuckte mit den Schultern und blickte an die Decke. Kein Anstrich würde diese Nikotin-Marihuana-Fettschicht übertünchen können.

»Hört man so«, sagte er.

»Also, ich hab das nicht gehört und in der Regel hör ich sehr viel mehr als du.«

»Weil du zu viel Zeit hast.«

»Weil ich sie nicht als Sklave in einer Fabrik verbringe, nur damit ausbeutende Kapitalisten ihren unverdienten Reichtum mehren können. Weil ich in diesem Spiel nicht mitmache, weil ich begriffen habe, dass wir alle nur ...«

»Jaja«, unterbrach ihn Thomas mit einer Handbewegung und drehte sich auf dem Stuhl wieder zum Schreibtisch. »Ich kenne dein Geschwafel, deine Ausreden, deine Argumentation.« Interessiert blätterte er durch die Unterlagen, die links und rechts des Laptops gestapelt lagen. Flugblätter, Skizzen, Abhandlungen.

»Kurden, Flüchtlinge, Monsanto, Umwelt, ganz schön volles Programm.«

Alex sprang auf und griff in seinen Arm.

»Lass das!«, rief er und schob ihn mit dem Stuhl vom Schreibtisch weg.

»Wow«, sagte Thomas, »Die Welt zu retten ist wohl ein geheimer Job.«

»Das geht dich alles nichts an«, fauchte Alex und drehte ein paar lose Blätter mit der Rückseite nach oben auf die Stapel. »Was willst du?«

»Marion. Ich will mit ihr reden.«

»Aha.« Alex lehnte sich an den Schreibtisch und verschränkte die Arme. »Du willst meine Schwester zurückhaben?«

»Wenigstens mit ihr reden. Sie geht nicht ans Telefon«, sagte Thomas, während er die Blumen an der Schranktür betrachtete. Welche davon Marion aufgeklebt hatte?

»Und was erwartest du von mir?«

Thomas schaute zu ihm hoch. Es fiel ihm schwer, nicht in das selbstgefällige Grinsen zu schlagen, obwohl er noch nie jemand ins Gesicht geschlagen hatte. Oder irgendwohin. Vielleicht ein Fehler.

»Sag ihr, dass ich sie sprechen muss. Sie hört auf dich.«

»Deswegen antwortet sie dir ja auch nicht.«

Thomas sprang auf. »Wie? Du verbietest es ihr?«

Alex trat einen Schritt auf ihn zu. »Willst du mich daran hindern?«

Der Ärger, die Wut, die Verzweiflung flossen aus dem Kopf in den Körper. Erst spürte er es im Magen, wie ein leichtes Hungergefühl, dann ein Ziehen, seine Ohren wurden heiß und die Stimme zitterte, als er sagte:

»Verdammt, Alex, ich liebe sie, ich brauche sie, wir wollen Kinder und heiraten. Bitte mach das nicht.«

Alex schlängelte sich um den Couchtisch aus zwei leeren Bierkästen zum Bett, setzte sich, kreuzte umständlich seine Beine, ruckte ein wenig hin und her, lehnte sich an die Wand und sagte:

»Ich will keinen Nazi als Schwager und niemals Onkel von Nazi-Bälgern werden.«

»Ich bin kein Nazi!«, schrie Thomas und trat gegen einen der Bierkästen. Die Holzplatte wankte, rutschte zur Seite und mehrere Aschenbecher leerten sich auf dem Boden. Alex schrie etwas, aber Thomas brüllte lauter: »Hörst du? Ich bin kein NAZI! Du elende Zecke, Schmarotzer du!«

»Soso, du würdest einen Schmarotzer als Schwager akzeptieren? Nur für eine Frau? Wie käuflich bist du eigentlich?«, rief Alex zurück.

Thomas stand zitternd vor dem Bett und beugte sich noch weiter zu ihm runter. »Familie kann man sich nicht aussuchen! Ich will ja nicht dich heiraten, sondern deine Schwester!«

»Du bekommst sie nie!«

Thomas schlug zu, aber Alex sah den Schlag kommen und warf sich längs aufs Bett. Die Faust erwischte ihn nur am Nacken. »Du Schwein!«, schrie Thomas mehrmals, seine Fäuste prasselten auf Alex' Rücken und Hinterkopf. Als ihm die Luft ausging, richtete er sich auf, betrachtete seine Hände, die roten Knöchel, schnaufte einige Male, dann torkelte er rückwärts und fiel erschöpft auf den Schreibtischstuhl.

»Sorry«, murmelte er.

Alex fuhr sich mit einer Hand durch die fettigen Haare und grinste. »Nazi und brutaler Schläger. Ich wusste es. So einer bekommt meine Schwester nie.«

Thomas stöhnte. Die Wut war rausgeprügelt, der Kopf leer, die Chance vertan. Einbahnstraße in eine Sackgasse. Wo war der Reset-Knopf? Wortlos erhob er sich und verließ ohne einen Blick zurück die Wohnung.

Mit zittrigen Händen versuchte er, den Schlüssel ins Zündschloss zu stecken. Als der Motor endlich lief, legte er den Kopf auf das Lenkrad und atmete mehrmals tief ein und aus.

Es gab nur einen Weg.

Alex musste weg.

17

Später überlegte Berg immer wieder, ob dieser eine Moment der richtige gewesen wäre, das Unglück zu verhindern. Was passiert wäre, wenn er auf die Frau gehört und gehandelt hätte.

Den Polizeischüler, von dem er mittlerweile wusste, dass er Timo hieß, hatte er nicht mitgenommen. Möglicherweise befangen, hatte er ihm gesagt. So stand er allein vor der Wohnungstür und klingelte.

Die Frau, die öffnete, entsprach so gar nicht seiner Erwartung einer großen Schwester eines Linksradikalen. Die kurzen dunkelblonden Haare, das leicht breite Gesicht, das ihr mal später tiefe Falten auf die Wangen bringen würde, die sehr hellblauen Augen, all das überraschte ihn. Mit ihrer kompakten Figur in dunkelblauer Bluse und heller Hose wirkte sie eher wie eine Sachbearbeiterin einer Krankenkasse. Unauffällig, aber nach Mitternacht auf einer Betriebsfeier bestimmt gefragt.

Vor ihre fragenden Augen hielt er seinen Polizeiausweis. Sie zuckte kaum.

»Worum geht es?«, fragte sie nach einem gründlichen Blick auf den Ausweis.

»Ich muss Ihren Bruder Alexander Turnau sprechen«, antwortete er. »Ich habe gehört, dass er hier anzutreffen ist.«

Sie wirkte immer noch nicht überrascht. Dieses Friedberg ist doch ein Dorf, dachte Berg wieder. Wahrscheinlich gehen die Leute auf dem Land ständig davon aus, dass alle alles wussten.

»Worum geht es?«, wiederholte sie.

»Ich muss ihn sprechen!«, erwiderte er im schärferen Ton.

Jetzt erst schien sie einen gewissen Ernst in der Situation zu erkennen, sie schüttelte zwar den Kopf, trat aber zur Seite und bat ihn herein.

Wie gewohnt scannte Berg in den ersten Sekunden die Wohnung, sie verrät viel über die darin lebenden Menschen. In Köpfe zu blicken war das Wichtigste und gleichzeitig Schwierigste, nicht nur in seinem Job. Die meisten Menschen, eigentlich alle, die er kannte, ließen nur widerstrebend Fremde in ihr Heim, sei es der Schornsteinfeger oder die Polizei. Kerner sagte einmal, das Eindringen in diese Privatsphäre empfinde er wie das erste Eindringen in eine Frau nach dem dritten Date und verrate dabei noch mehr. Das konnte Berg zwar nicht verifizieren, aber das Bild gefiel ihm. Vielleicht waren deshalb viele Wohnungen wie in Prospektbeilagen eingerichtet.

Bei Paaren war oft klar, wer die Möbel und wer die Accessoires verantwortete. Hier jedoch war alles von der Frau ausgesucht worden: Der Fernseher klein und nicht zentral vor dem Stoffsofa mit den Zierkissen, im Bücherregal verschiedener Schnickschnack. An zwei Stellen an einer Wand helle Flecken von abgehängten Bildern.

Die Frau setzte sich auf einen Küchenstuhl, der wie ein Lückenfüller schräg vor dem hellen Sofa stand. Erst als Berg sich gesetzt hatte, fragte sie mit mütterlich-verzweifeltem Ausdruck in der Stimme, ob Alex wieder etwas angestellt habe.

Aha, dachte Berg. Das schwarze Schaf und der Hütehund.

»Das möchte ich gerne herausbekommen«, sagte er. »Wo ist ihr Bruder jetzt?«

»Wieso wollen Sie das wissen?«

»Hören Sie, in diesem Spiel gibt es eine einfache Regel: Ich stelle Fragen, Sie antworten!«

»Pfff«, machte die Frau und verschränkte die Arme vor der Brust. »Ihre Tour beeindruckt mich nicht.«

Berg unterdrückte ein Stöhnen. Früher hatte das funktioniert.

»Machen Sie es sich und mir nicht unnötig schwer. Ich habe doch nur ein paar Fragen an Ihren Bruder. Also bitte: Wo ist er?«

Sie zuckte mit den Schultern. »Irgendwann im Laufe des Abends zur Fütterungszeit wird er auftauchen.«

»In welchem Teil der Prärie verbringt er denn seine Tage?«, hakte Berg nach.

Wieder ein leichtes Schulterzucken. »Irgendwo zwischen hier, Frankfurt und dem Rest der Welt.«

»Jagend?«

Sie schüttelte den Kopf. »Nein, eher die Welt bessermachend.«

Berg nickte. »Das täte ich auch gerne, aber ich komme immer dann, wenn es nicht geklappt hat.«

Sie beugte sich vor und wiederholte die Frage: »Was hat Alex denn nun angestellt?«

Berg zögerte einen Moment, dann erzählte er ihr von den Schmierereien an dem Garagentor des nunmehr toten Spediteurs. Sie lachte auf. Dazu könne sie nichts sagen, aber die Geschichte sei Stadtgespräch, in der Firma hätten sie heute über nichts anderes geredet.

»Wieso interessieren Sie sich dafür?«

Berg fuhr durch sein wirres graues Haar. »Aus ermittlungstaktischen Gründen darf ich dazu nichts sagen.«

»Ermittlung?«

Sie war schlau. Berg dachte an Landers, die hier wohl das bessere Gespräch geführt hätte.

»Gibt es etwas rund um diesen toten Spediteur, von dem sie mir erzählen können?«, fragte er.

Sie zögerte einen Moment, dann lehnte sie sich wieder zurück und verschränkte die Arme. »Dieser Friedrich Keller ist doch ein armer Mensch gewesen. Erst das Geld weg, dann Frau und Kind und schließlich die Gesinnung. Hat sich mit dem rechten Geschmeiß eingelassen.«

»Wie ihr Ex-Freund?«, unterbrach Berg sie.

Sie riss die Augen auf, die blassen Wangen röteten sich fleckig. Er erwartete, dass sie fragte, woher er das wüsste, aber nach einem Moment nickte sie knapp: »Ja, wie Thomas.«

Langsam ziehen, mahnte sich Berg. Sie hing am Haken, aber noch sehr locker. So lehrten sie es noch heute in der Polizeischule, obwohl er diese Angler-Analogie nie verstanden hat. Wer zum Teufel angelte denn heutzutage noch, oder ging es nur um den Angelkalender?

Er legte den Kopf schräg. »Sie haben da wohl einen klaren Standpunkt?«

»Wer denn nicht!«, erwiderte sie überraschend laut, fast aggressiv, ihre Arme ruderten wild durch die Luft. »Ich weiß, dass mein Bruder seine politischen Ansichten sehr ehrgeizig vertritt. Immer wieder mahne ich ihn, innerhalb des gesetzlichen Rahmens zu bleiben. Aber er ist zum Glück keiner dieser Schweiger. Ich engagiere mich ja auch.«

Auf seinen fragenden Blick hin erklärte sie in knappen Sätzen ihre Arbeit in der Flüchtlingshilfe in der nahegelegenen Gemeinschaftsunterkunft: Hilfe beim Ausfüllen von Anträgen, Vermittlung von Sprachunterricht, Kochkurse, denn für deren heimische Küche seien hier ja kaum Zutaten zu finden, nach Frankfurt in die Moselstraße zum Einkaufen dürften die meisten ja nicht. Kaffeekränzchen mit den Frauen, die sich erst an die selbstbestimmte Rolle der Frau gewöhnen müssten. Leider würden nur die wenigsten das verstehen und annehmen, aber die Verteilung des Taschengeldes für die Kinder an die Frau und nicht an den Mann, würden viele sehr positiv aufnehmen. Die meisten bemühten sich, die hier geltenden Regeln und Gesetze zu verstehen und erkannten die Chancen und Möglichkeiten bei uns. Sie habe da beispielsweise ein syrisches Bruderpärchen kennengelernt, die fernsehtaugliche Schleife, so mit Boot im Mittelmeer abgesoffen und zu Fuß nachts durch die Wälder Ungarns, der Jüngste gerade mal sechszehn, die Eltern noch in Aleppo. Nach nur einem halben Jahr Sprachunterricht könne sie sich mit beiden schon besser auf Deutsch unterhalten als mit so manchem Bio-Deutschen. Der große Bruder habe bereits einen Ausbildungsplatz bei Mercedes erhalten, obwohl er in Aleppo nur iranische Billigautos verkauft hatte, während der Jüngere in der Matratzenfabrik seines Onkels habe aushelfen müssen und nun endlich seinen Traum leben könne: Eine Ausbildung in einer Glaserei. Wie die beiden mit dem ungewissen Schicksal ihrer Familie in Aleppo umgingen, also das wären ganz andere Dramatiken als die kleinen Abstriche, die wir fettgefressenen, verwöhnten Wohlstandsbürger hier hinnehmen müssten. Und statt diese Energie zu würdigen, würden diese Menschen angefeindet und der Untergang unserer Kultur herbeigeschrien.

»Lächerlich«, murmelte sie. »Einfach lächerlich.«

Dann wurde ihre Stimme wieder lauter und die hellen Flecken auf den Wangen dunkler. Ja, ihr Ex-Freund habe gegen dieses Wohnheim protestiert, habe sich einfangen lassen von den Ängsten, von der Stimmung, den viel zu kurzen und also falschen Antworten auf zugegebenermaßen komplexe Fragen. Habe sich wie ein hungriger Straßenhund in Südspanien mit anderen verlausten Kötern zusammengerottet, um einen verirrten Touristenhund wegzubeißen, dabei sei unsere Situation doch gerade umgekehrt: Wir würden dick und rund gefüttert und schliefen jede Nacht im warmen Bettchen, während der abgemagerte Straßenköter von unseren Abfällen lebe. Wie könne man diesen Flüchtlingen denn vorwerfen, zu uns zu fliehen, Heimat sei doch das stärkste Gefühl, neben Liebe vielleicht, das gebe niemand so einfach auf. Heimat sei ein Begriff so voller Wärme und werde nun zerstört durch kalte Menschen. Und dabei – ihre Stimme neigte zum Überschlagen – und dabei seien diese kalten Menschen mitschuldig an dem ganzen Elend: Alle wollten nur billig, billig, billiger kaufen. Vor den Küsten Westafrikas werden den lokalen Fischern unsere Fischstäbchen vor der Nase weggefischt, auf afrikanischen Märkten unsere subventionierten Tomaten verkauft und dadurch arbeitslos gewordene lokale Tomatenzüchter schwämmen aus lauter Not durchs Mittelmeer und landeten wo? Na, wo? Als Billiglöhner auf einer spanischen Tomatenfarm! Alles nur wegen dem scheiß Geld! Jetzt klopfe dieses Elend an unserer Tür und das Geschrei sei groß, was das alles koste, fort mit ihnen, dahin, wo wir ihnen ihre Lebensgrundlage weggebombt und weggekauft hätten, doch statt gegen die Macht der Moneten zu kämpfen, erlebten wir nur einen Aufstand der Proleten.

Berg wollte sie bremsen, sagen, dass es nicht um das ganz große Ding ginge, sondern um angesägte Bremsleitungen. Mit einem »Hm« versuchte er das Gespräch an sich zu reißen, aber Marion hatte nur Luft geholt.

Den Allerallermeisten dieser armen Schweine, fuhr sie mit beunruhigend zitternder Stimme fort, könne doch niemand vorwerfen, dass sie nicht sofort alle unsere Regeln verstünden und einhielten. Wer von uns kenne denn Existenzängste? Also, so richtig elementare Existenzängste? Verlust von Familienmitgliedern, Kultur, Heimat, Freunde, Sprache, Beruf, und alles auf einmal? Nein, für dieses rechte Gesindel bringe sie nicht das allergeringste Verständnis auf. Die würden nur die Tatsachen verdrehen, absichtlich Lügengeschichten verbreiten und alles vergessen, was unsere Gesellschaft in der blutigen und tödlichen Entwicklung eines vom Fressneid getriebenen Tieres zur geistigen und kulturellen Zivilisation habe bitter lernen müssen. Alles umsonst. Daher deren Sprüche vom »Neuanfang« und so. Sei das nicht die Definition des Wahnsinns? Etwas fortwährend zu wiederholen, in der Hoffnung, beim nächsten Mal ein anderes Ergebnis zu erzielen?

Endlich fielen ihre Arme erschöpft auf ihren Schoß. Sie blickte auf ihre knetenden Hände, die Haarsträhne, die ihr vor das eine Auge fiel, wirkte unpassend sexy. Sie stand ruckartig auf, ging in die Küche und fragte, ob er auch ein Glas Wasser wolle.

»Gerne«, rief er ihr hinterher.

Er hörte die Kühlschranktür, ein kurzes Zischen, das Blubbern beim Eingießen und schaute sich um. Nein, nirgends Plakate mit Kampfparolen, keine Stofftiersammlung oder Klangschalen, einfach nur die Wohnung einer unauffälligen Frau. Alles in ihrem Kopf.

Sie kam mit zwei Gläsern zurück, entschuldigte sich knapp und setzte sich wieder auf den Stuhl. Diesmal zog sie die Beine hoch und legte ihre Hände auf die Knie.

Berg trank einen Schluck Wasser, stellte das Glas vorsichtig auf dem Glastisch ab und murmelte ein »Schon ok«. Ob sie denn, fragte er nach einer schweigsamen Minute, in der Hoffnung, ihre Erregung dämpfen zu können, nicht glaube, dass unsere Gesellschaft mittlerweile stark genug sei, um mit solchen Ängsten umzugehen.

Sie lachte trocken. Woher sie denn diese Zuversicht nehmen solle, fragte sie zurück. Nein, das mit dieser rechten Strömung würde nicht gut enden, vielmehr warte sie auf weitere Eskalationen. Irgendwann, sagte sie, würden die Menschen zurückblicken und sich fragen, warum sie diese Entwicklung nicht haben kommen sehen und niemand werde sich an all diejenigen erinnern, die genau diese Entwicklung haben kommen sehen.

Landers würde jetzt nicken, dachte Berg.

»Wollen Sie denn nicht untersuchen, welche dieser vermeintlich von Linken begangenen Taten diese scheinheiligen Rechten selbst verübt haben?«, fragte sie mit bissigem Unterton. »Cui bono? Schon mal gehört?«

Berg stöhnte innerlich auf und verkniff sich »Verschwörungstheorien« zu sagen. Scheiß Politik. Scheiß Job.

»Nun«, sagte er stattdessen, »ich muss Ihren Bruder so oder so befragen. Ist es in Ordnung, wenn ich abends wiederkomme?«

Sie schnaubte kurz und winkte wortlos unbestimmt mit einer Hand durch die Luft. Berg erhob sich, dankte für das Wasser und wartete einen Moment, ob sie ihn zur Tür begleiten wollte. Doch sie blickte ihn nicht an und blieb unbewegt sitzen. So ging er in den kurzen Flur hinaus und verließ die Wohnung.

Im Treppenhaus überlegte er, ob er sich diese »besseren Deutschen« nicht doch ein wenig näher betrachten sollte, verwarf den Gedanken aber wieder.

Hirngespinste einer emotional aufgebrachten Frau, dachte er.

Arroganz eines alten Gorillas, sagte später seine Frau dazu.

18

Irgendwann, hatte Thomas sich vorgenommen, würde er Hügel bitten, ihm die Maschinenhalle zu zeigen, in der die Druckmaschinen gebaut wurden. Geräte, die Hügel nach Osteuropa, Asien und seit diesem Jahr sogar bis nach Afrika verkaufte, auf denen Pizzaflyer, Hochglanzbroschüren für Banken und wetterfeste Planen gedruckt wurden. So zumindest stand es auf der Webseite. Wahrscheinlich, überlegte Thomas, wurden damit auch die Wahlplakate erstellt.

Maschinenbau faszinierte ihn, hatte er studiert, damit verdiente er sein Geld wie eine Million anderer. Auf der ganzen Welt standen Maschinen und Anlagen aus Deutschland, »Made in Germany« war von einer Schmähung zur Marke transformiert. Darauf konnte das Land stolz sein, auch wenn er nur an der verlängerten Werkbank eines Weltkonzerns arbeitete, der großteils in Niedriglohnländern produzierte.

So saß er auf dem Besucherstuhl in der Ecke vor Hügels Büro und feilte an den ersten Sätzen. Thomas hatte ihm zwei Tage zuvor nach dem verunglückten Besuch bei Alex eine SMS geschickt und Hügel hatte sich bereit erklärt, ihn nach Feierabend zu treffen. Leise murmelte Thomas verschiedene Versionen der Eröffnung vor sich hin, nur unterbrochen von Summen, Stampfen und vereinzeltem Knacken aus der Halle am anderen Ende des langen Flures. Vertraut, fast so wie an seinem Arbeitsplatz. Vielleicht würde sich hier mal ein besser bezahlter Job ergeben. Aber ob er Hügel als Chef ertragen könnte? Klar, er wirkte wie ein Macher, trat als guter Redner auf, war auf der Gewinnerstraße, ohne Gefahr, mal in den Graben zu rutschen. Es gab so Leute, denen alles gelang. Ein, zwei Telefonate, schon ein neuer Auftrag.

Ein Abend mit einem ungarischen Kunden im Frankfurter Bahnhofsviertel und eine weitere Lieferung wurde vereinbart. Ob das tatsächlich so lief, wusste er nicht, sein Chef Joachim hatte so etwas mal erzählt. Und so groß unterschieden sich Hügel und Joachim auch wieder nicht.

Die Sekretärin war schon gegangen, die Chefbürotür geschlossen. Er hörte Hügel undeutlich telefonieren. Thomas blätterte durch eines der Magazine, die auf dem Glastisch neben den zwei Besuchersesseln lagen, ohne die Artikelüberschriften zu lesen und stockte erst, als er eine vierfarbige Anzeige sah. »Keller Logistik, Transporte seit 1912«, ein großer roter Truck mit grauem Auflieger, ein genauso grauer Mann davor und zwei markige Sprüche daneben. Thomas schaute auf das Deckblatt des Magazins: ein halbes Jahr alt.

Was für ein Zufall.

Die Bürotür wurde geöffnet.

»Na, Thomas, was hast du für eine Idee?«, fragte Hügel freundlich.

Thomas reichte ihm die Hand, Hügel deutete auf eine Sitzgruppe in der Ecke des Büros. Viele Ordner im deckenhohen Regal an der Wand, der große Schreibtisch bedeckt von losen Blättern und aufgeschlagenen Mappen, auf dem Besprechungstisch zwei benutzte Kaffeetassen.

Erst nachdem sie am Tisch Platz genommen hatten, entschied sich Thomas für die Eröffnung: direkt, offen, klar.

»Ich weiß, wer Keller die Garage beschmiert hat.«

»Oha«, entfuhr es Hügel.

»Vielleicht war es ja der gleiche Kerl, der Keller die Bremsleitung angesägt haben könnte«, fuhr Thomas fort.

»Wer?«

Thomas zögerte einen kurzen Moment. Sollte er wirklich? Ja, es musste sein. Dieses Arschloch war schuld. Vielleicht nicht am Tod von Keller, aber dennoch schuldig.

»Ein linksradikaler Aktivist.«

»Das klingt doch interessant. Weiter?«

Thomas kam in Fahrt. »Ein stadtbekannter, arbeitsscheuer Radikaler. Demonstriert gegen alles Mögliche, fanatischer Linker und Kiffer.«

»So Leute kennst du?«, fragte Hügel. »Erzähl mir mehr!«

Mehr? Was sollte er mehr erzählen? Dass er seinen Fast-Schwager aus dem Weg räumen wollte?

Thomas zuckte mit den Schultern. »Wie gesagt, stadtbekannt. Vielleicht nicht hier in Frankfurt, aber bei uns.«

Hügels Mundwinkel zuckten, eine tiefe Falte erschien auf der makellos gebräunten Stirn.

»Wie sicher ist es, dass er die Schmiererei verbrochen hat?«

»Sehr sicher. Ich denke, die Polizei würde bei einer Durchsuchung irgendwas finden.« In diesem Kellerloch lag so viel Gerümpel, da müsste doch noch eine Farbdose oder eine Sprühvorlage aufzuspüren sein.

»Name?«

Jetzt. Der letzte Meter.

»Alexander Turnau.«

»Woher weißt du das?«, fragte Hügel, griff einen Kugelschreiber von seinem Schreibtisch und notierte den Namen auf einen Notizblock.

»In einer Kneipe gehört, so Jungs an der Bar haben darüber gesprochen.«

Hügel nickte ein paar Mal und lehnte sich zurück. »Klingt gut. Sehr gut. Mit ein paar Hinweisen an die Polizei müsste sich was draus stricken lassen. Das ist ein schöner Aufhänger für unsere Öffentlichkeitskampagne. Passt gut zu ...«, dann brach Hügel ab, rieb mit der Hand übers Kinn und schaute aus dem Fenster.

»Darf ich fragen zu was?«, fragte Thomas nach einem Moment der Stille.

Hügel fuhr herum und lächelte. »Zu unserer Wahlkampfstrategie.«

Hä? Darüber hatten sie doch schon gesprochen, diese Sache mit dem Provozieren der Linken am Wahlkampfstand, aber was ...?

»Meinst du die Aktion morgen in der Fußgängerzone?«

Hügel nickte. »Auch. Die Idee mit der Provokation ist nur eine Methode, genauso wie die Verunstaltung unserer Wahlplakate bei der letzten Kommunalwahl, die wir dann den Linken in die Schuhe geschoben haben. Was wir brauchen, sind noch viel mehr solcher Angriffe. Ein Mordanschlag einer linken Ratte auf eines unserer Mitglieder ist super, das hilft. Aber leider sehr regional. In Köln oder Stuttgart interessiert sich keiner für diesen Vorfall.«

»Ja, schon. Aber ...«, stammelte Thomas. Worauf wollte Hügel hinaus?

Der stand ruckartig auf und klatschte in die Hände. »Danke, Thomas, ich veranlasse alles Notwendige. Mach dir keinen Kopf. Wer weiß, was noch alles passiert, aber mit Sicherheit werden wir einen historischen Sieg bei der Wahl erzielen und dann engagiere ich dich als meinen Referenten für Berlin.«

»Ähm, und ... und der Listenplatz?«

»Das mit der Nachnominierung für den Listenplatz hat aus terminlichen Gründen nicht geklappt, ich bin mit den Anmeldefristen da leider durcheinander gekommen.« Er grinste. »Soll ich dir vorrechnen, was du als Referent verdienst?«

Nun, das war so ein Thema.

»Ja, gerne. Denn meinen Job zu kündigen für vier Jahre Berlin in deinem Büro und danach vielleicht auf der Straße zu stehen, das riskiere ich ungern.«

»Ach, Thomas, Leute mit den Verbindungen, die wir in Berlin knüpfen, sind in der freien Wirtschaft gefragt. Auch hier bei mir.«

War das ein Angebot? Oder Erhöhung des Schweigegeldes? Thomas lächelte verlegen. »Danke, Bernd.«

»Dann kümmere ich mich mal um diesen Herrn Turnau. Ich werde dich gut gebrauchen können als Referent.« Hügel stand auf und reichte Thomas über den Tisch die Hand. »Schönen Feierabend noch.«

Thomas schüttelte etwas verwirrt die angebotene Hand und verließ das Büro. Ging das so schnell? Keine fünf Minuten und der wesentliche Stolperstein zu Marion, zu seiner Liebe und zu seinem Glück, war eliminiert? Nur im richtigen Moment die richtigen Leute ansprechen? So einfach? Oder hatte er gerade einen riesigen Fehler begangen?

Auf der Heimfahrt versuchte er sich zu beruhigen, aber als er allein in Karlheinz' Gästezimmer auf dem Klappbett saß, fühlte er sich immer noch nicht besser. Wenn Marion das jemals rausbekäme, dann wäre endgültig Schluss. Gab es eigentlich eine Steigerung von endgültig?

Und was zum Teufel plante Hügel da noch?

19

Ihm fielen zahlreiche Gründe ein, bei der geplanten Provokation am Wahlkampfstand der Linken nicht mitzumachen. Da war natürlich die Befürchtung, Alex über den Weg zu laufen. Die Schuldgefühle, die bei aller Schlüssigkeit der Rechtfertigung irgendwo in der Nähe der Milz hockten und zwickten. Aber auch die dann offensichtliche Zugehörigkeit zu den »besseren« Deutschen. Hätte ihm egal sein können, Marion wollte ja eh kein Wort mehr mit ihm reden.

Die Gefahr, dass ihn jemand vom Betrieb sah, krankgeschrieben am sonnigen Vormittag in der Stadt einen Kaffee trinkend, war zwar gering, aber vorhanden. Was jedoch das Zwicken nahe der Milz verstärkte, war der Plan als solcher: Möglicherweise erfolgreich, jedoch nicht so, hm, »astrein« hätte Alex gesagt, Marion »perfide und gemein«. Auf keinen Fall politisch korrekt. Aber darum ging es ja.

Das von blutgetränkten Händen über Generationen hinweg zementierte Fundament aus »Richtig« und »Falsch« schwankte wie ein auf Sand gebautes Hochhaus bei bebender Erde, während die Bauingenieure stur behaupteten, es stünde auf Granit. Oder als hätte ein physikalisches Wunder »oben« und »unten« vertauscht oder die Kulturministerkonferenz die Worte »Tisch« und »Bett«. Wer sollte da wen noch verstehen, wenn eine gemeinsame Sprache fehlte und gemäß mathematischer Grundregel »Definition-Satz-Beweis« nicht über falsche Beweisführung diskutiert, sondern grundlegende Axiome zertrümmert wurden. Als wäre ein Punkt doch teilbar. Dann musste das gesamte Logikgebäude zusammenbrechen, eine Urangst, die bislang auf Mathematiker beschränkt war und jetzt große Teile der Gesellschaft befiel. Die Teile, die eifrig sägten und die anderen, die auf dieser Grundlage ihre nun knirschenden Hütten und Paläste errichtet hatten.

Oder befreite sich sein Geist einfach nur vom Gewölk aus Worthülsen der entrückten Eliten?

Thomas stellte den Cappuccino auf den Tisch, strich nachdenklich über die dunkle Holzplatte und sah durch die bodentiefen Fenster des Cafés wieder hinaus. Dann doch erstmal zuschauen.

An der Straßenecke schräg rechts gegenüber, dort wo die Fußgängerzone begann, flatterte der rote Sonnenschirm der Linken leicht im Sommerwind. Eine Tischdecke auf dem einfachen Stehtisch, der Stapel Broschüren durch einen Pflasterstein beschwert. Zwei alle Klischees erfüllende Frauen, eine rot-, die andere grauhaarig in schlabberndem Alternativlook und zwei deutlich jüngere Kerle. Einer davon war tatsächlich Alex. Sie sprachen vorbeigehende Menschen an, vornehmlich Frauen auf dem Weg zum Wochenmarkt, kinderwagenschiebende Mütter, einige nickten freundlich und nahmen die Flyer entgegen, ab und zu ergab sich ein Gespräch.

Straßenwahlkampf.

Auf dem Parkplatz vor der Kirche standen seit einigen Minuten zwei »bessere« Deutsche. Gerade stiegen vier Männer aus einem Passat und begrüßten die beiden. Sie tuschelten kurz und marschierten dann zur Straße. Zwei erkannte Thomas vom Stammtisch, die Jüngeren waren ihm unbekannt. Rote Backen, als würde die Luftzufuhr durch die hochgeknöpften Hemden abgedrückt, streng seitengescheiteltes Haar, Stechschritt. Als sie am Café vorbeikamen, hob Thomas die Lokalzeitung vors Gesicht, zählte in Gedanken bis zehn und linste dann hinter der Zeitung zum roten Sonnenschirm.

Die drei strammen Burschen standen schon am Stehtisch und redeten auf die beiden Frauen ein, die anderen lehnten einige Schritte entfernt an einer Hauswand. Auch wenn er nicht hören konnte, was gesprochen wurde, lief in seinem Kopf der Dialog ab:

»He, du linke Schlampe, willste nicht lieber nach Hause und Kinder hüten?«

»Oder die Enkel, hehe?«

»Quatsch, so frustriert, wie die dreinschaut, hat sie weder Mann noch Kinder.«

Er hörte die hohe und wahrscheinlich zittrige Stimme der Rothaarigen etwas sagen wie: »Was soll das? Habt ihr ein Problem mit Frauen?«

»Nö, solange sie im Rhythmus bleiben und den Mund halten!«

»Yeah, hab gehört Rothaarige sind besonders feurig ...«

»... genau! Auf dem Scheiterhaufen! Hehehe!«, könnte die Reaktion gelautet haben.

Die Grauhaarige gestikulierte wild. »Ihr vergessenen Bübchen, geht in euren Jurassic Park und spielt dort, aber pöbelt nicht in der Gegenwart rum!«, dachte sich Thomas ihre Gegenrede aus.

Alex drehte sich zu ihnen um, blieb jedoch drei Schritte entfernt. Wahrscheinlich war auch bei diesen Frauen männliche Hilfe unerwünscht, sie würden schon alleine klar kommen, hörte er sie sagen. Zumindest hatte Marion das einst gesagt, als er ihr anbot, das neue Handy einzurichten.

Der dickere der Jungen schlug der Grauhaarigen ein paar Flyer aus der Hand und zerriss sie demonstrativ vor ihrem Gesicht. Alex bewegte sich. Er rief seinem Kollegen etwas zu, der weiter Flyer verteilt hatte, und nur einige Atemzüge später hörte er durch die Fensterscheiben das Gebrüll. Der Stehtisch fiel um. Die rote Tischdecke flatterte davon, Broschüren wirbelten über die Straße. Eine Traube Fußgänger beobachtete in sicherer Entfernung den noch rein verbal ausgetragenen Kampf.

Alex bückte sich und hob den Pflasterstein auf, der mit dem umgestürzten Tisch vor seine Füße gerollt war.

»Aha!«, reimte sich Thomas die Provokation des Dicken aus, »wenn die Worte fehlen, so hilft nur Gewalt? Und ihr wollt uns erklären, wer die besseren Deutschen sind?«

Alex hielt das so historisch aufgeladene Wurfgeschoss aller Revolutionäre und mancher Außenminister in die Höhe und brüllte zurück, wahrscheinlich einen seiner Sprüche wie: »Eure kulturelle Gewalt trifft unsichtbar und doch mehr Menschen als ein einzelner Pflasterstein!«

Unglaublich, dachte Thomas. Die einen werfen ein Stöckchen, und die anderen laufen wie degenerierte Dackel hinterher. Durchschaubar und dennoch erfolgreich. Er folgte dem Blick einer der älteren Männer nach rechts in die Zuschauermenge, dort ragte ein dickes schwarzes Objektiv mit aufgesetztem Mikrofon heraus. Der versprochene Kameramann fürs Frühstücksfernsehen, mit buntem Rucksack wie ein Tourist getarnt.

Der verbliebene linke Genosse rannte mit schnellen Schritten zum Stand und trat dem Kerl neben dem Dicken mit Wucht gegen das Schienbein. Der sackte laut brüllend zusammen. Etwas theatralisch, aber wirkungsvoll, aus der Zuschauermenge war deutlich Unmut zu hören. Der Treter sprang zurück und holte gerade zu einem weiteren Tritt aus, doch die Grauhaarige zerrte ihn am Arm zur Seite.

Alex stand weiterhin brüllend, aber unbewegt vor dem Dicken. Offenbar hatte die neben ihm stehende Rothaarige einen gewissen Einfluss auf ihn. Der Getretene wälzte sich weiter auf dem Boden. Von links rannten die bestellten Polizisten herbei. Die Schreie drangen in das Café, etliche alte Damen mit gefärbten Haaren und klimpernden Halsketten gafften aus den Fenstern und schimpften auf die »Nichtsnutze«, die »statt was zu arbeiten, auf der Straße abhängen« und »unbescholtene Bürger mit kommunistischen Hetzparolen und Pflastersteinen bedrohen.«

Die beiden Polizisten drängten sich in die Menge, einer redete auf die Rothaarige ein, der andere half dem Mann vom Boden auf. Der Kameramann stand nun vor der gaffenden Menge, keiner der Polizisten hielt ihn fern, nur Alex rief etwas in seine Richtung.

Thomas griff nach der Kaffeetasse, doch der Anblick des braunporösen Milchschaumrands in der Tasse ekelte ihn.

Oder vielmehr der Gedanke, dass er genauso berechenbar war.

20

Farim legte die Mappe wieder zurück auf den schmalen Schreibtisch. Sie war leer, enthielt keinen Anschlagsplan. Achmed glaubte aber auch so fest daran, und es sollte nicht lange dauern, bis ein Szenario in dieser Mappe lag. Und ein Koffer voller Geld unter seiner Matratze. Der IS finanzierte ihn, wenngleich eher mäßig, um eine Zelle aufzubauen und in Achmed hatte er einen ersten Deppen gefunden. Klar, für Abu Sadah und die nächsthöheren Chargen im IS zählte er selbst genauso zu den Deppen und musste bei einem Anschlag ebenfalls sterben. Das war der Teil des Plans, der noch nicht perfektioniert war, für den er aber schon eine Idee hatte. Eine typisch westliche, kapitalistische Idee, die vielleicht nicht den Segen Allahs bringen würde, aber dafür ein unbeschwertes Leben.

Mit einem aufmunternden Schulterklopfen verabschiedete er Achmed, bald schon, bald schon. Er ging in die Küche, spülte die Teegläser sowie das Geschirr der letzten Tage und dachte an Ayla. Seine Schwester arbeitete mittlerweile in einer Anwaltskanzlei in Braunschweig. Zwar nur als Gehilfin, wie auf der Homepage stand, aber mit abgeschlossener Ausbildung. Sie verdiente Geld und Anerkennung und hatte einen festen Platz in dieser Gesellschaft gefunden. Zu allem Übel war die Kanzlei noch spezialisiert auf die Vertretung von abgelehnten Asylbewerbern, des Salafismus verdächtige Muslime und, das war besonders medienwirksam, auf die Zusammenführung arabischer Asylantenfamilien. Ein richtiger Gutmensch war sie, Ayla, seine Schwester.

Er träumte davon, sie in einem neuen 3er-BMW vor der Kanzlei abzufangen, in einem anthrazitfarbenen Anzug, der so schön schimmerte, mit schneeweißem Hemd, ägyptische Baumwolle, mindestens. Er sah ihre großen dunklen Augen, ihr leicht welliges Haar, Kopftuch hatte sie nie getragen. Wahrscheinlich trug sie als Anwaltsgehilfin auch so ein graues Kostüm wie die Anwältinnen in den Fernsehserien. Dann würde sie ihm um den Hals fallen, sich freuen, dass er noch lebte, auf das Auto blicken und anerkennend nicken und ihm sanft die Wange tätscheln und stolz auf ihn sein. Gut, nicht auf das, was er getan hatte, aber das würde sie ja nicht erfahren.

Bamm bamm ba-ba bamm bamm. Der Anruf. Sie hatten ihn zappeln lassen wie auf einem Basar. Jetzt klang Limp Bizkits ›*Mission Impossible*‹ aus dem Wohnzimmer.

Er ließ den letzten Teller in das Spülbecken fallen und lief zum Schreibtisch, neben der Mappe lag das Handy.

Es war so weit.

21

»Du förderst Nachwuchs?«, begrüßte ihn Karl.

Berg grinste verlegen, ging zum Besprechungstisch an den bodentiefen Fenstern und ließ sich in einen der Stühle fallen. Der Polizeipräsident setzte sich Berg gegenüber.

»Hat Landers erzählt«, erklärte Karl. »Der Polizeischüler scheint sich schwer wichtig zu fühlen als dein neuer Gehilfe.«

»Naja, Kerner ist abgetaucht und da dachte ich …«

»Klar, keine schlechte Idee. Führt dich mal wieder zurück an die Basis. Warst du im Labor?«

»Die Techniker sind unsicher. Einerseits war noch Bremsflüssigkeit im System, also hätte die Bremse noch funktionieren können, andererseits hat die Spurensicherung keine Rückstände auf der Straße gefunden. Hatte die Nacht aber geregnet.«

»Aber deswegen bist du nicht hier, oder?«, fragte der Polizeipräsident.

»Nein. Es ist wegen … nun ja, wenn Fingerspitzengefühl gefragt ist, hole ich gerne deinen Rat ein.«

»Ha!«, rief der Polizeipräsident aus. »Wenn du das mal öfter tätest!«

»Jetzt wird es politisch.«

»Oha?«

Berg erklärte die Situation: Er müsse einerseits einen linksradikalen Wändebeschmierer verfolgen, der vielleicht, möglicherweise, auch Bremsleitungen ansäge, andererseits gebe es da diese rechten Genossen. »Ach, diese besseren Deutschen?«, unterbrach ihn Karl, Berg nickte und fuhr fort, dass er eben vielleicht, möglicherweise, auch dort ermitteln müsse.

Karl ließ Berg ausreden. »Das ist tatsächlich heikel«, sagte er am Schluss.

»Sag ich doch.«

»Naja, noch ein bisschen heikler.«

»Noch mehr?«

Der Polizeipräsident lehnte sich zurück und trommelte mit der rechten Hand auf der dunklen Holztischplatte.

»Wir haben leider innerhalb der Polizei einige Gesinnungsfreunde für diese, hm, Partei.«

Berg lachte auf. »Ach so. Ja, ich weiß. Hat mir der Polizeischüler bereits angedeutet. Und was in der Kantine da und dort gesprochen wird, entgeht mir nicht immer, auch wenn ich das versuche.«

»Naja, das eine ist die operative Basis. Kann ich verstehen, dass sich die Kollegen auf der Straße einfache Lösungen wünschen.«

»Und das andere?«, fragte Berg, nachdem Karl verstummte.

»Tja, das andere ist das Führungspersonal, sogar hier und da mal ein Staatsanwalt.«

Berg blickte ungläubig. »Du kennst solche?«

»Schlimmer.«

»Schlimmer? Karl, was willst du mir erzählen?«

Der Polizeipräsident blickte an die Decke und stöhnte.

»Mein Nachfolger.«

»Was?« Berg sprang auf. »Dein Nachfolger auch?«

»Naja, zumindest einer der Kandidaten. Die Entscheidung ist noch nicht gefallen.«

Berg lief im Büro auf und ab, fluchte und ließ sich wieder in den Stuhl fallen.

»Einer meiner potentiellen neuen Chefs ist ein Nazi?«

»Tja, so darf ich das ja nicht sagen. Einer der Kandidaten ist Parteimitglied.«

»Bekennend?«

»Meines Wissens nur gerüchteweise.«

»Na, so hat doch der Minister einen Grund, ihn nicht zu benennen!«

»Tja, vielleicht. Kommt auf die Stimmung nach der Bundestagswahl an.«

»Hä? Wieso?« Berg schlug erneut mit der Faust auf den Tisch. »Nazi ist Nazi, bleibt Nazi!«

»Wenn es so einfach wäre. Wenn der Minister ihn nicht benennt und sich dabei nur im Ansatz auf seine mögliche Parteimitgliedschaft beruft, hat er eine Klage am Hals. Artikel drei, ›Niemand darf wegen ...‹ und so weiter. Berufsverbot aufgrund sogenannter oder tatsächlicher Verfassungsfeinde ist schon lange wieder abgeschafft. Niedersachsen rehabilitiert gerade die damals Betroffenen. Das Fass macht heute keiner mehr auf.«

»Solche Jobs werden doch in Hinterzimmern ausgehandelt, fachliche Kompetenz hat doch da noch nie gezählt!«

Der Polizeipräsident blickte ihn streng an. »Danke, Berg.«

»Sorry, Karl, das meinte ich nicht so, du weißt schon, ich meine ...«

»Lass gut sein. Auf meine letzten Tage will ich nur einen guten Übergang, und du kannst mir glauben, mir ist dieser Kandidat so lieb wie meiner Frau ein Rascheln unterm Bett.«

»Und wie soll ich in diesem Umfeld gegen die Deppen ermitteln? Wenn dieser für mich namenlose Kandidat davon erfährt, hab ich dann gleich die Interne am Hals, oder Faschos vor meinem Haus? Und vor wem muss ich mich mehr fürchten?«

Der Polizeipräsident schwieg, trommelte weiter mit der Hand auf dem Tisch und blickte an die Decke.

»Wenn ich dir sage, wer das ist, was hilft dir das?«

»Zumindest hab ich dann ein Gesicht vor Augen, wenn ich aus dem Hinterhalt angeschossen werde.«

Berg zögerte einen Moment, ehe er nachhakte: »Oder an was hast du dabei gedacht?«

Das Trommeln stoppte. »Sagen wir so: Falls du im Rahmen deiner Ermittlungen Informationen über diesen Kandidaten finden tätest, die seine Bewerbungschancen nicht verbessern würden, so könnte das für uns beide unter Umständen hilfreich sein.«

Jetzt lächelte Berg. »Immer schön im Konjunktiv. Verstehe.«

»Ich hoffe.«

»Also?«

Die schmalen Finger des Polizeipräsidenten trommelten wieder leise. Dann beugte er sich vor.

»Aber versau es nicht. Es ist der Gruppenleiter ST4 in Wiesbaden.«

Berg zog die Augenbrauen hoch. »Wie passend. Staatsschutz BKA. Na, der ist wohl weit weg von meinem kleinen Kreisverbandsleiter.«

Wie sehr er sich irren sollte, ahnte Berg nicht.

22

Der Gastraum angenehm klimatisiert, abstrakte Gemälde an den Wänden, fein gemaserte Tischplatten, mannshohe Rücklehnen aus genopptem Leder. Timos unsicherer Blick verriet Berg, dass der Polizeischüler dieses Steak-Restaurant zwei Straßen von der Polizeistation Friedberg entfernt noch nie betreten hatte. Berg hatte diesen Treffpunkt nicht vorgeschlagen, um seinen neuen Adjutanten zu beeindrucken, sondern weil er für berufliche Gespräche feine Steak-Restaurants bevorzugte. Wer ihn auf diese Idee gebracht hatte verschwieg er, aber ab und zu dachte er an das eine Abendmahl zurück, zu dem ihn einst ein Auftragskiller eingeladen hatte.

Der Polizeischüler setzte sich. »Sie wollten mich sprechen?«

»Nein, ich wollte mit Ihnen essen«, antwortete Berg und schob ihm die Speisekarte hin. Fast hätte er gesagt »Wenn Sie Hunger haben, nehmen Sie das Triple«, verkniff es sich aber.

Zögernd schlug Timo die Speisekarte auf. Zwei Seiten und ein eingelegtes Blatt für den Mittagstisch. Sein Blick scannte erst die rechte Spalte der Preise, dann deutete er auf das Mittagstischangebot: Nudeln für unter zehn Euro. Berg rief den Kellner, bestellte die Nudeln und für sich das Lammkotelett mit Kräutern der Provence.

Timo räusperte sich und richtete sich in dem feinen Stuhl auf.

»Darf ich fragen, ob sie vorgestern Alex bei seiner Schwester angetroffen haben?«

Berg lächelte. »Dürfen Sie. Aber nein, am Nachmittag war er nicht da und abends ist er an der Futterkrippe nicht erschienen. Ich bleibe entspannt, der läuft uns nicht weg.«

»Bestimmt nicht. Er hockt gerade auf der Wache.«

»Bitte?«

»Linke haben in der Stadt eine Schlägerei angezettelt. Alex war wieder dabei.«

Berg stöhnte. »Und seine Schwester wird ihn da wieder rausholen dürfen.«

»Wollen Sie ihn vorher sprechen? Sollen wir zur Wache fahren?«

»Kein Stress. Nachher muss ich noch aufs Gericht und im Moment habe ich eine andere Frage an Sie.«

Verblüfft riss Timo die Augen auf. »An mich?«

»Ja. Haben Sie einen Facebook-Account?«

»Ja. Wieso fragen Sie?«

»Weil ich keinen habe.«

»Soll ich Ihnen erklären, wie das geht?«

»Nein, Sie sollen für mich im Netz ermitteln.«

»Ermitteln?« Blut schoss in seine Wangen und ließ die Pickel leuchten.

Seufzend verschränkte Berg seine Arme vor dem Bauch und lehnte sich zurück. »Mein Büroermittler ist im Urlaub. Und ich brauche jemanden, der sich da auskennt. Also in dieser virtuellen Welt.«

»Und was suchen sie dort?«

»Alles über die Deppen, ääh, die DbD.«

»Alles?«

»Ist das viel?«

Timo nickte heftig. »Diese Partei hat mehr Likes als die großen Parteien. Manchmal denke ich, dass sie die virtuelle Welt längst erobert haben. Aber bis in die Presse schafft es nur ein Bruchteil von dem, was dort im Netz wirklich abgeht.«

Berg schwieg und deutete mit einer Handbewegung an, er möge fortfahren.

»Noch beängstigender als die Posts sind die Kommentare dazu. Von Leuten, die ansonsten Urlaubsfotos hochladen, Katzenvideos liken und Einladungen zur Feuerwehrübung teilen, aber dann eigentlich strafwürdige Sprüche posten.«

Berg unterbrach: »Was heißt ›eigentlich‹?«

»Naja, selbst wir hier in Friedberg haben schon Anzeigen aufgenommen, aber soweit ich das mitbekommen habe, ist bei uns noch kein Hass-Poster verurteilt worden. Der letzte Fall in diese Richtung war ein Freispruch eines linken Aktivisten, der einen DbD-Mann bei der Stadtverwaltung angeschwärzt hat, der daraufhin seinen Job verlor und dann den Aktivisten auf Schadensersatz verklagte. Ohne Erfolg. Eine erfolgreiche Klage gegen Hasskommentare habe ich nicht mitbekommen.«

»Und? Wissen sie auch warum?«, fragte Berg im Ton eines Prüfungslehrers.

»Ein Problem des Strafrechts«, antwortete Timo. »Einerseits ist es ein Tatstrafrecht und knüpft die Strafbarkeit immer an Handlungen, nicht an Meinungen oder Äußerungen. Außer dem großen Programm wie Volksverhetzung, die schwierig nachweisbare Beleidigung, üble Nachrede und so Sachen. Einer der wenigen, die verurteilt wurden, hatte einen Parteivorsitzenden als Verbrecher, Asozialen und Nazi bezeichnet und gefordert, diesen Politiker zu erschießen. Mit vierzig Tagessätzen gilt er dennoch nicht als vorbestraft.«

»Und andererseits?«

»Nachweis der Inlandstat. Die Staatsanwaltschaft muss nachweisen, dass die verbotenen Symbole oder strafrechtlichen Kommentare im Inland gepostet wurden. Wenn ein Hass-Poster auf einem Wochenendtrip nach Tschechien von dort solche Kommentare postet oder mit einem Proxy-Server im Ausland verbunden ist, geht er straffrei aus.«

»Bin beeindruckt«, gab Berg zu. »Sowas lernt ihr heute an der Polizeischule?«

»Ich darf vermuten, dass dieser Aspekt zu Ihrer Zeit kein Thema war, oder?«

Tja, dachte Berg, so ändern sich die Zeiten. Wenn sie sich doch nur mal zum Besseren ändern würden.

»Also hauen diese Leute recht ungehemmt im Internet allen Mist in ihre Tastaturen?«, fragte er.

»Ja.«

»Was schreiben die Mitglieder von der DbD denn so?«

Timo schüttelte den Kopf. »Ehrlicherweise habe ich keinen dieser Parteileute als Freunde.«

»Wie würden Sie denn vorgehen, wenn ich so viel wie möglich erfahren möchte, was von der Partei aus der Gegend im Netz abgesondert wird?«

»Wofür möchten Sie das denn alles wissen?«

»Polizeiarbeit. Ich muss mich in den Verdächtigen hineinversetzen, seine Motivation erfahren, seine Gedanken fühlen, das Umfeld kennen.«

»Verdächtiger?«

Der Kellner kam und trug das Essen auf. Die Nudeln waren preiswert und als leichte Mittagskost portioniert, die Lammkoteletts verbreiteten in sattmachender Größe tatsächlich einen provenzalischen Geruch. Timo drehte konzentriert seine Gabel durch die Nudeln, Berg nagte an einem der Koteletts. Dabei überlegte er, was er auf Timos letzte Frage antworten sollte.

»Sagen wir es so: Wir müssen in alle Richtungen ermitteln. Der Tote war Parteigänger und kam von einer Parteiveranstaltung. Sie kennen doch den Spruch ›Wer Parteifreunde hat, braucht keine Feinde‹?«

»Aber dass die sich gegenseitig umbringen?«, warf Timo ein.

»Wollen Sie es ausschließen?«

»Nein, natürlich nicht, in Ermittlungen darf man doch nichts ausschließen, oder?«

Zufrieden nickte Berg. »Genau. Nichts. Also: Wie ist die Partei regional aufgestellt, welche Posten und Pöstchen gibt es, was für Menschen sind das, womit verdienen sie ihr Geld, wer hat sich in diesem Gasthaus getroffen, wer hat eingeladen, wer ist hier der Chef, und was schreiben die so im Netz.«

»Oha. Das ist Ermittlungsarbeit?«, fragte Timo sichtlich beeindruckt.

»Sie wollten doch mitarbeiten?«, erwiderte Berg.

Timo nickte. Er legte die Gabel zur Seite, betrachtete lange den ansprechend dekorierten Nudelteller, dann zählte er auf:

»Also, wir haben hier einen Kreisverband, geleitet von einem Herrn Hügel. Unternehmer, Druckmaschinen. Gleichzeitig ist er Fraktionsvorsitzender im Kreistag und irgendwas im Landesvorstand. Dann gibt es da noch Peter Frank, politischer Kommentator im Frühstücksfernsehen. Weiterhin eine Kreistagsabgeordnete, die im Jugendamt arbeitet, einen ehemaligen Piloten, frühverrentet mit dreiundfünfzig, sitzt im Integrationsausschuss, einen Anwalt als einfachen Abgeordneten, und ... «, er zögerte, ehe er einen weiteren Finger öffnete, »den Leiter der Autobahnpolizei, irgendwas im Kreisverband.«

Berg nickte beeindruckt. »Und das wissen Sie, ohne recherchiert zu haben? Einfach so?«

»Nun, dieses, hm, Thema, also diese, öhm, Partei, wird überall intensiv diskutiert. Und bei der Polizei gibt es viele Anhänger.«

»Und Sie?«

Timo drehte langsam die Gabel durch die Nudeln. »Ich gehe zur Polizeischule und möchte dem Staat dienen. Ich glaube an Recht und Gesetz und unsere verfassungsmäßigen Werte.«

Berg legte sein angenagtes Kotelett auf den Teller und beugte sich vor. »Das ist keine Antwort auf meine Frage.«

»Ist meine politische Einstellung entscheidend für die Ermittlung?«, fragte Timo schüchtern.

»Ja. Ist sie«, antwortete Berg scharf.

»Nun, ich habe unsere Verfassung und viele unserer Gesetze auswendig gelernt, da steht einiges von dem drin, auf das sich die DbD beruft. Meine Aufgabe ist es, die Einhaltung der Gesetze zu kontrollieren, nicht nach moralischen Maßstäben zu messen.« Die hellen Flecken auf den Pickeln leuchteten. Berg lehnte sich zurück, nahm sich das andere Kotelett und biss hinein.

»Natürlich haben Sie recht«, sagte Berg. »Aber wenn Sie den Job mal so lange machen wie ich, werden Sie merken, dass Sie irgendwann oder irgendwo Position beziehen müssen. Ich habe eine. Und bevor ich mit Ihnen in diese Schlangengrube gehe, will ich wissen, mit wem ich da hinabsteige. Es kommt der Moment, da zählt nur noch die eigene Haltung, egal was die anderen sagen. Eine innere Haltung, mein lieber Junge, die jedem Sturm trotzt, die meine Füße, meine Hände und meinen Kopf lenkt, ist das letzte, auf das ich mich verlassen kann.«

Timo kaute, die Augen starr in den Nudelhaufen gerichtet, legte die Gabel zur Seite und blickte mit hochroten Ohren zu Berg.

»Ich habe keine Großmutter, die in Buchenau umkam, oder einen Mitläufer-Großvater. Zumindest weiß ich davon nichts. Mein Vater ist Richter am Landgericht, ›Audiatur et altera pars‹ ist einer seiner Lieblingssprüche. Kennen Sie wahrscheinlich.«

»Guter Ansatz«, sagte Berg. »Aber für diesen Einsatz zählt Ihre innerste, Ihre festeste Haltung, Ihr Fundament sozusagen.«

Seufzend lehnte sich Timo zurück. »Ist das so in diesem Job, oder in Ihrem Job?«

»Weiß ich nicht. Zumindest bei mir ist das so.«

»Wissen Sie, bei uns zuhause wird das Gesetz geachtet. Mein Vater arbeitet täglich daran, dieses zu verteidigen. Ich wollte ihm nicht nachfolgen und Jura studieren, daher die Polizeischule, aber ich teile seine Haltung. Diese Vielzahl an Stimmungen, Meinungen, jeder schreit lauter als der andere, oder wenn nicht lauter, dann doch den größeren Blödsinn, oder gar absichtlich Lügen. Soll ich glauben, was im Internet steht? Eine Fake-News nach der anderen. Was in der Tagesschau berichtet wird? Passiert jeden Tag tatsächlich genau so viel auf der Welt, dass es in fünfzehn Minuten erzählt werden kann? Soll ich Politikern glauben? Oder Kumpels beim Sport? Da glaube ich doch lieber an das, was unsere Gesellschaft über Jahrhunderte entwickelt hat. Der Code Napoleon ist gut zweihundert Jahre alt und gilt teilweise heute noch. Seitdem zwei Weltkriege und zahllose kleinere, neue Staaten, neue Gesellschaftsformen. Ich halte mich an die Essenz aus jahrhundertelanger, schwierigster Erfahrung in der Organisation unseres Zusammenlebens.«

Erschöpft lehnte er sich zurück.

»Wow«, sagte Berg. »Ich vermute, ich habe sie und die Sozialisierung mit einem Richter im Haus unterschätzt.«

Erleichtert nahm sich Timo eine neue Gabel Nudeln.

Berg biss nachdenklich in das Kotelett, nagte daran, befreite den Knochen säuberlich vom Fleisch und legte ihn schließlich seufzend auf den Teller.

»Dann zurück zum Programm. Wie kann ich lesen, was die Deppen im Internet alles schreiben?«

»Richten Sie sich einen Fake-Account ein«, erläuterte Timo. »Dann befreunden Sie sich mit all den regionalen Parteiorganisationen, den Leuten, die dort Kommentare posten, und verbringen Sie mehrere Stunden pro Tag am Computer und lesen alles, was dort geschrieben wird. Nach zwei Wochen wissen Sie genug über die.«

Berg murmelte: »Ist das erlaubt? Ich meine, ein Account unter falschem Namen?«

Timo lächelte. »Nach Facebook-Regeln natürlich nicht, aber wenn man es geschickt macht, merkt es keiner.«

»Und wenn Sie das für mich erledigen?«

»Was Verbotenes?«

»Nennen wir es ›Undercover-Einsatz‹.«

»Wow!« Timo rutschten die Nudeln von der Gabel. »Muss das nicht die Staatsanwaltschaft genehmigen?«

»Wenn es rauskommt, nehme ich es auf meine Kappe. Die verträgt genug.«

»Haben Sie denn überhaupt so lange Zeit? Kann dauern, bis ich in allen relevanten Gruppen aufgenommen bin und mit den Leuten ›Freundschaft‹ geschlossen habe.«

Berg teilte mit der Gabel eine Kartoffel.

»Das klingt so, als hätten Sie einen Plan B?«

»Also, Plan wäre übertrieben. Nur eine Idee.«

»Und?«

»Wissen Sie, wir Polizisten haben allein in Hessen über drei Millionen Überstunden, viele Polizisten vermissen Wertschätzung, sowohl von der Politik als auch von der Gesellschaft. Die versprochenen Neueinstellungen dauern ewig bis sie wirksam werden, bei im Vergleich zu anderen Bundesländern schlechteren Bedingungen, und werden am Ende noch nicht mal die Abgänge durch Pensionierungen auffangen. In Summe gibt es genauso viele Polizisten wie vor fünfzehn Jahren, aber unsere Aufgaben und deren Umfang sind gewachsen: Fußballspiele absichern, Demonstrationen schützen, Schlägereien in Flüchtlingsheimen, Einbrüche aufklären. Und dann noch der Ruf der Öffentlichkeit nach mehr und noch mehr Sicherheit. Da gibt es einige in der Polizei, die der klaren Aussprache der DbD was abgewinnen.«

»Ja«, unterbrach ihn Berg, »das weiß ich auch alles. Was ist nun die Idee?«

»Nun, einer meiner Kollegen auf der Wache ist so ein DbD-Freund. Hab mal zufällig auf seinem Computer gesehen, wie er in Facebook eingeloggt und gerade an einer Diskussion beteiligt war.«

»Aha. Und?«

Nervös spielte Timo mit den letzten Nudeln auf dem Teller. »Auch wenn uns verboten ist, Polizeicomputer privat zu nutzen, auch wenn wir gelernt haben, keinen automatischen Login im Internet zu verwenden, ignorieren es halt die meisten. Und das Passwort für den Rechner klebt unter der Tastatur.«

»Uiii«, entfuhr es Berg. Er dachte dabei an den Zettel, der unter seiner Tastatur klebte.

Timo fuhr fort: »Und wenn ich mich mal abends an seinen Rechner setze, könnte ich einiges rausziehen.«

»Nun, das dürfte nur die Interne, das kann ich nicht von Ihnen verlangen. Schon gar nicht bei ihrer Gesetzestreue.«

»Aber?«, fragte Timo.

»Aber falls Sie mir morgen unbedingt was erzählen wollen, ohne dass ich wissen muss, woher sie das haben, also dann, hm, könnte uns das bei den Ermittlungen helfen.«

»Uns?«, entgegnete Timo.

»Sehen Sie, wir verstehen uns. Wir arbeiten beide für ein höheres Ziel. Wenn Sie an die Errungenschaften unserer Zivilisation glauben, dann kann ich mir vorstellen, dass Sie diese nicht von ein paar Schreihälsen in Gefahr bringen lassen wollen.«

»Das haben wir noch nicht auf der Polizeischule gelernt.«

»Was?«

»Die Schwachstellen beim Gegenüber schonungslos aufdecken und ausnutzen.«

Berg lächelte. »Willkommen im Club.«

Timo grinste und schob die letzten sorgsam aufgerollten Nudeln in den Mund.

»Aber die Kriminalpolizei kann doch noch mehr als nur im Internet recherchieren?«, fragte er nach einer Weile.

Berg blickte auf: »Was meinen Sie?«

»Naja, wie es in den Filmen immer heißt. ›Bringen Sie mir alles, was es über den Typ gibt. Bank, Haus, Beruf, Freunde, Schuhgröße, einfach alles.‹ Wie geht das?«

»Das ist der Preis?«

Timo lächelte verlegen. »Das möchte ich gerne mal in der Praxis sehen.«

Berg nickte. »Ok. Sie haben ja noch die Nummer von meiner Kollegin Landers. Fahren Sie hin, mit einem schönen Gruß von mir, und schauen Sie ihr über die Schulter. Dafür will ich aber morgen Abend alles, was es über den Typ gibt.«

»Und über wen konkret?«

»Na die Parteigranden, die Sie gerade aufgezählt haben. Irgendwo muss ich ja anfangen und warum nicht beim Kreisverbandsvorsitzenden.«

»Wird erledigt.«

»Chef.«

»Bitte?«

»Es heißt: ›Wird erledigt, Chef.‹«

23

Das letzte Mal, als er mit einem Politiker zu tun hatte, war schon viele Jahre her. Sehr viele. Ein nur noch in Fußnoten existenter Innenminister, der in den Ermittlungen um einen Menschenhändlerring und einer toten Prostituierten aufgetaucht und wie ein Sommergewitter wieder verschwunden war. Aber hatte er tatsächlich je einen Politiker verhört? So richtig im Präsidium, mit Videoaufzeichnung, kaltem Licht und einem stummen Wachmann in der dunklen Ecke?

Nein.

Berg parkte den BMW auf dem für »Besucher« ausgewiesenen Parkplatz und ging auf die Doppelglastür zu. Gleich rechts dahinter stand »Anmeldung« auf einer Holzstele, die dekorativ zu einer breiten Theke wies.

»Guten Morgen, wen darf ich melden?«, säuselte eine Frau mit einer blonden Frisur, die ihn an ein modernes Betonkunstwerk erinnerte.

»Berg. Mordkommission Frankfurt. Zu Bernd Hügel. Bitte.«

Kurz aufgerissene Augen, schöne dunkle Augen, dann ein eingefrorenes Lächeln und ein »Ich schau nach, ob er verfügbar ist«, gefolgt von einem langen Blick in einen Computermonitor. »Oh, sie haben Glück, eben ist sein Meeting beendet, jetzt ist er in seinem Büro. Den Gang durch, rechts die Treppe in den ersten Stock, dort am Ende des Ganges. Darf ich Sie anmelden?«

»Bemühen Sie sich nicht«, antwortete Berg.

Im ersten Stock riskierte er einen Blick durch ein Sicherheitsglasfenster in die zwei Stockwerke hohe Maschinenhalle, bevor er zu Hügels Büro ging. Ehe er den kleinen Vorraum erreichte, wurde die Bürotür aufgerissen und Bernd Hügel, noch strahlender als auf den Fotos im Internet, schritt auf ihn zu.

»Die Polizei, wie kann ich helfen?«

Die Sekretärin blickte kurz auf.

»Darf ich reinkommen?«, fragte Berg. Hügel drehte sich zur Seite und deutete eine einladende Handbewegung an. Nachdem er die Tür geschlossen hatte, wies er auf den kleinen Besprechungstisch, voll mit leeren Kaffeetassen, Notizblöcken und bunten Ausdrucken.

»Setzen sie sich. Einen Kaffee? Milch, Zucker?«

»Schwarz. Danke.«

Hügel öffnete die Tür einen Spalt, rief nach einem schwarzen Kaffee und setzte sich Berg gegenüber. Er schob die zahllosen Ausdrucke zusammen, stapelte sie, stellte die Kaffeetassen nebeneinander an den Rand des Tisches und schien auf eine Eröffnung zu warten. Berg zog einen gefalteten Flyer vom Stapel der Ausdrucke und betrachtete ihn.

»Pizzaflyer? Gibt's die nicht im Internet billiger?«

»Klar«, entgegnete Hügel und lächelte milde, »aber auch Flyer aus dem Internet müssen mit irgendwas gedruckt werden. Zu welchen Preisen ist mir egal, Hauptsache auf unseren Druckmaschinen.«

»Sie verkaufen viel ins Ausland?«

»Ein Viertel aller Maschinen für Druck- und Papiertechnik in der Welt kommen aus Deutschland. Da haben wir unseren Anteil dran.«

»Ihr Wettbewerber aus Heidelberg hat ja wohl den größten Batzen, oder?«

Hügel lächelte säuerlich. »Wollen Sie mir einen Beratervertrag für Wettbewerbsanalyse verkaufen?«

»Ich bin nur neugierig. Hat was mit meiner Berufswahl zu tun. Sie drucken auch selbst?«

Hügel blickte einen Moment bewegungslos, ehe er breit lächelte. »Natürlich.« Er zog aus dem Stapel einen dicken Wälzer und ließ ihn vor Berg auf den Tisch fallen. »Schauen Sie mal. Jahresbericht der Deutschen Bank. Erstklassiger Druck, einwandfreie Falzung, leuchtende Farben.«

Berg blätterte durch das Druckwerk. »Jahreshoch der Aktie von fünfzig Euro klingt historisch. Ihr aktuelles Produktportfolio sind aber eher Wahlplakate für ihre Partei?«

Es klopfte leise, die Sekretärin brachte den Kaffee und räumte die leeren Tassen ab. Berg sagte »Danke« und schaute ihr hinterher, bis sie die Tür wieder schloss.

»Darf ich fragen, weshalb Sie hier sind?«, fragte Hügel.

Berg stellte die Tasse behutsam ab und senkte seine Stimme. »Es geht um den Mitgliederschwund in ihrer Partei.«

»Ach so, Sie meinen den Unfall unseres geschätzten Parteimitglieds Friedrich Keller. Tragisch, sehr tragisch.«

»Sie kannten ihn gut?«

»Ich traf ihn ein paar Mal auf unseren Versammlungen.«

»Auch letzte Woche im Gasthaus ›Die drei Hirsche‹?«

»Ist das relevant?«

»Nun, Herr Keller ist dem Anschein nach von dieser Veranstaltung kommend gegen einen Baum gefahren.«

»Ja, tragisch, wie gesagt.«

Berg trank einen Schluck Kaffee.

»Als Kreisverbandsvorsitzender sollten Sie zumindest die Einladungsliste der Veranstaltung haben. Die hätte ich gerne.«

»Herr Berg, ich glaube kaum, dass der Unfall eines Parteifreundes Anlass ist, die Teilnehmerliste einer internen Parteiversammlung einzusehen. Wir leben hier noch in einer Demokratie.«

»Noch? Sie wollen das ändern?«

»Wir wollen wieder wahre Demokratie!«

Berg räusperte sich und beugte sich vor. »Hören Sie, Herr Hügel. Die Befugnisse in einer Mordermittlung sind umfassend. Wenn ...«

»Mordermittlung?«, unterbrach ihn Hügel. »Mord?«

»Ach Herr Hügel, das wissen sie doch längst. Mit ihren guten Verbindungen zur Polizei.« Timo hatte den Tag nach ihrem Mittagessen gemeinsam mit Landers verbracht und ihm am Morgen ein sehr gut aufbereitetes Dossier per E-Mail geschickt. Hügel war auf Facebook mit mindestens vier Polizeibeamten aus der Region befreundet.

Hügel legte den Bilanzbericht wieder zurück auf den Stapel anderer Druckerzeugnisse, ehe er antwortete: »Was soll ich wissen?«

»Dass die Bremsleitungen von Herrn Kellers Fahrzeug durchgesägt wurden.«

Aufgerissene Augen, eine schnelle Bewegung nach vorne, eine Hand schlug auf den Tisch. »Wirklich? Das ist ja ungeheuerlich! Wer macht so was?«

»Tja, und das ist der Punkt, an dem wir von der Mordkommission ins Spiel kommen.«

»Sie glauben, es war Mord?«

»Da haben Sie mich falsch verstanden. Meine Aufgabe ist es nicht, etwas zu glauben, sondern einen Sachverhalt zu klären. Die Entscheidung, wie meine Ergebnisse strafrechtlich bewertet werden, obliegt der Staatsanwaltschaft.«

Hügel schüttelte den Kopf. »Dieses Schwein. Ich wusste, irgendwann dreht er gänzlich durch.«

»Ein Schwein?«

»Wir haben durch unsere engagierte politische Aufklärungsarbeit einige weniger aufgeklärte Menschen erregt. Wenn ich das mal so sagen darf.«

Berg zog einen Notizblock aus seinem Mantel und suchte umständlich nach einem Kugelschreiber, bis Hügel reagierte und einen Werbekugelschreiber aus einer Box im Regal holte. Berg nickte freundlich und betrachtete die Aufschrift: »Wir machen Druck«. Er hielt den Stift hoch und fragte: »Ist das ein Werbegeschenk Ihrer Firma oder Ihrer Partei?«

»Sind sie auch einer von denen?«, erwiderte Hügel unwirsch.

»Bitte?«

»Egal. Verhaften Sie diesen irrsinnigen Aktivisten!«

»Ja, da waren wir stehen geblieben. Sie sprachen von einem Schwein. Hat das einen Namen?« Berg blickte Hügel erwartungsvoll an.

»Entschuldigen Sie die Wortwahl. Es ist meine Entrüstung, die da spricht. Ich habe nur eine Vermutung.«

»Damit fängt unsere Arbeit in der Regel an.«

»Also, da gibt es einen stadtbekannten Aktivisten. Alexander Turnau.«

Ohne sichtbare Regung schrieb Berg den Namen auf. »Ist da ein ›H‹ im Nachnamen?«

»Nein.«

»Und was hat es mit dem Aktivisten auf sich?«

»Unseren Recherchen nach hat er diffamierende Schmierereien an Kellers Garagentor zu verantworten und erst vorgestern in der Fußgängerzone eine Schlägerei angefangen. Hier ...«, er nahm von seinem Schreibtisch eine Zeitung und warf sie vor Berg auf den Tisch, »... lesen Sie. Dieser Typ ist doch völlig irre! Ist doch klar, dass der auch Bremsleitungen ansägt!«

Berg betrachtete das Foto auf der ersten Seite des Lokalteils: Ein halbes Dutzend Menschen in einem Gerangel, ein junger Mann hält einen Stein über den Kopf. »Aha, hier steht ›stadtbekannter Randalierer‹. Scheint ein schlimmer Finger zu sein.«

»Eben!«

»Nicht wer als erster die Waffe ergreift, ist Anstifter des Unheils, sondern wer dazu nötigt.«

»Oha«, rief Hügel aus, »Herr Kommissar hat Machiavelli gelesen?«

»Aus Interesse. Sie aber zur Inspiration?«

Das Lächeln aus Hügels Gesicht verschwand. »Darf ich erneut fragen, warum sie hier sind?«

»Woher wissen Sie, dass dieser Herr Turnau den Nazi-Spruch auf Herrn Kellers Garage geschrieben hat?«

»Nun, äh, das ist uns zugetragen worden.«

»Den Marsch durch die Institutionen brauchen Sie scheinbar nicht mehr.«

»Herr Kommissar, sie kennen nun den Namen eines Verdächtigen. Wollen Sie nicht ihrer Arbeit nachgehen?«

Berg lehnte sich zurück und steckte den Notizblock ein. Er drückte mehrmals auf den Kugelschreiber, drehte ihn zwischen den Fingern und legte ihn wieder auf den Tisch. Mit einer langsamen Handbewegung zog Berg eine Visitenkarte aus der Innentasche seines Mantels.

»Die Liste. Per E-Mail, hierhin. Heute noch.«

Ohne auf die Visitenkarte zu blicken, sagte Hügel: »Sie werden sich gedulden müssen. Die Sekretärin ist schon im Wochenende und ich bin gleich auf dem Weg zu einer wichtigen Parteiveranstaltung. Aber verraten Sie mir, was Sie bezüglich des linken Aktivisten unternehmen?«

»Veröffentlichte Ermittlungsergebnisse können Sie in der Zeitung lesen«, antwortete Berg.

»Glauben Sie, dass ich darauf angewiesen bin?«

»Wie schon gesagt, mit dem Glauben hab ich es nicht so. Aber sollten Sie von einem Polizeibeamten nicht veröffentlichte Informationen erhalten, sind Sie verpflichtet, das zu melden. Andernfalls machen Sie sich strafbar.«

»Uhh«, tönte Hügel und wedelte mit den Händen vor seinem Gesicht. »Sie machen mir Angst.«

Berg lächelte. »Sollten Sie auch haben. Ich scherze nicht.«

Hügel lachte laut auf. »Doch, Sie machen mir Spaß. Und nun wünsche ich ein schönes Wochenende.«

»Vergessen Sie nicht die Liste. Und viel Glück.«

»Bei den Wahlen?«

Berg stand auf, schob den Stuhl an den Tisch und ging zur Tür. Bevor er sie öffnete, drehte er sich um. »Nein, ich meine nicht die Wahlen. Ich meine ihr Gespräch bei der Bank wegen der Umschuldung.«

Dann verließ er das Büro und ging leise pfeifend den langen Flur zurück zum Treppenhaus.

Am Parkplatz drehte er sich noch einmal um, schaute zu Hügels Büro hoch und sah nur dessen Rücken und ein Handy am Ohr.

24

Referent schien kein schlechter Job. Nicht im Rampenlicht, keine Mikrofone vor der Nase, aber immer nah dran. Klar, »Hiwi« wäre eine passendere Bezeichnung. Aber das grelle Licht der Kamera scheute er doch mehr als den dimmbaren Kegel einer Schreibtischlampe.

Hatte er gedacht. Aber dann hatte Bernd Hügel ihn als frisch ernannten Referenten zum Treffen der Fraktionsvorsitzenden der Landesparteien über das Wochenende in den Schwarzwald eingeladen.

Auf der Fahrt erklärte Hügel ihm seine Aufgaben als Referent, die Organisation der Partei, die tollen Möglichkeiten in Berlin auch aus der Opposition heraus Politik zu betreiben, mit wem er reden dürfe und mit wem nicht und von wem gemunkelt wurde, ein von den Altparteien eingeschleustes U-Boot zu sein, um die Partei von innen zu zerstören.

Das Hotel passte zu Wandertouristen ab einem gewissen Alter. Viel Holzverkleidung, geblümter Teppichflor, Messinglampen, in lokalen Trachten gekleidete Empfangsdamen. Marion wäre es zu kitschig gewesen, in seinem Zimmer hing sogar eine Kuckucksuhr, wenngleich elektronisch betrieben. Am Abend dann »meet and greet« in einem der Veranstaltungsräume. Ähnlich wie auf Marions Klassentreffen vor einigen Jahren standen die Anhängsel hier genauso verloren rum. Thomas trabte hilflos hinter Hügel her und beobachtete, wie sich die Parteioberen begrüßten, Hügel wichtig wichtig jedem dieser Parteieliten kollegial auf die Schulter klopfte und mit einem »Na, alles im Lot?« das Gespräch an sich riss. Bei jedem Gespräch wurde er als »Thomas, mein Referent für Berlin« vorgestellt. Das war es dann aber auch. Neben den neun Fraktionsvorsitzenden – darunter eine Frau – mit jeweils ein bis zwei Mitarbeitern, waren die Landesvorstände vertreten, viele mit wenigstens einem Referenten. Oder einer F-Maus.

Gegen acht Uhr abends traf der Bundesvorstand ein. Natürlich großer Applaus, wie auf einer Wahlparty. Ja, Thomas war aufgeregt. All die Gesichter, die er nur aus den Medien kannte, live in freier Natur zu erleben, ohne von Reportern bedrängt zu werden. Hügel wurde von der Parteisprecherin herzlich umarmt, er selbst nur mit einem Kopfnicken wahrgenommen. Nicht sicher, ob er verschreckt oder überwältigt war, nahm er zum Essen neben Hügel an einem großen runden Tisch Platz. Er lauschte den Gesprächen, die sich um aktuelle Erfolge im jeweiligen Landtag drehten – hier ein Antrag, der sogar Stimmen der liberalen Oppositionspartei bekommen habe, dort einen gegnerischen Ausschussvorsitzenden zum Rücktritt gezwungen – und um neue Rekorde in der Parteimitgliederwerbung und die volle Kriegskasse für den Wahlkampf.

Hügels Erzählung über den Mordanschlag an einem Parteimitglied, mit hoher Sicherheit vom politischen Gegner ausgeübt, löste bei ihm Magenkämpfe aus, bei den anderen laute Empörung. Phantasien über den Umgang mit dem »links-versifften Gesindel« erinnerten ihn an die radikalen Vorschläge eines bekifften Alex, wenn er die Leute meinte, zwischen denen er jetzt saß.

Nach dem letzten Gang wurden Schnäpse ausgeschenkt, auch an den Nachbartischen wurde es lauter. Wer ein eitler Gockel sei – bloß der jeweilige Redner nie – wer innerhalb der Partei mal an die Zügel genommen werden müsste, ob man Bernd, also den anderen aus Thüringen, laufen lassen, ausschließen oder züchtigen sollte. Es war wie »House of Cards« im Schwarzwald: Intrigen, Machtspiele, Egoismen. Wo war hier die »Bewegung«, von der am Stammtisch gesprochen wurde? War das nicht die gleiche Elite, gegen die sie in Bürgerversammlungen und auf Stammtischen so ankämpften? Die Sprüche wurden markiger, »Wir werden uns Deutschland zurückholen«, »Es ist Zeit für ein ganz neues Geschichtsverständnis«, und mit fortschreitender Nacht belauerten und beschimpften sich diese Anführer gegenseitig immer unverhohlener.

Vor Mitternacht verabschiedete er sich von Hügel und ging in sein Zimmer, konnte jedoch nicht einschlafen. Alles war neu, eindringlich, aufregend, aber ebenso abschreckend. Mussten Führungspersonen so sein? War sein Chef in der Firma nicht genauso? Das freundschaftliche Getue aufgrund ihrer gemeinsamen Studentenzeit klang genauso kalkuliert, auch in einem Weltkonzern gab es auf dem Weg nach oben mehr Bisswunden als Streicheleinheiten. Was war an dieser Partei anders als an dem Konzern, in dem er ganz unten arbeitete? Und wenn Versprechungen auf neue Investitionen und Parolen über eine glänzende Zukunft sich auf dem Weg von den Werkshallen in die Vorstandsetagen verdünnten, verflüchtigten oder gar verkehrten, warum nicht genauso auf dem Weg von Parteistammtischen zum Bundesvorstand? Ist wirklich, wer mit dreißig oder vierzig noch Ideale hatte, ein Idiot, wie einst ein Minister erklärte? War Marion konsequent oder dumm? War er naiv oder nur ehrlich?

Gerne hätte er in dieser Nacht mit ihr darüber diskutiert, in ihrer strengen und unnachgiebigen Art. Marion brauchte keine stichhaltigen Argumente, musste nicht die ultimative Weltformel für alle Probleme entwickeln, sie zog sich einfach auf ihr Menschenbild zurück. »Ich weiß nicht, wie es geht, ich weiß nur, dass es so nicht geht«, sagte sie dann. Wenn Alex anwesend war, bekam er dessen Pläne für die Weltformel zu hören, die jedoch eher wie Märchen klangen. Abwechselnd mit Happy End oder mit Hexe.

Er schaute aus dem Fenster in den dunklen Wald. Im halben Mond standen die hohen Tannen wie eine eng gestellte Armee mit spitzen Speeren vor dem Angriff. Nur zwei Sätze von Marion, ein anderer Blickwinkel. Aber er war allein. Waren nur ihm oder Männern generell das weibliche Korrektiv so wichtig? Auch auf den Parteistammtischen und hier bei der Elite führten überdurchschnittlich viele Männer das Wort. Waren Männer, wenn sie losgelassen, freier oder dümmer? Monokultur sei ja generell schädlich, heißt es, war das hier so was Ähnliches? Dabei kämpfte die Partei ja gegen Monokulturen: die der Medien und der Politik. Dort war die Vielfalt verschwunden, oder hatte er sie nur aus den Augen verloren?

Vielleicht waren das nur Geburtswehen der Bewegung. Sind ja auch alles nur Menschen. Wenngleich doch »Die besseren Deutschen«. Was war eigentlich das »Bessere« an ihnen? Marion und besonders Alex hätten ihm erklären können, was das Schlechte an ihnen sei. Aber doch nur, um sich selbst als besser hinzustellen?

Ein Schnaps oder zwei sollten helfen. Keine Minibar im Zimmer. Er stand wieder auf, zog sich Hose und Hemd an und ging hinunter in die Hotelbar.

Auf dem Weg dorthin kam er an dem Veranstaltungsraum vorbei. Durch dessen geschlossene Tür drang Gemurmel, unterbrochen von grobem Lachen. Waren wahrscheinlich bei Männerwitzen angekommen. Er ging weiter zur Bar, setzte sich an den Tresen neben zwei jüngere Männer und bestellte einen Schnaps. Gerne was Lokales, sagte er.

Eine herrlich fruchtige Wildpflaume könne er vorschlagen, antwortete der Barkeeper und deutete auf die dezent beleuchtete Wand voller Schnapsflaschen hinter der Bar. Thomas nickte und wartete, bis ein schmales Glas mit dem klaren Obstbrand vor ihm stand. Als er es anhob um daraus zu trinken, sagte der junge Mann neben ihm:

»Prost!«

Thomas hielt inne, blickte nach links und nickte freundlich. »Danke.« Dann trank er das Glas aus. Schmeckte tatsächlich eher fruchtig und mild als nach hochprozentigem Alkohol.

»Der nächste geht auf mich, wenn Sie wollen«, sagte der junge Mann.

Thomas stutzte und ehe er überlegen konnte, warum ihm jemand einen Schnaps ausgab, hatte der Barkeeper schon nachgeschenkt.

»Danke«, wiederholte er.

»Phillip Unruh«, stellte sich der junge Mann vor. »Hab Sie vorhin gesehen. Sie sind doch der neue Referent von Bernd Hügel?«

Überrascht nickte Thomas. »Ja. Thomas Eidmann.« Er reichte ihm die Hand. »Sie sind nicht mehr dahinten?«, fragte er und nickte unbestimmt Richtung Versammlungsraum.

Phillip Unruh lächelte und deutete auf den leeren Platz auf seiner linken Seite. »Hatte was unter vier Augen zu besprechen. Aber der Kollege aus Berlin ist wieder rein.«

»Und wo kommen Sie her?«

»Erfurt.«

»Hört man gar nicht«, erwiderte Thomas. Etwas zu vorschnell, wie er befürchtete, doch der junge Mann lachte nur auf. Zahnweißlächeln, Krawatte unter Pullover, glattrasiert und rote Wangen. Thomas überlegte, wieder auf sein Zimmer zu gehen, er wollte ja nur einen Schnaps, um die Gedanken zum Einschlafen zu bringen. Doch der Mann war gesprächig.

»Bin zugereist. Eigentlich aus Marburg. Aber da ist ja kein Blumentopf zu gewinnen.«

»Und da ziehen Sie von Marburg nach Erfurt?«

»Die Partei ist dort erfolgreicher.«

Thomas zögerte, ehe er fragte: »Aber ihr Landeschef ist gar nicht hier?«

Diesmal klang das Lachen gekünstelt. »Unser Bernd ist der Mann für große Versammlungen, nicht für den Diskurs. Nicht alle hier teilen seine Meinungen und seine Gangart.«

»Und Sie?«

»Wäre ich sonst bei ihm?«

Thomas überlegte. »Naja, ich kenne ihre Ziele nicht.«

»Es gibt nur eines: An die Macht kommen!«

Oje, das ist jetzt aber billig. Mal sehen, wie weich die weißen Zähne sind.

»Wissen Sie«, sagte Thomas, »ich bin Ingenieur. Maschinenbau. Programmiere computergesteuerte Maschinen. Im Laufe der Zeit lernt man den Unterschied zwischen Ziel und Weg.«

Der falsche Erfurter schaute irritiert. Thomas trank den Schnaps aus und fuhr fort: »Macht an sich ist wertfrei. Macht ist ein Instrument, ein Werkzeug, das eingesetzt werden kann, um ein Ziel zu erreichen. Daher kann Macht erringen kein Ziel sein, sondern nur der Weg.«

»Oha«, sagte der Mann und rieb sich die Stirn. »Hätte ja nicht gedacht, um diese Uhrzeit einen Denker zu treffen.«

Dass Alex ihn manchmal für dumm hielt, war das eine, aber von diesem Schnösel als Denker bezeichnet zu werden, war nicht besser.

»Ich bin Ingenieur. Kein Denker.«

»Dann will ich das gerne erläutern: Natürlich wollen wir die Macht nicht als Selbstzweck, sondern um unser Land wieder zurückzuholen!«

»Blabla«, sagte Thomas. War das die wilde Pflaume? Oder Alex? Oder hatte er die Sprüche einfach nur satt?

Der Schnösel wirkte zum ersten Mal gereizt.

»Was meinen Sie damit?«

»Wir haben uns die DDR zurückgeholt, das war das einzige Deutschland, mit dem das ging. Keine fremde Macht hält uns besetzt.«

»Herrje, Sie sind aber auch spitzfindig.«

»Ingenieur, wie gesagt. Ich will es genau wissen.«

Der junge Mann lehnte die Arme auf die Theke und beugte sich vor. »Also konkret: Aktuell werden wir von einer Elite regiert, die den Ausverkauf des Landes betreibt. Unsere Werte, unsere Kultur, unsere Technologie, alles bald nicht mehr deutsch.«

Thomas nickte. »Ja, das ist schon konkreter. Danke. Darf ich das dennoch ein wenig hinterfragen?«

»Na klar, deswegen sind wir ja hier. Austausch, geistig, argumentativ, strategisch.« Der Schnösel bestellte zwei weitere Schnäpse und fuhr fort: »Haben Sie nicht die Befürchtung, dass hier schon sehr bald mehr Nicht-Deutsche als Deutsche leben? In fünfzehn Jahren leben fünfzehn Millionen Migranten in Deutschland, unser Staat wird sich verwandeln zu einem Gebilde wie Libyen oder Algerien! Großstädte werden unbewohnbar, Berlin zu einer Art Bagdad! Es gibt Berechnungen, dass in zwei Generationen Frankreich und Deutschland eine islamische Republik sein werden!«

Thomas nippte an dem Schnapsglas. Das war die falsche Frage.

»Ich kenne solche ›Was-Wäre-Wenn‹-Analysen«, dozierte er im gleichen Ton, in dem er Marion von seiner Arbeit erzählte. »Dabei kommt es auf die Faktoren an, die man verwendet. Und da liegt der Fehler in Ihrem Szenario: Sie gehen bei den Zuwanderern von der Reproduktionsrate in ihrer Heimat aus. Doch schon nach einer Generation hat sie sich an die jeweiligen Verhältnisse stark angeglichen. Denn Reproduktionsraten haben was mit den Umständen zu tun, in denen man lebt. Also, um Ihre Frage zu beantworten: Nein, ich habe keine Angst davor, bald in der Minderheit zu sein.«

»Da sind sie wohl den gefälschten Statistiken der Mainstream-Medien aufgesessen, aber das passiert vielen. Macht nichts. Ich glaube diesen Berechnungen.«

»Nun, wenn sich also die Deutschen nicht so flott reproduzieren wie die Moslems, was wäre Ihre Lösung?«

Der junge Mann kam in Fahrt. »Die deutsche Familie muss wieder mehr gefördert werden. In unserem Wahlprogramm ...«

»Jaja. Kopfprämie pro Kind und alles.«

»Genau. Dann als nächstes ...«

»Halt. Kleiner Einwurf: Haben Sie ausgerechnet, ob das Mehr an Kindern durch ihre Familienförderung den Wegfall an Kindern durch den Stopp der Unterstützung für alleinerziehende Frauen aufwiegt?«

»Auf alle Fälle muss diesem Geschäftsmodell der Kampf angesagt werden!«, rief der hessische Erfurter aus und schlug mit der Faust auf die Theke. »Sich aufblasen lassen, auf Staatskosten aufs Sofa legen und das Kind vor den Fernseher! Das geht ja gar nicht.«

Thomas nickte zustimmend. »Stimmt, geht gar nicht. Aber die Alleinerziehenden machen halt jetzt schon zwanzig Prozent aus. Die müssten ja zusätzlich durch das Programm kompensiert werden. Das größte Problem sind jedoch die Männer. Die sind es ja meist, die abhauen und sich vor der Verantwortung drücken. Wie sieht denn das Männer-Umerziehungs-Programm aus?«

»So ein Quatsch. Die Frauen sind zu anspruchsvoll geworden. Wenn es nicht so viel Unterstützung vom Staat gäbe, würden sie bei ihren Männern bleiben.«

Oha, dachte Thomas. Auf dieses Frauenbild wollte er jedoch nicht eingehen. »Jaja, immer das Geld«, sagte er stattdessen.

»Genau. Da wird viel zu viel Geld für Blödsinn ausgegeben«, behauptete der Fatzke und nippte am Schnaps, ehe er fortfuhr: »Allein 20 Milliarden kosten uns die Flüchtlinge. Mindestens! Jedes Jahr! Solange sie hier sind! Das Geld ist weg! Dafür Rentner, die im Abfall wühlen und Hartz-IVler, denen Kommunionsgeschenke ihrer Kinder angerechnet werden!« Siegessicher hob er das Glas und trank es leer.

Auch Thomas hob sein Glas und fragte: »Sie haben dargestellt, wo das Geld herkommt, aber wo geht es denn eigentlich hin?«

»Na für Sozialhilfe, Kindergärten, Sprachkurse, Mieten, Essen, Kleidung, Mobilfunkverträge, alles, was die halt brauchen!«

Zeit für Marions Rechnung. »Stimmt. Und wer arbeitet im Kindergarten? Wer kocht das Essen? Wer vermietet die Wohnung?«

Irritiert schüttelte der Schnösel den Kopf. »Das verstehe ich nicht.«

»Ganz einfach: Das ist wie ein Konjunkturprogramm. Der Großteil des Geldes bleibt ja hier. Wird hier ausgegeben, von anderen Leuten eingenommen, die davon leben und darauf Steuern bezahlen. Geld verschwindet nicht, es wechselt nur den Besitzer. Und das meiste Geld, was bislang ausgegeben wurde, ist im Land geblieben.«

Thomas hob das Glas, prostete dem verunsichert blickenden Mann zu und trank sein Glas leer. »Echt guter Stoff«, sagte er und bestellte zwei weitere. Der Barmann schenkte wortlos nach und ließ die Flasche auf der Theke stehen.

»Aber woanders fehlt das Geld«, sagte der junge Mann trotzig und fuhr sich durch sein gegeltes blondes Haar, das im schummrigen Licht der gedimmten Deckenlampen silbrig glänzte.

»Stimmt«, sagte Thomas. Er rang noch einen Moment mit sich, ob er diesem Fatzke den Abend versauen oder ihm einfach nur Recht geben sollte. Denn so gänzlich unrecht hatte er ja nicht. Aber einer ging noch.

»Wenn die Flüchtlinge nicht gekommen wären, wäre dann der Hartz-IV-Satz erhöht worden? Oder die Grundsicherung der Rente?«, fragte er.

»Hm.«

»Hm?«, wiederholte Thomas. »Oder eher: Wahrscheinlich nicht?«

»Hm. Trotzdem fehlt das Geld woanders.«

Nur noch zwei Runden mit diesem Schnösel, mehr nicht, ermahnte Thomas sich. »Stimmt. Wie wäre es, wenn wir die Steuern erhöhen?«

»Ha!«, rief der Schnösel aus. »Wir sollen dafür bezahlen? Dass die hierher kommen, obwohl sie keiner will? Niemals!«

»Hey, hier kommt Alex«, summte es im Kopf und so fragte Thomas: »Bislang haben wir Ihnen das Geld weggenommen, ist es da nicht einfach nur der gerechte Weltenlauf, wenn wir Ihnen nun Geld zurückgeben?«

»Bitte? Ich hab keinem Kameltreiber was weggenommen!«

Alex war irre, aber seine Argumente nicht. Leider, wie er oft eingestehen musste.

»Kennen Sie Außenhandelsüberschuss?«

Der Schnösel zögerte. »Mehr exportieren als importieren?«

»Genau. Wir verkaufen einem anderen Land unsere Produkte, kaufen ihnen aber weniger ab. Im Saldo haben wir Geld, das sich das andere Land leihen musste.«

»Aber dafür haben die doch auch was bekommen!«

»Na klar. Unsere Tomaten. Wir, also Sie und ich und alle anderen Europäer, bezahlen jedes Jahr 50 Milliarden Euro für Agrarsubventionen. Der Handelsüberschuss für landwirtschaftliche Produkte beträgt irgendwas zwischen 10 und 20 Milliarden Euro und mit den neuen Handelsverträgen mit Afrika wird er weiter steigen. So verdrängen wir dort die lokale Landwirtschaft. Und wundern uns dann, wenn die verarmten Bauern hierherkommen.«

Irritiert blickte der Schnösel in das Schnapsglas. »Also, wir bezahlen von unseren Steuergeldern die Gründe für die Flucht der Wirtschaftsflüchtlinge?«

Thomas verkniff sich ein Lächeln. »Wenn Sie das so sehen wollen: Ja.«

Nach einer schweigenden Minute fragte der Schnösel: »Und was ist Ihr Vorschlag?«

Thomas lächelte. »Wird Ihnen nicht gefallen: Wir bezahlen mehr für Milch und Tomaten. Soviel, wie die Produktion ohne Subvention kostet. Wir kaufen Rohstoffe nicht von Diktatoren und Klamotten nicht von Unternehmen, die keine Arbeiter-Mindeststandards erfüllen und bezahlen stattdessen mehr für Fernseher und T-Shirts.«

Verzweifelt griff der Mann nach der Flasche »Wilde Pflaume« und schenkte beide Gläser nach. »Ne, gefällt mir tatsächlich nicht.«

»Dann müssen halt doch die Steuern erhöht werden, um die Flüchtlinge zu bezahlen.«

»Auch Mist.«

»Und Ihr Vorschlag?«

»Die sollen bleiben wo sie herkommen!«

»Und wir rauben Ihnen weiterhin ihre Chancen auf eigenen Wohlstand?«

»Blödes Thema«, nuschelte der Mann und nippte an seinem frisch gefüllten Schnapsglas. »Aber wir können doch nicht alle durchfüttern? Wir sind doch nicht das Sozialamt der Welt!«

»Nein, sind wir nicht. Aber die Welt ist klein geworden«, pflichtete Thomas bei. Marion hätte gesagt »Wer einen Menschen rettet, rettet die ganze Welt.« Ihre Argumente waren nicht schlecht für eine Diskussion an einer nächtlichen Hotelbar mit wilder Pflaume in der Birne, aber waren sie die Lösung?

Zeit, den Krawallpegel runterzufahren.

»Morgen wird ein langer Tag«, sagte er müde, kippte den Schnaps hinunter, rief dem Barmann »aufs Zimmer« zu und ging wieder in sein Hotelzimmer.

Kurz vor dem Einschlafen überlegte er, wie klug das eben gewesen sei, aber ehe er zu einer Antwort kam, war er eingeschlafen.

25

Auch anderen fehlte Schlaf, im vollbesetzten Frühstücksraum hörte Thomas nur vereinzelte, leise Gespräche. Der Erfurter saß blass an einem Tisch nahe am Eingang, sie nickten sich wortlos zu, ehe Thomas zum Buffet ging. Reichhaltig und einfallslos. Fünf Sorten Aufschnitt brauchte er nicht, dafür fehlten Frischkäse und Tomaten. Die Kaffeemaschine war noch auf Rentnerwandergruppenprogramm eingestellt, zumindest floss aus der Pumpenkanne eine hellbraune Flüssigkeit, die wohl nur flüchtig an einer Kaffeebohne vorbeigehuscht war. Trotzdem füllte er eine Tasse voll.

Er grüßte Hügel nur kurz, der mit Leuten aus Berlin und Stuttgart zusammensaß, und setzte sich an einen Zweiertisch. Beim Kaffee las er das ausgedruckte Tagesprogramm: Um zehn Uhr starteten die Workshops, um zwölf Mittagspause, danach von zwei bis vier die nächste Runde. Abfahrt um fünf.

Hügel kam zu ihm an den Tisch und erkundigte sich nach der Nachtruhe, nun begänne die Arbeit. Gemeinsam gingen sie in den Konferenzraum »Seeblick«. In diesem Arbeitskreis sollten die Themen für die heiße Phase des Wahlkampfs ausgewählt werden. Der freundlich grinsende Fraktionsvorsitzende aus Baden-Württemberg gab einen Überblick über die Fraktionsarbeit des ersten Jahres. Thomas bestaunte den umwerfenden Seeblick durch die breite Fensterfront. Nur eine große Terrasse mit symmetrisch aufgereihten Vierer-Tischen trennte den Raum von einem schwarzen See, dessen Ufer auf der anderen Seite an einen dunklen Wald grenzte. Eine einzelne Ente schwamm in der Mitte des Sees und erzeugte wie vom Computer berechnete Bugwellen.

Ein Moderator schrieb auf einem Flipchart die von den Landtagsfraktionen in Pressemitteilungen und Anträgen behandelten Themen. Zwischenrufe, leise Gespräche zwischen Tischnachbarn, die Liste wurde immer länger. Zu vielen Punkten wurden stolz die Zahlen von »Likes« oder TV-Minuten genannt. Schnell sammelten sich Begriffe wie »Kein Kopftuch in Kitas« und »Rasant gestiegene Kriminalität«, daneben auch »Hebammennotstand« und »TARGET2-Salden Bundesbank«.

Das Thema »Geld« wurde kontrovers diskutiert: Phillip Unruh behauptete, dass der »Asylorkan«, an der Hotelbar noch für zwanzig Milliarden zu haben, in Wahrheit eine Billiarde Euro kosten würde. Als jemand aus Berlin nachhakte, wie die Zahl zustande gekommen sei, musste er passen. Hügel mischte sich in die Diskussion ein und erntete Zustimmung, als er erklärte, dass nackte Zahlen keine Emotion beim Wähler auslöse. Ob nun zwanzig oder tausend, eine einzige Milliarde sei schon unbegreiflich viel. So sollten besser Vergleiche herangezogen werden, wie beispielsweise der Zinsverlust für deutsche Sparer durch die EZB-Politik. Die adlige Vorsitzende aus Berlin warf ein, dass dies Neid, aber keine Emotionen wecke, denn der Großteil ihrer Wähler besäße überhaupt kein nennenswertes Sparguthaben. Jemand warf ein, wenn sie schon beim Geld seien, so könnte doch eine drohende Bargeldabschaffung ein gutes emotionales Thema sein, außerdem auch ein Argument gegen die EU, denn dort triebe die Kommission solche Konzepte. Dafür gab es Zustimmung und so wurde dieser Punkt in die Liste aufgenommen. Ein anderes Bundesland – Thomas hatte nicht genau zugehört – schlug noch ein Detail zum Thema Islamisierung vor: keine Zweckentfremdung von Schulen als Asylheime. Hamburg warf ein, das sei nicht mehr aktuell und betreffe zu wenig Wähler. Bei »Scharia auf dem Vormarsch« herrschte wieder Einigkeit. Berlins Vorschlag einer engeren Freundschaft zu Russland wurde verworfen, damit sei nur bei Ostdeutschen zu punkten. Beim Kampf gegen Abtreibung waren sich wieder alle einig: Es sei eine scheinheilige Elite, die Tränen in den Augen bekäme, wenn Küken geschreddert würden, aber nur mit den Schultern zuckten, wenn hunderttausendfach ungeborenes Leben getötet würde. Vorschläge wurden diskutiert – Babyprämie, hohe Strafen für Nichteinhaltung der Meldepflicht bei Abtreibungen – und einstimmig entschieden, »Einwanderung durch die deutsche Gebärmutter« als Wahlkampfspruch aufzunehmen.

Nach einer guten Stunde wurde abgestimmt, in die Top fünf schafften es alle Flüchtlingsthemen, auf den weiteren Plätzen Bargeld, EU und eben Familienförderung. Zum Schluss Energiepolitik, Volksabstimmung und Privatisierung kommunaler Unternehmen. Mehr als sieben Themen gingen jedoch nicht, sagte der Moderator. Nach einer hitzigen Diskussion wurde erneut abgestimmt.

Thomas überlegte einen Moment, ob er Hügel auf die Problematik der »Ein-Themen-Partei« aufmerksam machen sollte, ließ es dann aber. Es ging ja nicht um Lösungen, sondern um griffige Slogans für die Wähler. An Lösungen schien hier sowieso niemand interessiert.

Die Ente schwamm weiter entspannt große Kreise, einige Wellen trafen sich und erzeugten symmetrische Muster. Die Geräuschkulisse der Diskussionen und lautstarken Debatten rauschte durch seine Ohren, bis Thomas daraus eine Brandung konstruierte und neben der Ente in das kalte Wasser eintauchte.

»Und, wie so?«, fragte er die Ente.

Sie drehte gemächlich ihren Hals, starrte ihn an und sagte:

»Alles im Kreis.«

»Nervt dich das nicht, nur hier im Kreis zu drehen, so ganz allein?«

»Weißt du«, antwortete die Ente und legte den Kopf schief, »ein Kreis hat den entscheidenden Vorteil, nie anzukommen. Im Winter, wenn ich wieder mit Millionen Kollegen auf dem Weg zu besserem Wetter und Futter nach Spanien fliege, gibt es einen Start und ein Ziel und ich zähle die Tage, bis wir ankommen. Aber hier allein im Kreis genieße ich jeden Moment.«

»Habt ihr keinen Stress untereinander, wenn ihr euch in Schwärmen in ferne Gebiete aufmacht, oder mit den Enten dort?«

Die Ente tunkte kurz den Kopf unter Wasser, schüttelte den Schwanz und tauchte wieder auf. »Sorry, hab Hunger«, entschuldigte sie sich. »Und nein, außer bisschen Futterneid haben wir keinen Stress miteinander. Wir sind ja alle Enten. Große, kleine, alte, junge, dumme, kluge, doofe, nette. Aber eben alles Enten.« Sie putzte sich das Gefieder unter dem rechten Flügel. »Das ist es wohl, denke ich«, fügte sie hinzu.

Thomas vergaß einen Moment das paddeln und schaute der Philosophenente hinterher.

»He!«, rief er und ruderte heftig mit den Beinen im Wasser, »eine Frage noch: Wann bist du eigentlich glücklich? Hier allein auf dem See oder mit allen anderen zusammen im Flug?«

Die Ente zog eine enge Kurve und schwamm auf ihn zu. »Also ehrlich, selten so eine dämliche Frage gehört. Ich verrate dir, wie das bei uns Enten ist: Unser Glück währt solange, wie wir leben. Wenn ich hungrig bin, oder verfroren, oder erschöpft, dann blicke ich auf so einen See oder in die Sonne oder zu meinem Nachbarn und denke: Geil, ich lebe.« Dann begann sie, hektisch mit den Flügeln zu schlagen, erhob sich langsam wie ein Wasserflugzeug, trat mit ihren Flossenfüßen gegen das Wasser, bis sie auf der Oberfläche Fahrt aufnahm und mit einem spitzen Schrei davonflog.

»Mittagspause«, sagte eine dunkle Stimme neben ihm. Erschrocken zuckte Thomas zusammen. Scheiß wilde Pflaume. Hügel saß neben ihm und grinste. »Hunger?«

Die Konferenztür wurde geöffnet, in Grüppchen strömten die Teilnehmer schwatzend hinaus. Thomas rieb sich schnell die Augen und blickte auf den See. Die Ente war weg.

»Ja«, brummte er und erhob sich.

Der Lärm im Restaurant dröhnte in seinem Kopf, durch die Gesprächsfetzen drang Geschirrgeklapper, Essensgerüche vermischten sich mit Aftershave, Achselschweiß und Spülmaschinengeruch.

Hügel stand hinter ihm am Buffet und hatte schon Salat auf seinen Teller gehäuft. »Und, zufrieden mit den Wahlkampfthemen?«

Thomas überlegte, ob er antworten oder die Schweinelendchen in Rahmsoße wählen sollte. Er entschied sich für die Spätzle mit Geschnetzeltem. Dem Geruch und der Farbe nach kam eh alles aus der gleichen Quelle.

»Naja«, sagte er, nachdem er seinen Teller gefüllt und sich zu Hügel umgedreht hatte.

»Naja? Was fehlt dir?«

Vor dem durchgekochten Gemüse zögerte Thomas und trat aus der Reihe.

»Monothematisch«, erwiderte er.

Überrascht bemerkte er, dass Hügel nickte.

»Reden wir drüber«, sagte er und deutete mit dem Kopf auf einen freien Tisch.

Sie setzten sich, entfalteten die Servietten, Thomas stocherte im Essen. Hügel wiederholte seine Frage: »Was fehlt dir am meisten?«

»Reale Themen.«

»Aber mit Konzepten für den Abwasserzweckverband holst du keine Stimmenmehrheit. Du musst den Leuten zeigen, dass du sie für groß, wichtig und stark hältst. Also musst du ihre Sorgen ernst nehmen. Und das sind nun mal nur wenige Themen.«

Thomas verrührte die Spätzle mit Soße und Fleischfetzen. »Selbst die wenigen Themen werden nicht zu Ende gedacht«, sagte er schließlich.

Hügel schnitt ein Lendchen in kleine Stücke. »Du sprichst von Phillip aus Erfurt?«

Aha, dachte Thomas. Kurze Wege hier. »Was hat Phillip erzählt?«

Hügel kaute genüsslich, murmelte »Lecker Lende« und schob eine Gabel Kartoffelgratin nach. »Hab nur gehört, ihr hattet gestern eine philosophische Diskussion«, nuschelte er.

Thomas schluckte die leicht versalzenen Spätzle hinunter. Das Essen war wie die ganze Veranstaltung: leichte Variationen gefälliger Themen und alles mit einheitlicher brauner Soße übergossen.

»Er war mir ein bisschen zu arrogant und da hab ich ihm ein wenig auf den Zahn gefühlt, das ist alles.«

Hügel lachte, dabei fiel ihm Gratin mit Rahmsoße aus dem Mund. »Ups«, sagte er. »Aber stimmt. Thüringer sind ein bisschen seltsam.«

»Der ist ja noch nicht mal von da. Ist nur für die parteiinterne Karriere hingegangen.«

»Von diesen Spesenrittern gibt's eine ganze Menge. Die werden sich noch wundern, wie anstrengend Politik ist.« Hügel schaute Thomas eindringlich an. »Und du bist dir sicher, dass du den Job als Referent willst?«

Thomas betrachtete die volle Gabel Spätzle vor sich.

»Bernd, ich bin Ingenieur. Ich durchdenke eine Idee, ein Konzept, einen Lösungsansatz, suche nach einem Determinismus, erst dann probiere ich ihn aus.«

»Und, was bedeutet das?«

Tja, wenn er das nur wüsste. Er legte die Gabel zurück auf den Teller und kratzte sich am Kinn.

»Gerade als Referent ist es doch wichtig, dass ich weiter denke als die Wahlkampfparolen, oder?«

»Ja, so sollte es sein.«

»Nun, ich wollte nur die Argumentationen dieses Thüringer Würstchens testen.«

Wieder nickte Hügel bedächtig. »Verstehe.«

Erleichtert schob Thomas die Gabel mit den Spätzle in den Mund.

»Aber«, fuhr Hügel fort, »ich muss wissen, ob du immer noch den Job als Referent willst und hinter den Zielen der Partei stehst.«

Tja, die Ziele. Das war so eine Sache. Vom Grundsatz, etwas anders formuliert, war ja nicht alles schlecht an den Zielen.

Bewahrung der eigenen Kultur, Schutz vor unkontrollierter Zuwanderung, straffe Regeln für Integration, keine Duldung von Verbrechen, Stärkung der Familie, was sollte daran falsch sein? Gut, raus aus dem Euro und rein in die Kernkraft, das war, wenn man es durchdenkt, nicht zwingend zielführend. Seiner Meinung nach. Aber hatten neue Parteien nicht immer auch einen Anteil überzogener Ziele? Wollten die Grünen nicht einst raus aus der Nato und hatten dann den Nato-Einsatz im Balkan Krieg abgenickt? Und wollten sie nicht den Liter Sprit fünf Mark kosten lassen und führten gerade das Auto-Bundesland schlechthin?

Hoffentlich, dachte er, fragt Hügel nicht nach den Methoden.

»Ja klar, stehe voll hinter den Zielen der Partei«, sagte er.

»Sehr gut.« Hügel nickte zufrieden. »Und wie stehst du zu unseren Methoden?«

26

Die Geldübergabe hatte er sich aus einem Fernsehfilm abgeschaut. Da sie glaubten, dass er den Anschlag durchführen und das Geld seiner Familie vermachen würde, schied die Variante »Hälfte Anzahlung, der Rest nach Erledigung« aus. Auf diesen Einfall war Farim besonders stolz.

Wie auf die ganze Idee.

Das kleine Pflänzlein, das nach dem Brand im Flüchtlingsheim vor sich hin kümmerte, ab und zu genährt durch Berichte in den Online-Medien über rechtsradikale Übergriffe auf Flüchtlinge, wuchs an einem Frühsommernachmittag zu einem Baum, der sein ganzes Leben lang Schatten spenden könnte. Sie saßen in dem Café, in dem sie mittlerweile Stammgäste waren, und Achmed erzählte ihm, wie er Diebesgut aus Wohnungseinbrüchen an einen Drogendealer verkaufte, der in der Hooliganszene ein großes Wort führte.

»Drogenhandel und Hehlerei gut und schön«, sagte Farim, »aber muss es ein Ausländerfeind sein? Hast du keine Angst, von einem Hooligan beschissen zu werden?«

Achmed nippte an seinem Minztee.

»Unter Banditen«, Achmed benutzte tatsächlich dieses Wort, »gibt es keinen Rassismus. Hauptsache der Deal passt. Was der Kerl im Fußballstadion oder auf Dingsdabumsda-Demonstrationen brüllt, ist mir egal. Außerdem verbinden uns ähnliche Ideen.«

»Was meinst du mit ›ähnliche Ideen‹?«, hakte Farim nach.

»Also«, erklärte Achmed, »auch die Rechten hassen diesen Staat. Sind für eine klare Rolle der Frau. Haben eine starke Führung, jeder kämpft für ein höheres Ziel. Ist doch eigentlich ganz so wie im Kalifat, oder nicht?«

Zuerst dachte Farim, dieser Achmed sei noch blöder als er gedacht hatte, aber dann fiel ihm ein, dass er in der Zeitung einen holländischen Neonazi in einem Osama bin Laden T-Shirt gesehen hatte. Die Islamisten leugneten den Holocaust, eben wie diese Rechten, und die USA war ihr gemeinsamer Feind. Er erinnerte sich an eine arabische Übersetzung von Hitlers »Mein Kampf« im Ausbildungslager, gedruckt 1938.

»Zu welcher Organisation gehört dieser Hehler?«, fragte er Achmed.

»Keine Ahnung. Christopher hat mal von einem ›Patriotischen Fundament‹ gesprochen. Das hört sich doch an wie eine Organisation, oder?«

»Gib mir mal seine Handynummer«, forderte Farim.

»Willst du auch geklaute Sachen verkaufen?«

Nein, wollte Farim sagen, aber im letzten Moment nickte er und sagte, ja, er habe da ein paar Sachen. Achmed blätterte in seinem Smartphone und nannte Farim die Telefonnummer.

Es dauerte noch ein paar Wochen, bis er, diesmal als Kalil und mit einem neuen Prepaid-Handy, mit den interessanten Leuten des patriotischen Fundaments Kontakt aufnahm. Er unterbreitete einen Vorschlag, der für alle Beteiligten von Vorteil sei. Nun, nicht für alle, aber doch für beide Parteien. Und dann riefen sie tatsächlich an und handelten einen Preis aus. Erst wunderte er sich, dass der Verfassungsschutz so viel Geld ausgeben wollte, aber bald wurde ihm klar, dass jemand anderes den Anschlag finanzierte. Noch besser. Die Tarnung war perfekt, Achmed würde von diesen »Banditen« nie erfahren, was er mit seinem gefälschten syrischen Pass gerade ausheckte.

Er zog aus der Dachkammer aus und versteckte sich in einer billigen Pension in Duisburg Marxloh, ohne Housekeeping und ohne Fernseher, Handtücher einmal die Woche an der Rezeption, dafür mit Blick auf die von Schallschutzwänden ummantelte

Schnellstraße B8. Die Bauanleitung empfing er per Messenger von Abu Sadah, das Material kaufte er in der Umgebung zusammen: Aceton aus Nagellack und Blondierungsmittel für das Wasserstoffperoxid aus der Drogerie, 95%ige Schwefelsäure direkt von Amazon. Den Magnetrührer bestellte er im Internet, die Feinwaage fand er in einem Elektrohandel, die Eiswürfel für die Abkühlung des Mischprozesses in einer Tankstelle. Zwei Wochen bastelte er an dem Sprengsatz, immer nur hundert Gramm auf einmal, seine Finger wären nicht die ersten, die dem Produktionsprozess zum Opfer gefallen wären.

Zur Zerstreuung ging er zum nahegelegenen Kaufland-Parkplatz und beobachtete die lokale Jugend bei Beschleunigungsrennen an der Ampel der dreispurigen Straße. Wenn er die johlenden arabischen und osteuropäischen jungen Männer sah, von blonden Frauen umringt, wusste er, dass sie nie eine Chance hätten, hier rauszukommen. Und doch freute er sich, wenn ein tiefergelegter Golf GTI gegen einen röhrenden 3er-BMW das Rennen verlor.

Nahe der DITIP-Moschee, einem prachtvollen Bau mit silbern glänzenden Kuppeln und hohen Fenstern, lernte er Nadim kennen, einen türkischen Taxifahrer. Nadim bot ihm eine leerstehende Wohnung in der Henriettenstraße an, direkt über der »Taxizentrale«, wie er sein Geschäft nannte. Das Haus war selbst für Marxloher Verhältnisse runtergekommen: Abgeblätterter Putz, keine Doppelglasfenster, gesprungene Bodenfliesen im Treppenhaus. Die Wohnung im ersten Stock war unmöbliert – ein einfaches Bad mit Dusche, zwei kahle Zimmer mit Gasheizung, die abgeklemmt war – und stand seit einem Jahr leer. Direkt neben einer katholischen Grundschule wollten Muslime nicht wohnen. Oder war ihnen das Kindergeschrei zu viel?

Er traf sich ein letztes Mal mit Achmed und überreichte ihm in einem Staubsaugerkarton den präparierten Rucksack und das Bahnticket. Zurück in Marxloh verließ er die Pension und trug seinen Koffer in die Wohnung über der Taxizentrale.

Nur noch die Geldübergabe, dann sollte sein neues Leben starten.

Mit der Straßenbahn fuhr er zum Hauptbahnhof Duisburg, weiter mit dem Regionalexpress nach Düsseldorf, dort zu Fuß in den Volksgarten. Das mit der Übergabe in einem belebten Park, auf einer Bank mit gleichen Taschen, war sein Vorschlag. Er kannte den Namen des Mannes nicht, mit dem er sich am Trompetenbaum treffen sollte, er hatte nur einen Amazon-Link zu einer schwarzen Aktentasche verschickt, die er sich auch gekauft hatte.

Im Bootshaus setzte er sich auf die Terrasse unter einen Sonnenschirm und betrachtete die wenigen Gäste. Ein junges Pärchen, kein Blick für den kleinen Teich und die Natur, eine türkische Familie mit drei unangenehm lauten Kindern. Niemand, der eine achtzig Meter entfernte Bank bewachte.

Farim bestellte einen Minztee gegen die Hitze, zerdrückte die Blätter mit dem Löffelstiel und beobachtete die Bank.

Eine junge Frau mit einem Kinderwagen setzte sich, holte ein Tuch aus der Hängetasche und putze dem Kind den Mund sauber. Dann erhob sie sich und schob ihr Baby weiter in den Schatten der großen Bäume. Zwei Jogger passierten die Bank. Ein alter Mann mit Stock setzte sich, packte ein Butterbrot aus und aß sehr langsam, das Papier warf er in den Mülleimer. Farim trank einen Schluck des Minztees und spielte scheinbar gelangweilt mit seinem Smartphone.

Noch fünf Minuten. Verschwinde, alter Sack.

Ein Jugendlicher im Kapuzenshirt rollte auf einem Skateboard daher, eine Aktentasche unter dem Arm. Die Tasche. Er stoppte vor der Bank, rief dem Alten etwas zu, der sich schimpfend erhob und mit seinem Stock davonschlich. Farim warf drei Euromünzen auf den Tisch, verließ das Bootshaus-Restaurant und schlenderte zur Bank. Der Jugendliche beobachtete ihn aufmerksam. Farim starrte ihn an, schwang kurz seine Aktentasche und setzte sich wortlos neben ihn. Die Tasche stellte er neben die andere. Nach wenigen Sekunden erhob sich der Jugendliche, schnappte Farims Tasche und rollte auf seinem Skateboard davon. Farim nahm die andere Tasche, sie war erfreulich schwer, und unterdrückte den Impuls, sie zu öffnen. Langsam ging er die Promenade am Teich entlang, ehe er sich umblickte, vom Weg abbog und zwischen die Bäume rannte. Nach wenigen schnellen Schritten war er auf einem schmalen Pfad. Niemand folgte ihm. Wieder schlenderte er ein paar Meter, wieder rannte er über eine Wiese zu einem anderen Weg mit zahlreichen Radfahrern.

So hastete und schlenderte er eine halbe Stunde durch den Park, bis er am Südausgang sicher war, dass ihm niemand folgte. Mit der U-Bahn fuhr er zum Hauptbahnhof, mit dem Regionalexpress nach Essen und von dort aus zurück nach Duisburg.

Erst in der leeren Wohnung traute er sich, den Reißverschluss der Tasche zu öffnen.

27

Später, bei der Fußball-Weltmeisterschaft, konnte Berg kein Spiel mehr ohne diese Bilder sehen. Der Effekt der sekundenlangen Verzögerung, wenn auf der Bergerstraße die Kneipiers ihre Fernseher rausstellten, die einen per DVBT+, die anderen mit Kabel. Dort schrien die Leute aufgeregt, nebenan stöhnten sie bereits über den knapp übers Tor fliegenden Ball. Das erinnerte ihn später immer an diesen Tag, an dem die Verzögerung zwischen der Wirklichkeit und ihrem Abbild im Funkverkehr bei über einer Minute lag.

Berg stand im abendlichen Stau, auf der Rückfahrt von der zweiten Vorsorgeuntersuchung bei dem Arzt mit der unverschämten Arzthelferin. Er wäre gerne direkt nach Hause gefahren, aber Kerner war aus dem Urlaub zurück und Berg wollte diesen merkwürdigen Unfall an seinen tüchtigen und gerne in Kleinkram wühlenden Kollegen übergeben.

Vor dem Hauptbahnhof an der Fußgängerampel Münchener Straße beobachtete er in Gedanken versunken die Leute an der Straßenbahnhaltestelle.

Dann dieses Geräusch.

Nicht ein Reifenquietschen und das erwartete Knirschen von Metall, daran waren moderne Menschen gewöhnt. Genauso wie an einen krachenden Gewitterdonner, eine zersplitternde Glasflasche, eine vom Wind zuknallende Tür.

Nein, diesen dröhnenden Knall und das dumpfe, tieffrequente Rumpeln sortierte das Gehirn sofort in die Ecke »äußerste Gefahr« ein. In Sekundenbruchteilen, noch ehe der Reiz durch die Großhirnrinde verarbeitet wurde, schalteten alle biologischen

Sensoren auf hundertzehn Prozent und Hormone schwemmten in die Blutbahn.

Kampf, Flucht, Erstarrung, je nach Erfahrung.

Aus dem Haupteingang des Bahnhofs rannten Leute schreiend, stolpernd, rempelnd, in alle Richtungen. Ein Zugunglück?

Die ersten Menschen erreichten die Straße und hetzten weiter, über die Straßenbahngleise ins Bahnhofsviertel hinein. Einige Fahrer vor ihm verließen ihre Autos und hasteten den Fliehenden hinterher. Berg blickte der davonstiebenden Menschenmenge nach, dann wieder zum Hauptportal des Bahnhofs, aus dem der Strom schreiender Menschen zu einer einzigen drängelnden Masse angeschwollen war.

»Fünfundvierzig, ein Fünfundvierziger am Hauptbahnhof. Alle Einsatzkräfte sofort zum Hauptbahnhof!« schallte es knisternd aus dem Lautsprecher des Funkgeräts in der Mittelkonsole.

Berg kannte nicht mehr alle Codes, aber für »Zugunglück« gab es keinen Code, so viel wusste er.

Fünfundvierzig. Fünfundvierzig.

Sprengstoffanschlag.

Das war es.

Berg riss das Handschuhfach auf, kramte das mobile Funkgerät hervor, schaltete es ein und rief in das Mikrofon: »Kommissar Berg vor Ort. Erbitte Hinweise!« Er zog den Zündschlüssel, sprang aus dem Auto und lief gegen die strömenden Menschenmassen zum Hauptportal. Er wurde angerempelt, gestoßen, er drängelte sich nach rechts zum Seiteneingang. Aus dem Funkgerät drangen hektische Stimmen.

»Einsatzleitung, wer hat die Einsatzleitung?«, rief er hinein. Durch die Seitentür des Hauptportals rannte er in die Gänge der Schließfächer, von dort nach links in die Vorhalle und erkannte schlagartig den süßlichen Aceton-Geruch. Hermann, ein guter Freund und Ausbilder an der Landespolizeischule, hatte Polizisten für den Afghanistan-Einsatz die Wirkung einzelner Sprengstoffe gezeigt. Darunter Triacetontriperoxid, bei Bombenbauern knapp TATP genannt, oder »Die Mutter Satans«. Seit über dreißig Jahren bei arabischen Terroristen beliebt und gefürchtet.

Unmöglich. Nicht hier, nicht in Frankfurt, nicht im Bahnhof. Die Schreie von der Nordseite waren durch das Gebrüll der fliehenden Menschen deutlich zu hören. Schreie schwer verletzter und bald sterbender Menschen. Und dass viele nicht mehr schreien konnten, ahnte er bereits.

Unter der hohen Glaskuppel sammelte sich heller Rauch. Jetzt sah er den ICE am Gleis 18. Vom Bahnsteig humpelten blutende Passagiere, einige stützten sich gegenseitig, andere irrten orientierungslos hin und her. In der Mitte des Bahnsteigs, kurz bevor die Halle endete, lagen regungslose Körper rund um einen zerfetzten ICE-Waggon.

»Berg, bist du vor Ort?«, drang es aus dem Funkgerät.

»Ja«, rief er außer Atem und hastete den Bahnsteig weiter hinauf.

»Statusbericht, Berg!«

»Scheiße, Karl, echte Scheiße!«

»Berg! Statusbericht!«, fuhr ihn der Polizeipräsident an.

Berg rannte an dem unbesetzten Wärterhäuschen vorbei, dessen Glasscheiben zersprungen waren. Der Nachschub für den Bistrowagen lag umgestürzt im Weg. Über einen See aus Cola und plattgedrückten Sandwiches sprang er hinweg und lief noch ein paar Schritte, eher er langsamer wurde. Der Matsch hier war keine Cola. Auf dem Bahnsteig, auf den leeren Gleisen zwischen dem nächsten Bahnsteig, an einem Stahlträger, der die historische Konstruktion der Halle trug, überall hing und klebte und lag etwas. Ein Bahnpolizist kniete weiter oben am Bahnsteig außerhalb der Halle und kotzte, zwischen den Gleisen stolperten Passagiere. Über die Lautsprecher wurde von einer freundlichen Stimme höflich zum geordneten Verlassen des Bahnhofs aufgefordert.

»Ich sehe ...«, Berg schluckte, »... mindestens zwanzig leblose Personen ...«, er schaute sich um und musste einen Würgereiz unterdrücken, »... und Teile ... Körperteile ...« Er wandte den Blick ab und schaute den Zug an. »Offenbar ist der Sprengsatz in der offenen Tür explodiert. Der halbe Waggon ist aufgerissen, wie es drinnen aussieht, weiß ich nicht.« Und will es nicht wissen.

»Beruhig dich. Rettungskräfte sind auf dem Weg. Du musst Spuren sichern!«, befahl Karl. »Später ist alles verwischt!«

Berg hörte lautes Rufen vom Ende des Bahnsteigs und drehte sich um. Sanitäter rannten mit schweren Koffern und mobilen Tragen den Bahnsteig entlang.

»Verlassen Sie den Bahnsteig!«, rief ihm der erste entgegen.

Berg hob sein Funkgerät. »Ich bin von der Polizei.«

»Dann aus dem Weg«, kam es zurück. Ein halbes Dutzend Sanitäter in dicken roten Jacken stürmten mit zwei weiteren Bahnpolizisten an ihm vorbei. Einige Helfer sprangen auf die Gleise, andere verteilten sich auf dem Bahnsteig, zwei schauten erst zögernd in den zerfetzten Waggon hinein und betraten ihn dann. Es wirkte unwirklich, wie die Helfer ruhig und konzentriert zwischen leblosen und leise wimmernden Menschen umhergingen, mit geübten Griffen Vitalfunktionen prüften, aus der Jackentasche verschiedenfarbige Armbänder hervorholten und sich knappe Kommandos zuriefen. Er kniff kurz die Augen zu, dann ging er langsam auf den zerfetzten Waggon zu.

Durch die aufgerissene Seite blickte er in das Innere. Einer der Sanitäter erbrach sich aus einem riesigen Loch in der gegenüberliegenden Seite, wo einst eine Tür war.

»Berg, was siehst du?« hörte er Karl aus dem Funkgerät.

»Leichen, Blut, Körperteile, Schuhe, zerfetzte Taschen und Koffer. Was soll ich hier finden?«, fragte er verzweifelt. Der kotzende Sanitäter drehte sich um und blickte Berg aus geröteten Augen an.

»Irgendwas, was besonders zerfetzt aussieht. Kleine Splitter, so Kram halt!«

Er betrachtete den Übergang zum nächsten Wagen. Das Dach aufgerissen, nach unten freier Blick auf die Gleise. Splitter, hatte

Karl gesagt. In einigen Fetzen der Gummiverkleidung, die einst die Waggons verband, hingen zahlreiche Splitter. Hell, silbrig glänzend.

»Da sind Splitter«, sagte er leise in das Funkgerät.

»Wie groß?«

Er kniff die Augen zusammen. Schwer abzuschätzen, er war mindestens zwei Meter davon entfernt.

»Vielleicht ein Zentimeter. Oder weniger.«

»Ok. Kannst du ein paar einsammeln?«

»Keine Chance. Nicht jetzt.«

»Dann pass auf, dass da keiner dran geht.«

»Wer soll denn da dran gehen?«, rief er wütend zurück.

»Untersuch den Bahnsteig!«

Er drehte sich um. »Karl, das geht nicht. Hier ist ein Berg von ...« Wie bezeichnete man das?

Ein Sanitäter auf dem Bahnsteig blickte kurz auf und klemmte weiter routiniert rote Armbänder an Körper. Und Körperteile. Ein anderer Sanitäter winkte hektisch in seine Richtung.

»Der hier will was sagen!« Berg lief vorsichtig auf dem blutverschmierten Steinbelag zu einem grauhaarigen Arzt, der einen jungen, blutüberströmten Mann versorgte. Berg beugte sich über ihn.

»Was haben sie gesehen?«, fragte er ihn leise. Der Arzt wischte das Blut weg und suchte die Verletzungen, während der junge Mann die Augen aufschlug und Berg anschaute. Sterbende Augen.

»Ein Araber ...«, stöhnte der Mann, »... stand in der offenen Tür ...« Er holte Luft, es klang sehr ungesund und röchelnd. Er blickte kurz zu dem Arzt, der ihn wortlos anblickte und fast unmerklich den Kopf schüttelte.

»›Gott ist groß‹, hat er gerufen.«

Berg stutzte. »*Allahu Akbar* oder *Gott ist groß*?«

Der Mann schloss die Augen. Sekundenlang schwieg er, Berg dachte schon, dass es vorbei wäre, als er die Augen wieder öffnete.

»Beides.« Dann fielen die Augen wieder zu.

Flehend blickte Berg den Arzt an. »Bitte, tun sie was. Er muss überleben.«

Der Arzt zuckte mit den Schultern.

Berg berührte den jungen Mann vorsichtig an der blutverschmierten Wange. »Hallo, hören sie mich?«

Keine Reaktion.

»Wie sah er aus?«

Keine Reaktion.

Der Arzt zog Bergs Hand weg. »Hier hat er keine Chance.«

Berg trat zwei Schritte zurück. Ein weiterer Sanitäter mit einer Klappliege drängte sich an ihm vorbei. Gemeinsam mit dem Arzt hoben sie den leblosen jungen Mann auf die Trage und trugen ihn davon, vorsichtig um Leichen und behandelnde Kollegen herum navigierend.

Weitere Rettungskräfte liefen herbei, schnelle Rufe und knappe Kommandos schallten den Bahnsteig entlang, vom Nordeingang drangen die Sirenen von Feuerwehr- und Rettungswagen, die säuselnde Stimme aus den Lautsprechern mahnte weiterhin zum Verlassen des Bahnhofs. Die Polizisten teilten sich auf, einige gingen zu den Sanitätern, andere halfen bei der Bergung, sperrten den Bahnsteig am unteren Ende mit Gittern ab und bauten große weiße Plastikzelte für eine blickgeschützte Erstversorgung auf. Aus Bergs Funkgerät drangen Befehle und Szenenbeschreibungen, die er selbst vor wenigen Sekunden abgegeben hatte.

Er ging den Bahnsteig hoch und ließ sich auf eine Sitzbank fallen. Es stank entsetzlich.

»Berg?«, hörte er seinen Namen aus dem Funkgerät.

Langsam drückte er die Sprechtaste. »*Gott ist groß*, hat ein Araber gerufen.«

»Scheiße!«

»Hat ein Jugendlicher gesagt. Wird gerade ins Krankenhaus gebracht.« Er schluckte und schaute in die hohe Glaskuppel. Der

Qualm hatte sich über die ganze Halle verteilt und fand keinen Ausweg.

Ein großer Polizist mit den dunklen Haaren kam auf ihn zu. »Waren sie dabei?«

Berg schüttelte den Kopf. »Ich war in der Nähe.«

»Sie sind?«

Mit einer langsamen Bewegung kramte Berg seinen Ausweis aus der Innentasche seines Mantels. »Berg. K10.« Dann blickte er in die feuchten Augen des Polizisten. »Da drin«, er deutete auf den zerfetzten Waggon, »sind Splitter in dieser Gummiwand im Übergang. So helle kleine Dinger. Bitte sorgen sie dafür, dass die gesichert werden.«

Wortlos nickte der Polizist und drehte sich um. Die kurzen Kommandos, die er seinen Kollegen gab, verstand Berg nicht.

»Status, Berg«, knisterte aus dem Lautsprecher.

Langsam hob er die Hand mit dem wie fest gewachsenen Funkgerät und hielt es vor seinen Mund. Was sollte er sagen?

Er ließ die Sprechtaste wieder los und heulte lautlos.

28

Bahnhöfe mochte Berg noch nie, selbst lange Strecken fuhr er lieber mit dem BMW als mit dem Zug. Wobei nicht der Zug das Problem darstellte, sondern der Bahnhof. Morgens das fast synchron getaktete Geratter der unzähligen Business-Trolleys über den Bahnsteig, gleich einer berittenen Kavallerieeinheit auf dem Weg in die Schlacht, und genauso uniform gekleidete Kofferschieber: Dunkel der Mantel oder die Steppjacke, dunkel die Hose oder der Rock. Und wie die Kavallerie zogen sie an die Front: verschoben Grenzen, Menschen, Aufgaben, alles im Sinne eines fernen Herrschers, der aber nie hier in diesem zugigen Bahnhof stand und seine Armee anführte oder anfeuerte.

Nun war der Krieg am Bahnsteig angekommen.

Bis er das Präsidium erreichte, kannte er alle Endlosschleifen-Sondersendungen im Radio auswendig. Natürlich waren es wieder »unschuldige« Menschen, die gestorben waren. Wie wohl die Nachrichten ausfallen würden, wenn ein Zug mit Verbrechern gesprengt worden wäre? Oder hatte jemand schon die Vorstrafenregister aller Opfer durchgearbeitet? Begriff denn niemand in den Redaktionen, dass es da keinen Unterschied gab?

Aasgeier, fluchte er.

Viele Straßen waren abgesperrt, unzählige Male musste er seinen Polizeiausweis zeigen, ehe er im Innenhof des kühlen grauen Klotzes parken konnte. Landers rannte auf ihn zu und umarmte ihn. In ihrem Schluchzen waren seine Tränen nicht zu hören. Länger als damals im Krankenhaus in Kolumbien hielten sie sich fest umklammert. Berg wartete, bis er das Gefühl hatte, seine Stimme würde wieder fest und klar klingen.

»Wie sieht es hier aus?«

Landers zog ihn an der Hand zum Eingang und berichtete: »Generalbundesanwalt hat vor einer halben Stunde übernommen, provisorische Einsatzzentrale wird oben aufgebaut, BKA mit einem knappen Dutzend Leute vor wenigen Minuten eingetroffen, aus Berlin reisen noch in der Nacht weitere Spezialisten an. Spurensicherung mit über dreißig Leuten am Bahnhof. Karl hat alle Großveranstaltungen für die nächsten Tage absagen lassen und Einheiten aus dem Umland angefordert.«

»Unser K40?«

»Unterstützt das BKA.«

»Abteilung Staatsschutz?«

Landers nickte und drückte auf den Fahrstuhlknopf. »Genau. Alles, was Beine und eine Knarre hat.«

Sie fuhren in den sechsten Stock zum improvisierten Lagezentrum. Karl lief hektisch vor gut zwanzig Leuten auf und ab, im Hintergrund bauten Techniker in karierten Hemden Monitore und Computer auf, an einigen Bildschirmen flimmerten bereits Live-Fernsehbilder, andere zeigten stumme Bilder in leere Studios oder Videokonferenzen ohne Ton. Der Polizeipräsident stand mit einer Gruppe Leute zusammen und winkte Berg hektisch herbei.

Erwartungsvolle Blicke von einigen Frauen und einem halben Dutzend Männer, von Hochsteckfrisur bis grauhaarig, Flaumbart, Dreitagebart, T-Shirt unter Sportjackett, Karohemd unter Cord-Sakko.

Karl stellte ihn vor. »Hauptkommissar Berg, K10, war zufällig vor Ort.«

Das Cord-Sakko trat einen Schritt auf Berg zu. Wer zur Hölle lief heutzutage in solchen Jacketts rum? Dann nahm Berg Karls stechenden Blick war.

Wenige Sekunden später war ihm klar, warum.

Der angegraute Mann im Cord-Sakko reichte ihm die Hand. »Joseph Feith, Gruppenleiter ST4. Erzählen Sie bitte.«

Der Kandidat. Das DbD-Parteimitglied.

Fast hätte Berg die geschüttelte Hand an seinem Mantel abgewischt. Mühsam konzentrierte er sich auf seinen Bericht, den er im knappen Tonfall referierte.

»Also klar ein islamistischer Anschlag«, behauptete der Kandidat. Berg glaubte, eine gewisse Genugtuung herauszuhören, schwieg und unterdrückte ein Nicken. »Komm, sag was!«, rief er innerlich. Karl und der Rest der Gruppe blickten ihn erwartungsvoll an.

»Vielleicht«, sagte er.

Der Gesichtsausdruck des Kandidaten zeigte Unverständnis.

»Vielleicht? Nach ihrem Bericht ist das doch offensichtlich und zudem nicht weiter überraschend.«

Aha! »Nicht überraschend? Wusste das BKA von einer Bedrohung?«

»Ich meine angesichts der aktuellen Situation«, wich der Kandidat aus.

»Was meinen sie konkret?«, bohrte Berg nach und ignorierte Karls strengen Blick.

Ein anderer Mann trat vor, Jens Krieger, Referatsleiter ST41. Er wirkte tatsächlich wie ein Krieger: groß gewachsen, breite Schultern, das dunkelblaue sportliche Jackett mit Absicht eine Nummer zu klein.

»Arbeitshypothese«, sagte Krieger. Der Kandidat stutzte einen Moment, schwieg jedoch.

Berg gab noch nicht auf und fragte: »Basierend auf?«

»Nun, das ist nicht der erste Islamist, der sich mit ›Gott ist groß‹ ins vermeintliche Paradies sprengt.«

Landers, die die ganze Zeit schweigend hinter Berg gestanden hatte, zupfte an seinem Mantel. Er drehte sich um.

»Ja?«

»Aber der Erste mit der falschen Übersetzung«, sagte sie.

Noch ehe Berg fragen konnte, hakte der BKA-Krieger ein: »Wieso?«

Landers blickte ihn an. »*Allahu Akbar* bedeutet korrekt übersetzt nicht *Gott ist groß*, sondern *Allah ist größer* oder *Gott ist größer*. Größer, nicht groß.«

Krieger riss die Augen auf, der Kandidat blickte interessiert und fragte: »Und sie sind?«

»Kriminalkommissarin Elena Landers, K10.«

»Und mit fremden Kulturen vertraut, oder woher wissen sie solche Feinheiten?«

Landers blickte ihn unbewegt an. »Allgemeinbildung.«

Zum ersten Mal seit Stunden spürte Berg ein leichtes Ziehen in den Mundwinkeln. Es fühlte sich an wie ein aufsteigendes Lächeln.

Der Kandidat schwieg, Krieger nickte und sagte: »Nicht überall, aber ja.« Er drehte sich zu seinen Kollegen um.

»Was meint ihr? Ein schlecht geschulter IS-Terrorist oder ein Versehen?«

Vielstimmiges Gemurmel, Berg hörte nicht mehr zu. Hatte Landers gerade den Kieselstein in seinem Schuh gefunden, der die letzten Stunden gedrückt hatte? Hatte der Kandidat gerade irgendwie komisch reagiert? Er zog Landers sachte am Arm von der Gruppe weg und wollte sie gerade fragen, ob sie sich da sicher sei, als Kerner den Raum betrat. Schlaksig, das Hemd offenbar ein Mitbringsel, im krassen Kontrast zum leichenblassen Gesicht.

Berg winkte ihm zu. »Gut, dass du wieder da bist.«

Kerner nickte wortlos und blickte zu Landers. Sie nahm ihn in den Arm, drückte ihn und murmelte etwas in sein Ohr. Kerner nickte stumm und fragte Berg: »Wo wird das alles enden?«

Berg fiel es schwer, Kerner auf einer persönlichen oder gar emotionalen Ebene zu begegnen. All der jugendliche Schwung, die Begeisterung, als er vor einigen Jahren zu ihrem Team stieß, alles dahin, seit er bei einem scheinbar harmlosen Einsatz einen Mafiakiller erschoss. In Notwehr, das hatte die Interne schnell kapiert, aber seitdem vergrub Kerner sich in Akten und im Computer, war gründlich in der Recherche, beflissen, loyal. Alles was

Berg sich von einem Mitarbeiter wünschte. Aber irgendein Draht war seitdem gekappt, diese Nacht in dieser Wohnung mit diesem Mafiakiller hatte Kerner verändert.

Doch eben stellte Kerner die einzig sinnvolle Frage an diesem Nachmittag. Wo zur Hölle sollte das alles hinführen?

Karl kam auf ihre kleine Gruppe zu. »BKA übernimmt, K40 unterstützt, Berg steht für Fragen zum Tathergang zur Verfügung und macht weiter seinen Kram. Wir stellen Ressourcen fürs BKA bereit. Elena wechselt mit Kerner in deren Ermittlungseinheit.«

Noch ehe Berg den Mund öffnen konnte, sagte Karl: »Keine Diskussion.«

Wortlos nickte Berg und sah aus den Augenwinkeln, wie Landers noch ungläubiger die Augen aufriss. Kerner wirkte, als würde er gleich kotzen. In einer ruhigeren Minute würde er das mit Karl mal ausdiskutieren müssen.

Krieger kam zu ihnen und drückte Landers die Hand: »Willkommen im Team.« Er wandte sich zu Kerner und wiederholte den Spruch. Kerner schaute Krieger unter flatternden Augenlidern an, bis ihr neuer Chef sich abrupt umdrehte und wieder in der Menge verschwand.

Landers blickte zu Berg, der mit einem knappen Kopfnicken zur Tür deutete.

Sie verließen den bienenschwarmartigen Konferenzraum und gingen an das Ende des langen Flurs zum Feuertreppenhaus.

»Was zur Hölle soll ich da?«, raunte Landers.

»Und ich erst?«, fragte Kerner.

Berg blickte seine Kollegen an. Landers wirkte genervt oder entrüstet, Kerners leichenblasser Anblick bestätigte Bergs Einschätzung: Kerner brauchte Struktur, feste Vorgaben, klare Aufgaben, wie andere ihren sonntäglichen Kirchgang, auch wenn sie an keinen Gott glaubten.

»Leute, ich glaube, das ist der schlechteste Zeitpunkt für einen Einwand gegen eine Beförderung.«

»Ich wäre aber gerne gefragt worden!«, fauchte Landers.

Berg dachte »ich auch«, sagte jedoch: »Glaubst du, in so einer Situation ist Zeit für Diskussion? Karl hat entschieden und wir sollten wenigstens ein einziges Mal wortlos gehorchen!«

»Damit ich diesem Jason Statham-Verschnitt den Kaffee hinterhertrage?«

Das wäre nicht das Schlimmste, dachte Berg. Aber mit dem Ausputzer eines Nazis zu arbeiten konnte noch ganz andere Probleme bereiten. Er beschloss, Landers davon nichts zu sagen.

»Was werde ich dort zu tun haben?«, fragte Kerner.

Berg schüttelte genervt den Kopf. »Was weiß ich. Halt dich an Elena.«

Erleichtert seufzte Kerner. Landers tätschelte ihm die Schulter. »Ach Junge, wir machen das schon. Ich zumindest bin froh, dass ich da nicht allein hin muss und einen Spezialisten an meiner Seite habe.«

Ein erstes Lächeln zuckte um Kerners Mund.

Berg stöhnte innerlich. Kerner in der Champions League, wenn das nur gut geht. Er klopfte ihm auf die Schulter. »Wird schon. Die kochen auch nur mit Wasser. Nur schneller.«

»Aber so ganz ohne dich, ehrlich, Berg, ich weiß nicht ...«

»Quatsch nicht«, unterbrach er ihn. »Wird vielleicht mal Zeit für euch, aus eurer Komfortzone rauszukommen.«

Landers lächelte. »Naja, mit dir zu arbeiten ist nicht der Inbegriff von ›Komfortzone‹«

»Danke«, murmelte Berg und senkte die Stimme. »Wir sollten aber den kurzen Dienstweg beibehalten. Ich hab keine Lust, erst aus der Presse zu erfahren, was das BKA und all die anderen Geheimnistuer ermittelt haben.«

Landers und Kerner nickten. »Klar, Chef«, kam es im Chor.

Sie blickten sich noch einen Moment an, dann gingen sie mit festem Schritt zurück in das Lagezentrum. Ein Aktenjunkie und eine Jane McLane. Den letzten Einsatz in Kolumbien mit Landers hatten sie beide nur knapp überlebt. Und ihr den Spitznamen eingebracht. Da würde dieser BKA-Krieger noch staunen. Wenn sie sich nur nicht mit dem Kandidaten anlegt.

Berg ging durchs Treppenhaus zwei Stockwerke tiefer in die Kantine. Der riesige Raum war leblos, bis auf zwei Küchenhilfen, die an einem Tisch saßen und auf den Fernseher an der Decke schauten, von dem Berg bislang dachte, er wäre beim Einzug in das neue Präsidium vergessen worden anzuschließen. Rechts in den Glasvitrinen leuchteten unnatürlich grüne Salatblätter auf belegten Brötchen, die Kuchentheke war mit kalten Streuselstückchen gefüllt. Schnaps gab es hier nicht.

Unschlüssig blickte er auf den Bildschirm, ein Nachrichtensender mit dreizeiligen Untertiteln in unterschiedlichen Geschwindigkeiten, der junge Sprecher zupfte nervös an zahllosen Papieren auf seinem Tisch, oben rechts verwackelte Handyvideos, der Ton auf Flüsterlautstärke. Ein Interview-Einspieler wurde angekündigt. Noch so ein Experte, dachte er, und wollte gerade gehen, da riss er die Augen auf: die Kameraeinstellung wechselte auf Bernd Hügel. Das Arschloch, das er ein paar Tage zuvor zum Tod des Spediteurs befragt hatte und der immer noch nicht die Liste mit den Teilnehmern des Parteistammtisches geschickt hatte. Was er sagte, war nicht zu hören, aber in einer der Untertitelzeilen las er:

»Bernd Hügel, DbD, Sprecher Landesverband Hessen: ›Unsere schlimmsten Befürchtungen sind eingetreten. Niemand kann mehr sagen, wir hätten nicht davor gewarnt‹ … Bombenanschlag Frankfurt: Dutzende Tote …«

Die Schmeißfliegen waren wie immer die Schnellsten.

29

Seine Frau lief ihm aus dem Wohnzimmer entgegen, als Berg die Haustür öffnete. Sie hielten und drückten sich wortlos. Was sollte er auch sagen. Bis in die Nacht bliesen Sondersendungen jedes verfügbare Bild ins Universum, versendeten jeden noch so unsinnigen Kommentar, die Welt war voller Terror-Experten und die mit wackeliger Kamera eingefangenen Stimmungsbilder von der Straße ließen erahnen, was dieser Anschlag noch auslösen würde. Berg war müde, leer, doch wenn er nur für Sekunden die Augen schloss, sah er diese Bilder vom Bahnsteig und dem blutenden jungen Mann, der noch auf dem Weg ins Krankenhaus gestorben war.

Langsam löste er sich von seiner Frau, folgte ihr ins Wohnzimmer und öffnete die Schranktür zur Hausbar. Ziellos griff er eine Flasche mit schlankem Hals und klarem Inhalt und goss einen großen Schluck in ein Weinglas. Er schaute seine Frau fragend an, die stumm nickte. Diesmal nahm er ein passendes Glas und setzte sich neben sie auf das Sofa, den Fernseher hatte sie stumm geschaltet.

Nach den ersten Schlucken berichtete er in stockenden Sätzen, dass er dort gewesen war. Was er genau gesehen hatte, sagte er nicht. Sie fragte auch nicht und hielt seine Hand schmerzhaft fest. Er leerte das Glas, sie stand auf und schenkte nach.

Die Welt sei zu klein geworden, sagte sie. Alles, was passiere, passiere hier und überall.

Hügel tauchte wieder auf dem Bildschirm auf. Wütend deutete er auf den Fernsehschirm. Diese Deppen dort, rief er, glauben, sie könnten das Ferne fern halten und hier ein gesetzlich geschütztes Biotop bauen, als seien wir eine besonders schützenswerte Lurch-Art, während auf den Straßen die gemeine Kröte weiterhin plattgefahren werden dürfe. Und viele andere wollten das auch glauben.

Seine Frau verzog das Gesicht. »Schamlos«, sagte sie und deutete auf Bernd Hügel. So früh in der Öffentlichkeit auftauchen und verbreiten, das sei alles Schuld unserer Regierung, sei einfach schamlos.

»Und falsch«, erwiderte Berg.

Seine Frau zuckte mit den Schultern. Schamlos sei es so oder so, egal wie richtig oder falsch die Ansicht dieses Mannes sei. Die armen Familien. Ob schon alle Opfer identifiziert seien. Berg schüttelte den Kopf. Das wisse er nicht genau. Die Untersuchungen führe das Bundeskriminalamt, er habe da nichts mehr mit zu tun. Seine Frau seufzte erleichtert. Ob er ein paar Tage freinehmen könne? Berg lachte trocken auf. Nein, wohl kaum, einige Mitarbeiter, auch Elena und Kerner, seien abgezogen worden, er habe nun noch mehr zu tun. Er deutete auf den Fernseher, auf dem ein Reporter vor dem Bahnhofsportal stand und stumm in die Kamera sprach. Mit solchen Idioten habe er es gerade zu tun, also nein, nicht mit dem Reporter, sondern mit dem Deppen da grad eben von der DbD. Ihm würde übel, oder noch übler als ihm ohnehin sei, wenn er daran denke, wie dieses Arschloch sich gerade ein Loch in den Bauch freue und von Mikrofon zu Mikrofon hetze, um seine schamlosen, ja, sie habe es genau richtig bezeichnet, seine äußerst schamlosen Sprüche in die Welt hinaus zu brüllen. Diesen Deppen habe er in einem Fall befragen müssen und es sei zu befürchten, dass er ihn nochmal sprechen müsse.

Sie nahm ihm das leere Glas aus der Hand und erkundigte sich nach diesem Fall. Berg erzählte davon, ausnahmsweise. Er hatte nicht nur vor langer Zeit unterschrieben, aus keinen laufenden Ermittlungen zu erzählen, sie beide hatten auch die Vereinbarung, dass sein Beruf aus ihrem Haus am Waldrand draußen blieb. Aber die Welt von gestern war untergegangen, viele geschriebenen und ungeschriebenen Vereinbarungen nur noch für

Archäologen und das Feuilleton interessant. Jetzt brüllte jeder so laut wie möglich seine Idee einer sicheren und also besseren Welt hinaus, ohne dass Zweifel an dem Zusammenhang geäußert werden durften. Beim dritten Glas lachte Berg hysterisch und brüllte den Fernseher an, warum für die am gleichen Tag in gleicher Zahl durch Haushaltsunfälle umgekommenen Menschen keine Dauerbrennpunktsendungen zum Thema »Der Tod auf dem Abtritt« liefen, warum kein Haushaltsunfallexperte vor Hintergrundbildern mit wackeligen Aluleitern besorgten Blickes böse Ahnungen und hilflose Mahnungen ausspräche und in den Nachrichten nicht minutenlang die Bundesregierung Anteilnahme für die Opfer der heimtückischen Haushaltsleiter heuchelte.

Er redete und brüllte und weinte, sie schenkte ab und zu nach, bis er – der erste Tag danach dämmerte bereits – sich an sie lehnte, die Augen schloss und sie die Bilder streichelnd vertrieb.

30

Landers schaltete den Fernseher aus und warf die Fernbedienung auf den Sessel. Sie stand vom Bett auf und ging ins Bad. Eigentlich hätte sie gerne gekotzt, aber dafür hatte sie zu wenig gegessen. Dauersondersendung, wie damals bei Nine-Eleven, nur schlimmer, weil es nun hier passierte. Aus jedem Sender, regional, privat, öffentlich, klang die Bandbreite aller Experten, Kommentatoren und Politiker von »es musste so kommen, wir haben schon Zweitausendneun davor gewarnt« bis »jetzt nicht unsere Werte verraten«, rhythmisch durchsetzt von »keine Pauschalverurteilungen von Flüchtlingen« und »nur Sicherheit gewährleistet unsere Demokratie«.

Dazwischen ekelhafte Reportagen aus den Krankenhäusern und Interviews, wenn man das so nennen wollte, mit schockierten Überlebenden. Wenn ein Nachrichtenreporter die allerneuesten Gerüchte vorlas, stand oben rechts immer ein kleines Bild vom zerfetzten ICE.

Sie ließ kaltes Wasser über ihre Unterarme laufen. Der einzige Vorteil, dass sie temporär zum BKA aufgestiegen war, bestand darin, dass sie in einem feinen Hotel in Wiesbaden saß und die Stadt nicht wie Frankfurt durch Straßensperren, Sensationstourismus, Dauerstaus und unzählige Reporter aus der ganzen Welt im Chaos versank. Hier, keine dreißig Kilometer entfernt vom »Ground Zero«, wie einige Reporter sagten, summte die behäbige, reiche und schöne Stadt vor sich hin. Ja, am Bahnhof, der einen Großteil des umgeleiteten Zugverkehrs auffing, vor dem Kurhaus und dem Landtag waren Sperren aus Betonklötzen aufgebaut, überall patrouillierten schwer bewaffnete Einheiten. Sie empfand diese Polizisten mit Schutzweste und Maschinengewehr als Johanniskraut der ohnmächtigen Staatsmacht für ihre längst auf schlechtem Speed drehenden Bürger. Wenn Frau schwanger war, half kein Kondom mehr.

In der ersten Nacht in Wiesbaden telefonierte sie mit Basil, der schon eine Stunde nach dem Anschlag versucht hatte, sie zu erreichen. Eine kurze SMS von ihr hatte genügen müssen. Ob er vorbeikommen solle, fragte er am Telefon, und am liebsten hätte sie »JA!« gesagt. Allein in diesem feinen, aber eben einsamen Hotelbett, die Wucht der Situation schlug erst in dieser Stille zu. Kerner war keine Schulter und ihre war nicht breit genug. Es gab niemand zum Reden, Trinken, Anlehnen, Trösten, Einschlafen. Niemand, der »Alles wird gut« sagte, obwohl jeder wusste, dass gar nichts gut wird. Aber nach den ersten zehn Stunden Hektik, Planlosigkeit und Gerenne beim BKA waren die wenigen Stunden unruhiger Schlaf zwingend notwendig. Mit Basil wäre sie auch dazu nicht gekommen. Er gratulierte ihr zum Aufstieg ins BKA, den sie immer noch nicht als solchen wahrnahm, hörte ihren wirren Erzählungen zu und wiederholte in angenehmen Zyklen seine Bereitschaft, zu ihr zu kommen.

Manchmal, dachte sie nach diesem ersten Telefonat, ist so eine Fernbeziehung doch scheiße.

Am zweiten Tag setzte Krieger sie und Kerner zu drei BKA-Mitarbeitern in ein Büro zur Datenauswertung. Ständig riss jemand die Tür auf und fragte oder forderte irgendwas. Kerner fand sich schnell zurecht, die klaren Arbeitsaufträge am Computer beruhigten ihn, während sie versuchte, in der Nähe von Krieger zu bleiben, der jedoch in zahllose Meetings verschwand und nur ab und zu in dem Büro vorbeikam, um Neuigkeiten zu berichten oder Arbeitsaufträge zu hinterlassen.

Am dritten Tag lernte sie in der Kaffeeküche einen faltigen Mann vom GTAZ kennen, der wirkte, als hätte er schon etliche Terroranschläge überlebt. Das »Gemeinsame Terror Abwehrzentrum« als Koordinierungsstelle der Landes- und Bundes-

Sicherheitsbehörden zur internationalen Terrorismusbekämpfung war bislang eher ein Gerücht, mit dürren Worten in manchen Reden des Innenministers erwähnt, aber nun stand dieser abgeklärte oder frustrierte faltige Mann – sie konnte sich nicht entscheiden – vor ihr und schien eine zentrale Figur zu sein. »Wenn du nicht mehr weiter weißt, dann bilde einen Arbeitskreis«, antwortete er auf ihre Frage nach seiner Aufgabenstellung des GTAZ.

»Sehen Sie, Frau ...«

»Landers«

»Danke. Hier sind so viele neue Leute, und in meinem Alter ... Sie entschuldigen meine Unaufmerksamkeit.«

Sie lächelte und spielte das verschüchterte Mädchen vom Land in der Hoffnung, damit den Beschützer und Großkotz in ihm zu wecken.

»Wenn Sie siebzehn Polizeibehörden haben, also einmal im Bund und dann pro Land, daneben nochmal siebzehn Kriminalämter – für das eine arbeiten Sie ja hier – zusätzlich siebzehn Verfassungsschutzbehörden oder Ämter und, damit es nicht zu einfach wird, noch Grenzschutz- und Zollbehörden, nicht gezählt unsere verschiedenen Geheimdienste, wie, glauben Sie, ist da effiziente Arbeit möglich? Wenn dann noch der Gesetzgeber die Zusammenlegung einiger Behörden verbietet oder der rechtlich erlaubte Austausch durch inkompatible Computersysteme erschwert wird?«

»In dem Vertreter all dieser Behörden in einem abhörsicheren Raum ohne Fenster in einem U zusammensitzen, schlechten Kaffee und trockene Käsebrötchen vor sich haben, mit ihren Laptops in ihre Systeme blicken, diskutieren und Protokolle schreiben?«, vermutete sie.

Der faltige Mann lächelte. Es sah sehr ungeübt aus.

»Sie waren schon einmal dort?«

Landers schüttelte verlegen den Kopf. »Nur meine Phantasie.«

»Sind sie eine gute Ermittlerin?«

»Fragen Sie meinen Chef«, antwortete sie. »Aber was genau machen Sie hier als Mitglied des GTAZ?«

Er drückte auf die »Cappuccino«-Taste der Kaffeemaschine, ein neues und teures Gerät aus Geislingen. »Unter anderem das BKA mit frischem Geld ausstatten, um mit solchen Kaffeemaschinen für die Arbeitsfähigkeit der Mitarbeiter zu sorgen.«

Landers überlegte kurz, ob sie ihm einen Gefallen tun und über diesen vermeintlichen Witz lachen sollte, aber der Mann wirkte so, als rechne er nicht damit, dass über seine Witze gelacht wurde.

»Sie sind vom Innenministerium?«, fragte sie stattdessen.

Er nickte. »Als Hüter des Hühnerstalls.«

Jetzt musste sie doch lächeln. Der faltige Mann nahm es gütig an und fragte: »Auch einen Cappuccino?«

»Espresso. Danke.«

Die Maschine mahlte leise und mit schöner Crema lief der Kaffee in eine kleine Tasse.

»Was wissen denn die anderen Behörden, was wir nicht wissen?«, traute sie sich zu fragen.

Der Mann schaute sie aus tiefen Falten ernst an. »Natürlich wissen alle alles. Dafür sorge ich ja.«

Landers trank einen Schluck und wartete.

»Gut, was die Geheimdienste wissen, kann teilweise nur in Bröckchen weitergegeben werden«, fügte er hinzu.

»Sie meinen, wenn mal wieder zwei Tage nach dem Anschlag der Pass des Attentäters am Tatort gefunden wurde?«

Er seufzte. »Was sollen wir denn sagen. Dass wir die Hinweise von der NSA erhalten haben oder aus Geheimdienst-Überwachungen mittels Technik, von der wir nicht wollen, dass alle davon wissen?«

Landers war versucht zu protestieren, aber in diesem Augenblick dankbar, dass die Behörden besser arbeiteten als es in der Öffentlichkeit den Eindruck hatte.

»Was wissen Sie noch über Achmed Dhaouadi?«

Er zuckte mit den Achseln. »Sehen Sie, Frau ... Landers, richtig? Ich kann Ihnen nur das sagen, was in den Protokollen steht, die auch in Ihrem Büro liegen.« Mit einem »hat mich gefreut«, hatte er sich abrupt verabschiedet und die Kaffeeküche verlassen.

Ja, diese Protokolle.

Sie seufzte, stellte das Wasser ab, zog sich Turnschuhe an und verließ das Hotelzimmer. Noch wusste niemand, wie und von wem der Attentäter angeworben wurde, das herauszubekommen war Teil der Aufgabe ihrer Arbeitsgruppe. Kerner würde es rausbekommen, war sie überzeugt, das konnte er besser als jeder andere. Naja, zumindest besser als sie.

Der Hotelflur wurde dezent von kitschigen Wandlampen beleuchtet, zwischen den Zimmertüren Ölgemälde von Landschaften, da und dort ein kleiner antiker Tisch mit frischen Blumen. Der Fahrstuhl verspiegelt, aber freundliche Beleuchtung, nicht wie in einer Kaufhausumkleidekabine. Die Stadt war ausgebucht, nur die teuren Hotels hatten unter der Hand noch Zimmer frei.

Vor dem Hotel blieb sie unentschlossen stehen. Links das Kurhaus mit dem Bowling-Green, im Sommer ein Wandelgang für das hiesige »meet and greet«, seit einigen Tagen durch mannshohe Betonklötze abgeriegelt. Den naheliegenden Kurpark hatte sie am Abend zuvor durchwandert, bevor sie aufs Zimmer ging, vor dessen Stille und Leere sie sich fürchtete. Sie schlenderte nach rechts in die Stadt hinein, nach ein paar Straßenecken erreichte sie das Kneipenviertel. Vor dem »Blue Bird« blieb sie stehen. Eine Szenekneipe, schwarze Wände mit wirren rahmenlosen Gemälden, hinter der Bar füllten unzählige Gin Flaschen die blau beleuchteten Regale, durch die große Fensterfront drang unaufdringliche Housemusik. Sie trat ein, drängte sich an die Theke und überlegte, ob sie einen Gin-Tonic für fünfzehn Euro von einem billigen unterscheiden konnte, als sie eine mittlerweile vertraute Stimme hörte.

»Frau Landers, was für eine angenehme Überraschung.«

Angenehm für wen, überlegte sie, drehte sich um und lächelte Jens Krieger an. Mit schwarzem T-Shirt locker über einer dunklen Jeans sah er sogar gut aus.

»Herr Krieger, Sie hier und nicht in Hollywood?«

Er lachte laut, legte seine Hand auf ihre Schulter und beugte sich an ihr Ohr. »Es gibt nicht viele Orte, an denen man seine Arbeit vergessen kann.«

Sie blickte auf ihre Schulter und wartete, bis er seine Hand wieder zurückzog.

»Kein Zuhause?«, fragte sie.

Er lächelte unbestimmt. »Darf ich ihnen einen Cocktail empfehlen?«

»Martini. Trocken. Sehr trocken.«

Mit einer routinierten Handbewegung winkte er eine Bedienung herbei und bestellte den Martini mit einer Gin-Marke, die ihr unbekannt war.

Krieger blickte über ihre Schulter zum Eingang. »Wo ist ihr Kollege?«

»Zumindest nicht hinter mir her«, antwortete sie und trank einen tiefen Schluck. Tatsächlich sehr trocken.

»Wie gefällt Ihnen die Arbeit beim BKA?«

»Ziemlich viele Leute, die ziemlich viel umherlaufen, telefonieren, und hektisch rumbrüllen. Aber geile Technik. Und gute Kaffeemaschinen.«

Krieger trank einen Schluck Bier. »Ist schon anders als im beschaulichen Frankfurt, oder?«

Nö, dachte sie. So nicht.

»Gibt es Ergebnisse, von denen ich noch nichts weiß?«

»Naja«, antwortete Krieger und senkte die Stimme, »die Kollegen vom Verfassungsschutz aus NRW wollen was von einer IS-Zelle in Düsseldorf gehört haben.«

Landers nickte. »Jaja, und von einer aus Hannover und aus Wolfsburg. Das hab ich im letzten Statusbericht auch gelesen.«

»Wir müssen jedem Hinweis nachgehen. Immerhin haben wir in den letzten zwei Jahren vier Zellen ausgehoben.«

»Oha? Ohne, dass es die Öffentlichkeit erfahren hat?«

Er hob den Zeigefinger vor seinen Mund. »Und das soll auch so bleiben.«

Landers nahm einen weiteren Schluck. Tatsächlich ein guter Gin. Sie überlegte, ob sie jetzt schon einen zweiten bestellen sollte oder ob der sich mit dem Rotwein aus der Minibar beißen würde.

»Schon komisch«, sagte sie und sah in ihr Glas.

Krieger schaute erwartungsvoll, ohne zu fragen.

»Ich meine, wie dieses Land auf diesen Anschlag reagiert.« Sie blickte auf. Krieger schwieg weiterhin.

»Beim Elbhochwasser«, fuhr sie fort, »rückten die Leute zusammen, solidarisierten sich. Aber bei Hochwasser gibt es keinen Schuldigen, gegen den man hetzen kann, wie damals in Berlin, und erst recht jetzt.«

Dein Stichwort, dachte Landers, aber Krieger blieb stumm.

»Jeder Taxifahrer mit langem Bart fährt auf einmal einen Kofferraum voll Sprengstoff rum. Jede Frau mit Kopftuch ist die Ehefrau eines Attentäters und gebiert gerade neue Mörder. Nur wir weiße Deutsche sind Opfer, alle vier Millionen Muslime die Täter. Und dabei war es doch nur einer. Oder zwei. Oder eine Handvoll.«

Krieger drehte die Bierflasche unschlüssig in seiner Hand hin und her. »Wissen Sie, mein Job ist es, eine Abteilung zu führen, die Hintergründe aufklärt, Drahtzieher findet, Financiers, Supporter. Alles andere ...«, er trank den letzten Schluck Bier und stellte die leere Flasche auf der Theke ab, »... ist Politik.«

»Jetzt ist Feierabend, sie müssen doch auch eine persönliche Einstellung zu dem haben, was hier gerade passiert?«

»Was hier gerade passiert? Ich stehe mit einer schönen Frau in einer guten Bar.«

Sie stöhnte. Immer das Gleiche.

»Haben sie mich deshalb in ihr Team aufgenommen?«

»Und wenn?«

»Dann sollten sie üben, Privates und Berufliches besser zu trennen.«

Krieger lachte auf. »Kommen Sie, Frau Landers. Seien sie nicht so streng.« Er hielt ihr seine Hand hin. »Jens.«

BKA, schön und gut, aber sie bestimmte, wer sie anmachen durfte. Und ein »Jens« stand nicht auf der Liste.

»Meinetwegen.« Sie gab ihm die Hand. »Elena.«

»Darauf noch einen Drink?«, fragte er.

31

Thomas wartete im Vorzimmer von Hügels Büro. Er wollte ihm mit einer fadenscheinigen Ausrede mitteilen, warum er doch nicht als Referent nach Berlin gehen werde. Dieses vorherige Wochenende im Schwarzwald, die Gespräche beim Mittagessen, die unerträglich stille Heimfahrt, er wollte raus aus dieser Lüge. Und endlich wieder morgens im Spiegel aufrecht sagen können »Ich weiß, was gut und richtig ist«, und sich nicht dafür schämen, dass er so verführbar gewesen war. Dafür hatte er nicht studiert, dafür programmierte er nicht hochkomplexe Maschinen, um dauerhaft auf Parolen reinzufallen, deren Halbwertszeit zwischen Tagesschau und Wetterkarte lag.

So saß er dort auf dem Besucherstuhl, murmelte »Meine Freundin« und »Der Job« vor sich hin und registrierte nicht, was Hügel gerade am Telefon sagte. Durch die angelehnte Tür konnte er ihn zwar nicht sehen und eigentlich auch nicht hören – der Lärm aus der Maschinenhalle lieferte ein Grundrauschen, dass die Leute in den Fluren permanent laut sprechen ließ – aber irgendwo wurde eine Maschine abgestellt und die plötzliche Stille hatte noch nicht Hügels Büro erreicht.

»Kalil muss weg«, sagte Hügel.

Wer zum Teufel ist Kalil? dachte Thomas, ehe er sich wunderte, dass er überhaupt das Gespräch hören konnte. Kalil wer?

»Ja, es war ein Erfolg, keine Frage. Endlich gehen die Umfragewerte wieder hoch. Aber eigentlich hätte er es tun sollen und nicht irgendeinen Deppen dafür anheuern.«

Was tun? Ging es um einen Auftrag in der Firma?

»Hör mal. Nach der Pleite der letzten Landtagswahl im Norden stehen wir jetzt vor dem Durchbruch. Diese Sache am Bahnhof bringt uns wie geplant nach Berlin. Das darf durch nichts und niemanden gefährdet werden.«

Sache? Am Hauptbahnhof war keine »Sache« passiert, sondern der schlimmste islamistische Terroranschlag in der Geschichte der Republik. Der Anschlag hatte ihnen genutzt, ja, das stimmte. Schon am Tag danach sprangen die Umfragewerte um fünf bis acht Prozentpunkte, drittstärkste Partei, knapp hinter der SPD.

Aber was hatte Hügel gerade gesagt? »Geplant«?

Ihm wurde heiß, glaubte, die Ohren würden platzen und eine Sauerei verursachen. Er spürte einen Würgereiz und überlegte, ob er in den Regenschirmständer oder doch besser in den Papierkorb am verlassenen Schreibtisch der Sekretärin kotzen sollte.

»Und holt das Geld zurück. Ist mir egal, ob es nach einem Unfall, Überfall oder Bandenkrieg aussieht.«

Geld? Sie hatten für einen Anschlag bezahlt? Einen Terroristen gekauft? Bei myhammer.de oder wo? Die Befürchtung, der Kopf oder der Magen würde platzen, wurde größer. Seine Arme zuckten, als er aufspringen und ins Büro stürmen wollte, doch die Angst lähmte ihn. Wegrennen? Er blickte den Flur nach links, eine Putzfrau schob ihren Wagen gelangweilt in ein fernes Büro.

»Ja, behaltet das Geld. Ist für euch, wenn ihr Kalil erledigt.«

Wurde da gerade ein Auftragsmord verhandelt? Sein Kopf schwang nach rechts zur angelehnten Tür des Auftraggebers, der Bestie, und wieder nach links zum Ausgang. Raus aus diesem Albtraum, hinaus auf die Straße, zurück in die Welt. Würde Hügel ihn von hinten mit einem Schuss niederstrecken? Oder nach ihm rufen? »Hallo Thomas, wohin so eilig?« Waren das nicht die typischen Sätze in den Kinofilmen, wenn der Held flüchtete? Und was passierte dann mit den Helden? Naja, sie siegten irgendwie doch am Ende. Nur war er kein Held. Nie gewesen.

»Ok. Ich muss Schluss machen, hab noch einen Termin. Sag mir Bescheid, wenn es erledigt ist, klar?«

In diesem Moment gewann der Körper: Er kotzte auf den dunklen Teppich, knapp neben den Glastisch mit den Zeitschriften. Während er noch würgte und nach Luft schnappte, stand Hügel vor ihm.

»Um Gottes Willen, was ist denn mit dir los?«, kam die vertraute Stimme. Er würgte und spie grüngelbe Suppe, versuchte verzweifelt sich zu erheben, bis ihm Hügel unter die Schulter griff und zur Toilette schleppte. Dort quälte er noch etwas Schleim ins Waschbecken, ließ kaltes Wasser über seine Unterarme laufen und vermied jeden Blick in den Spiegel zu Hügel.

»Was hattest du zu Mittag?«, fragte Hügel mit einer Besorgnis in der Stimme, die Thomas einen weiteren Würgekrampf verursachte.

»Asiatisch«, murmelte er wahrheitsgemäß in den Ausguss, das laufende Wasser kämpfte mit einigen farbigen Brocken.

»Diesen Schlitzaugen ist nicht zu trauen. Wenn wir am Ruder sind, wird das Gesundheitsamt all diese Läden mal so richtig unter die Lupe nehmen.«

»Hmhm«, brachte Thomas zwischen zwei Würgeattacken hervor.

»Geht's wieder?«, erkundigte sich Hügel.

Thomas beobachtete den festen Wasserstrahl und wünschte sich, mit diesem Wasser in der Kanalisation zu verschwinden. Weg hier. Weg von allem.

»Ich glaub, ich muss ins Bett«, sagte er zum Ausguss.

»Wahrscheinlich besser so. War es wichtig, was du mir sagen wolltest?«

Thomas spülte seinen Mund lange mit Wasser aus. »Hat Zeit«, sagte er dann.

»Komm, ich bring dich zum Auto. Kannst du überhaupt fahren?«

»Ja klar, geht schon.« Musste gehen. Langsam erhob er sich und blickte in den Spiegel. Noch ehe er sein blasses Gesicht wahrnahm, sah er Hügel einige Meter hinter sich stehen, an eine der Kabinentüren gelehnt, die Arme verschränkt.

»Entschuldigung«, sagte er in den Spiegel.

Hügel zuckte mit den Schultern und breitete die Arme aus. »Kein Stress. Sowas passiert. Die Putzfrau ist eh schon da. Trink einen Kamillentee und knabber ein paar Salzstangen.«

Dann ging er den langen Flur hinab, wartend, dass ein Schuss ihn in den Rücken treffen würde. Auf dem Parkplatz zwang er sich, nicht schneller zu laufen, lauschte, ob Hügel ihm irgendwas aus dem Fenster hinterher rief, startete den Motor mit zittrigen Fingern. Aber wer sollte denn in der kurzen Zeit eine Autobombe in seinen Opel gebaut haben? Er fuhr ziellos umher und als er am Hauptbahnhof vorbeifuhr, wunderte er sich, wie er hierhergekommen war. Den Wagen stellte er auf dem südlichen Parkplatz ab, traute sich aber nicht, den Bahnhof zu betreten. Nein, er konnte sich die Absperrung an Gleis 18 nicht anschauen. Stattdessen betrat er den Irish Pub an der Ecke Münchener Straße, setzte sich an einen kleinen Tisch in der hintersten Ecke und begann sich zu betrinken.

Eigentlich hätte er gerne mit Whisky gestartet, befürchtete aber, dass sein Magen sich erneut wehren würde. Das süße dunkle Bier war verträglicher, würde nur länger dauern.

Fehler. Wie viele Fehler begeht ein Mensch in seinem Leben? Sind Fehler wirklich nur dazu da, daraus zu lernen oder gibt es einen Zwang, immer alles falsch zu machen? Irgendeine zentrale Synapse, die im entscheidenden Moment schläft?

Thomas schlug sich mit beiden Händen an den Kopf und starrte auf das Bierglas. War es falsch gewesen, zu dieser Versammlung zu gehen? Oder Marions Reaktion darauf? Die Idee, Alex zu verleumden, wo dieser Mistkerl doch ihn genauso verraten hatte? Wie trifft man eine richtige Entscheidung? Ob es richtig war, weiß man immer nur hinterher. Im entscheidenden Moment gibt es kein Richtig oder Falsch. Es gibt sogar Leute, die behaupten, es gebe noch nicht mal einen freien Willen.

Die Bedienung schlängelte sich mit einem Tablett voller Guinness Gläser durch den Pulk Menschen an der Bar, er trank sein Glas aus und winkte ihr. Eigentlich hasste er Irish Pubs an Tagen, an denen auf einem halben Dutzend Fernsehschirmen internationale Fußballspiele liefen. Drei Tage nach dem Anschlag war zumindest im Sport wieder »business as usual«. Die Hintergrundmusik kämpfte erfolglos gegen die Fernsehreporter und die spitzen Schreie der Fans. Hier lärmte das Leben, das nur wenige Tage zuvor keine hundert Meter vor dem Pub so zahlreich wie blutig zerfetzt wurde.

Was tun? Die großen Fragen wurden oft in Kneipen wie diesen und Zuständen wie seinem gestellt, aber die Antworten fanden sich hier selten.

Das vierte Bier kam, das Guinness begann zu schmecken. Wieder ins Auto setzen, fahren bis der Tank leer wurde, abhauen, flüchten, einen Baum aussuchen wie dieser Spediteur? Zur Polizei gehen, die eigene Schuld eingestehen? Marion würde davon erfahren, er wäre dann nicht nur ein Mitläufer des Gesindels, sondern auch verantwortlicher Teil des Massenmords. Marion, sie wüsste, was zu tun ist. Sie war klar, in ihren Gedanken, in ihrem Handeln, lebte nach einem strikten inneren Kompass, der ihr immer verriet, wohin die Reise ging. Das liebte er so an ihr, passte zu seiner Ingenieursarbeit. Nur reagierte sein eigener Kompass empfänglicher für schlechte Steine in der Nähe.

Das Bier war kühl, erfrischte von innen, trocknete die Schweißperlen auf seiner Stirn. Ja, was würde Marion tun? Entweder Hügel erschießen, ohne Prozess, ohne langes Gelaber, oder zur Polizei gehen. Flüchten würde sie niemals.

Wie hieß nochmal dieser Kommissar, der Alex verhören sollte? Hügel hatte ihm davon auf der Fahrt in den Schwarzwald erzählt. Irgendein alter Mann, hieß so ähnlich wie Hügel. Er schloss die Augen und massierte die Schläfen.

Berg. Na klar, der Mann hieß Berg. Hoffentlich eine Nummer besser als Hügel. Er fummelte sein Handy aus der Jackentasche, suchte im Internet die Nummer des Polizeipräsidiums und fragte dann in der Zentrale nach Kommissar Berg.

»Darf ich fragen, worum es geht?«, erwiderte eine männliche Stimme.

»Um den Anschlag«, sagte Thomas und spürte wieder Hitze aufsteigen.

»Darf ich Sie mit unserer Sondernummer verbinden? Dort werden ihre Hinweise gerne aufgenommen.«

»Nein, nein, bitte, ich muss Kommissar Berg sprechen.«

»Aber er ist nicht mit den Ermittlungen des Anschlags betraut.«

Thomas stöhnte. »Aber mit anderen Ermittlungen, die damit zu tun haben. Bitte, verbinden sie mich endlich mit ihm.«

»Er ist nicht mehr im Haus. Sollen wir ihm etwas ausrichten?«

»Rufen Sie ihn an und geben Sie ihm die Nummer, die sie gerade im Display sehen. Glauben Sie mir bitte, es ist wichtig.«

»Nun gut, ich versuche es.« Klack, Ende des Gesprächs.

Thomas legte das Handy neben sein Bier. Eine Minute verstrich. Wie lange sollte er warten? Er hob das Glas und stellte es wieder ab. Betrunken mit der Polizei reden war keine gute Idee.

Ein Tor fiel. Im Gejohle hörte er das Klingeln nicht, sah nur die Anzeige des Telefons leuchten.

Hektisch griff er danach und nahm das Gespräch an.

»Berg, was gibt es?«, schnarrte es.

Thomas holte Luft. War das der Moment, einen Fehler zu korrigieren? Er sah Marion neben sich sitzen, die ihn stumm aufforderte, endlich zu sprechen.

»Ich weiß, wer den Anschlag in Auftrag gegeben hat«, sagte er leise.

»Das wissen alle. Eine islamistische Zelle.«

»Nein, nein, ich meine, ich weiß, wer diese Zelle beauftragt hat.«

Jetzt war es still am anderen Ende. Thomas presste das Handy gegen die Lärmkulisse im Pub noch stärker ans Ohr.

»Wer sind sie und wo zum Teufel stecken sie?«, kam es aus dem Hörer.

32

In der folgenden halben Stunde rührte Thomas das Bier nicht mehr an. Anfangs beobachtete er, wie der dünne Schaum verschwand, dann zählte er die aufsteigenden Gasperlen, bis sie sich entweder auflösten oder zu klein für seine Augen wurden. Als nächstes konzentrierte er sich auf das Fußballspiel auf den Bildschirmen, Manchester United gegen ein anderes englisches Kaff. Ein alter Mann in einem zerknitterten hellen Mantel betrat den Pub, schaute sich suchend um. Ihre Blicke trafen sich. Thomas hob sein Handy hoch und winkte. Der Mann drängelte sich durch die Menge.

»Herr Eidmann?«, fragte er, als er den Tisch erreichte. Thomas nickte.

»Berg. Mordkommission Frankfurt«, sagte der Mann und setzte sich. »Was genau wissen Sie?«

Thomas räusperte sich. »Ich hab einen Fehler gemacht. Einen großen Fehler.«

Berg verdrehte die Augen. »Guter Mann, das machen wir alle, täglich, immerfort. Aber die wenigsten rufen deshalb die Mordkommission an.«

»Der Anschlag ...«, Thomas deutete mit der Hand unbestimmt Richtung Ausgang, »... dort drüben.«

»Ja, verdammt, ich weiß!«, herrschte Berg ihn an. »Was ist damit?«

»Ich hab da was gehört. Halt, warten Sie ...«, sagte Thomas, als Berg Luft holte, »... ich meine, ich hab da wirklich was gehört.«

Berg beugte sich vor. »Drei Minuten. Dann bin ich entweder überzeugt oder weg.«

Thomas erzählte in knappen Sätzen: Dass er bei der DbD sei, eigentlich mehr aus Versehen, mit Bernd Hügel in engerem Austausch stehe und dessen Referent in Berlin werden soll – an dieser Stelle zog Berg erstaunt die Augenbrauen hoch – und von dem Telefonat, dass er vorhin belauscht hatte.

»Kalil? Den Namen hat er genannt?«, fragte Berg am Ende des kurzen Berichts. Thomas nickte.

»Und wieso glauben Sie, dass dieser Hügel so etwas beauftragt?«

Jetzt der schwierige Teil. »Die nutzen, hm, tatsächlich ungewöhnliche Methoden«, murmelte er.

»Heißt?«

»Also, die Sache mit dem toten Spediteur, also, wie soll ich sagen ...«

»Der Mordanschlag mit den angesägten Bremsleitungen?«, unterbrach ihn Berg.

Thomas nickte. Er spürte Marions Hand auf seinem Knie und wie sie ihn zwickte. Mach schon, sagte sie.

»Hügel hat die angesägt.«

»Bitte? Hügel bringt seine eigenen Leute um?«

»Nein, nein, das meine ich nicht. Er hat sie angesägt, nachdem der Wagen gegen den Baum geknallt ist.«

»Woher wissen Sie das? Waren Sie dabei?«

Thomas zögerte kurz, dann nickte er und erzählte von dem Abend im Gasthaus und wie Hügel auf die Idee kam, die Bremsleitungen zu kappen, damit die Keller Kinder was von der Lebensversicherung bekamen, und schließlich alles als Mordanschlag aussehen zu lassen.

»Und wessen Idee war es, alles diesem Alexander in die Schuhe zu schieben?«

Das war die Frage, die Thomas nicht hören wollte. Er trank einen Schluck Bier, das seine Frische verloren hatte, und blickte Berg in die Augen.

»Meine.«

Berg zog die Augenbrauen hoch.

»Marion, seine Schwester, hat mich verlassen und Alex hatte seinen Anteil daran.«

»Aha«, sagte Berg.

»Aha?«, echote Thomas.

»Sie sind der Ingenieur.«

»Woher wissen Sie das?«

Berg grinste breit. »Ich bin bei der Polizei.«

Thomas seufzte erneut. »Na dann wissen Sie ja auch, warum sie mich verlassen hat.«

»Ja, aber ihre privaten Verwicklungen sind mir egal. Mich interessieren dieser Hügel und ihr Verdacht. Haben Sie außer diesem Telefonat weitere Anhaltspunkte?«

Thomas schüttelte den Kopf. »Aber was soll da falsch zu verstehen sein?«

»Eine Ahnung, mit wem er da telefoniert hat?«

»Nicht direkt. Er hat mal erwähnt, dass die Partei die Security für Veranstaltungen von einer ›Freien linksrheinischen Bürgerwehr‹ rekrutiert und die mit einem ›Patriotischen Fundament‹ zu tun hat.«

Berg blätterte in einem kleinen Notizblock, den er aus der Manteltasche gefingert hatte.

»Weiter?«, fragte er.

»Nichts weiter. Das ist alles,« sagte Thomas. »Was sind das für Organisationen?«

»Das ›Patriotische Fundament‹ ist eine Gruppierung innerhalb der DbD. Da sammeln sich die sehr weit Rechten, die ihrerseits Verbindungen zu Gruppen haben, mit denen die Partei nicht öffentlich in Verbindung gebracht werden will. Vielleicht auch diese Bürgerwehr. Die sind ja nach Köln aus dem Boden geschossen wie Frühlingszwiebeln im März.«

»Was werden Sie machen?«, fragte Thomas.

»Mal schauen. Die Frage ist, was Sie machen?«

Gute Frage. »Keine Ahnung. Irgendwie untertauchen. Mit diesen Leuten will ich nichts mehr zu tun haben.«

Das Fußballspiel ging zu Ende, einige Zuschauer verließen die Bar, der Ton wurde abgestellt und irische Musik drang aus den Deckenlautsprechern. Thomas trank den letzten Schluck Bier.

»Was soll ich machen? Marion wird mir nie verzeihen«, murmelte er nach einer Weile.

Berg grinste. »Wenn Sie was gut machen wollen, hätte ich da eine Idee.«

Thomas riss die Augen auf. »Eine Idee?«

»Bleiben Sie in der Nähe von Bernd Hügel. Versuchen Sie, mehr rauszubekommen.«

»Bitte?«

»Sie haben mich verstanden.«

Thomas schüttelte den Kopf. »Niemals. In der Nähe eines Massenmörders?«

»Ach, kommen Sie, Herr Eidmann. Diese Partei ist unabhängig von diesem Anschlag eine Mörderpartei: Töten die Menschlichkeit, den Anstand, den Verstand und Jahrhunderte zivilisatorischer Entwicklung.«

»Nein. Ich meine: Ja, stimmt schon. Aber ich kann doch Hügel nicht ausspionieren. Der ist mit allen Wassern gewaschen.«

»Und was wollen Sie ihrer Ex-Verlobten sagen? Dass Sie aus Feigheit in diesen Verein ein- und aus Feigheit wieder ausgetreten sind?«

Thomas schwieg. Ja, schon, aber ... aber ... aber Marion. Wenn überhaupt irgendwas noch wichtig war, dann war es Marion.

»Können Sie wenigstens meinen Hinweis auf ihren Bruder unter der Decke halten?«

Berg nickte. »Klar.«

»Was soll ich tun?«

33

Der Fleck war nur noch schemenhaft zu erkennen. Er beugte sich vor und zog Luft durch die Nase. Nein, er roch auch nichts mehr. Wie hatte die Putzfrau das nur geschafft?

Lange bevor er mit Marion zusammenkam, fuhr ihn ein Arbeitskollege von einer Party nach Hause, die Cola im Wodka war wohl schlecht. Er lag auf der Rückbank seines Opels und nach der zweiten Kurve erbrach er sich. Wie er ins Bett kam wusste er nicht mehr, aber als er am nächsten Tag erwachte und die trockene Kotze auf seiner Hose sah, rannte er zu seinem Auto, öffnete die Fahrertür und übergab sich erneut. Am Nachmittag baute er die Rückbank aus, legte sie in die Badewanne und scheuerte und duschte und wässerte sie stundenlang mit verschiedensten Duschgelen und Badeschäume. Aber das Auto stank wochenlang.

Wie hatte die Putzfrau diesen Kotzfleck innerhalb von zwei Tagen geruchsfrei geschafft? Er sollte sie bei Gelegenheit fragen und wusste gleichzeitig, dass er das nie machen würde und all diese Gedanken nur der Ablenkung dienten.

Hügel kam aus seinem Büro. »Hallo Thomas, geht's wieder?«

»Entschuldigung, Bernd. Das ist mir echt peinlich.« Es war sogar ehrlich gemeint.

»Kein Problem. Erwischt jeden mal. Na dann komm rein«, sagte Hügel und deutete auf die Bürotür.

Thomas setzte sich an den Besprechungstisch und holte ein DIN-A4-Blatt aus seiner Aktentasche.

»Also, das hier wollte ich eigentlich mit dir neulich besprechen.«

Hügel schaute interessiert auf den Zettel. »Was ist das?«

»Vorschläge für unabhängige Berichterstattung abseits der Lückenpresse.«

»Ah, sehr gut. Das sammeln wir gerade. Was hast du?«

»Ich hab das mal thematisch sortiert. Hier ...«, er drehte den Zettel zu Hügel, »... hab ich die Gliederung: Allgemeine Bundespolitik, dann speziell zum Anschlag... «, er musste kurz husten, »... und hier Asylpolitik, Wirtschaft, Familie und noch ein paar neue Wahrheiten über Oppositionspolitiker. Vornehmlich Grüne, das läuft am besten, denke ich.«

Hügel griff den Zettel und las ihn aufmerksam durch. Zwischendurch murmelte er »Sehr gut«, ein paar Mal lachte er. Dann legte er das Blatt wieder auf den Tisch.

»Die Gutmenschensprüche der Grünen zu Flüchtlingen sind klasse. Das glaubt uns jeder, dass die immer noch Verständnis für den Attentäter haben. ›Merkels Tote‹ hatten wir aber schon, außerdem plappern uns das die Linken seit Berlin nach. Da brauchen wir was Neues. Aber das mit unserem Justizminister als Kinderschänder, weil er Kinderheirat legalisieren will, das gefällt mir gut. Dank unserer innerparteilichen Photoshop-Schulung weiß ich schon, wie das aussehen wird.«

Thomas hüstelte verlegen. »Danke. Wer postet denn bei uns solche News? Läuft das über den offiziellen Partei-Account, oder machen das, hm, Freunde?«

»Teils, teils. Was juristisch einwandfrei ist, erledigen wir selbst, und wenn es Ärger gibt, rudern wir halt wieder zurück. Ausrutscher auf der Maustaste, Zitat aus dem Zusammenhang gerissen, so Sachen halt. Hauptsache Aufmerksamkeit. Für die anderen Sachen nutzen wir spezielle Plattformen, da wird in der Regel nichts zurückgenommen.«

Jetzt. »Wie das ›Patriotische Fundament‹?«

Hügel zog die Augenbrauen hoch. »Du kennst das?«

»Hab darüber gelesen. Muss mich doch als dein zukünftiger Referent mit den Strömungen innerhalb der Partei vertraut machen.« Hoffentlich reichte das.

»Hattest du schon Kontakt zu denen?«

»Leider noch nicht. Kennst Du welche?«

Hügel knetete die Hände.

»Ja, klar. Die haben den Kontakt zu den Security-Leuten hergestellt.«

»Ach ja, ich erinnere mich.« Spontan ergänzt er: »Wie wird man da Mitglied?«

»Warum willst Du dahin?«

Gute Frage. Warum? Dort mal nach der Abteilung für Terroranschläge fragen?

»Och, vernetzt zu sein kann nicht schaden.«

Hügel lächelte. »Alles läuft nur auf Empfehlung und Referenz. Nur so können wir sicher sein, nicht unterwandert zu werden.«

Na toll.

»Aber wenn Du unbedingt willst, ich treffe mich heute Abend mit einem aus dem Vorstand, Besprechung wegen einiger Themen, da kann ich dich ja mal vorschlagen.«

Na doch toll!

»Danke. Gibt es sonst noch was, was ich für die Partei machen kann?«

Hügel überlegte und nickte dann. »Ja, da ist noch was. Wegen diesem Alexander.«

Thomas spürte das Blut in den Kopf rauschen und hoffte, seine Ohren würden verschont. »Was ist mit dem?«, sagte er und ärgerte sich, als er dabei husten musste.

»Wir brauchen Beweise, dass er die Bremsleitungen angesägt hat. Kannst du rausbekommen, wann er zuhause ist? Wäre doch praktisch, wenn die Kriminalpolizei eine Säge mit Spänen dran in seiner Wohnung entdeckt.«

Thomas musste wieder husten. »Also, am Wochenende ist, glaube ich, eine Demo für die in der Türkei verhafteten Journalisten. Da ist er bestimmt«

Schwungvoll stand Hügel auf, klatschte in die Hände und sagte: »Das ist genau das, was wir brauchen: Engagement und Phantasie.« Er schaute auf seine Uhr. »So, hab noch was zu tun, bevor ich nachher los muss.«

Thomas stand auf, nahm seine Aktentasche, drückte Hügel die Hand und fragte im Gehen: »Kann ich nochmal auf Toilette?«

Hügel lachte auf: »Nur wenn Du nicht wieder alles vollkotzt!«

Thomas lächelte wortlos, verließ das Büro und betrat die Herrentoilette. Langsam drückte er jede Kabinentür auf. Niemand da. Jetzt oder nie. Er ging in die letzte Toilette, schloss die Tür und stellte die Aktentasche auf den Spülkasten. Vorsichtig holte er einen weißen Kasten hervor, nicht größer als zwei Zigarettenschachteln, einen Streifen Klett-Klebeband aus einem Umschlag, stellte sich auf den Toilettendeckel und klebte den Kasten auf die hochgelegene Fensterbank. Er setzte sich und prüfte, ob der Kasten zu sehen war. Perfekt.

Er spülte, wusch sich die Hände und verließ das Büro. Unten im Auto blickte er zum Toilettenfenster hoch und holte seinen Laptop von der Rückbank. Nach zwei Minuten war der Rechner mit dem Akku-WLAN-Repeater mit integriertem Sniffer oben auf der Fensterbank verbunden. Mit dem Gast-Login, das in einem eingeschweißten Zettel auf dem Besuchertisch lag, loggte er sich in das Netzwerk ein. Den Rest würden die rumänischen Programme erledigen, die auf der kleinen weißen Kiste ihre Arbeit begannen. In Rumänien hatten ihm die Sicherheitsberater gezeigt, wie man so innerhalb weniger Stunden Lücken im Netzwerk und Passwörter fand.

Er klappte seinen Laptop zu, startete den Motor und rollte zufrieden vom Besucherparkplatz. Zweimal hatte er Hügel angeboten, sein Firmennetz zu prüfen und zu sichern. Zweimal hatte Hügel dankend abgelehnt. Jetzt war Thomas froh über den niedrigen Stellenwert der IT-Sicherheit in mittelständischen Firmen.

Heute Nacht würde er wieder kommen und mit den Ergebnissen der Hacker-Programme einen tiefen Blick in Hügels Rechner und E-Mails werfen. Irgendwo dort mussten sich Informationen über diesen Kalil und das geheimnisvolle »Patriotische Fundament« finden lassen.

34

Das Hochgefühl war ein anderes als an dem Abend, als Hügel ihm einen Listenplatz für die Wahl angeboten hatte. Jetzt hatte er wirklich etwas Bedeutungsvolles getan und würde als Held zu Marion zurückkehren können. Gut, dieser Kommissar Berg hatte ihn gebeten, über seine Schnüffeltätigkeit zu schweigen, wirklich und absolut niemandem etwas zu erzählen, aber was wusste dieser alte Mann schon von Beziehungsproblemen. Und was er Montagnacht aus Hügels Rechner rausgezogen hatte, das hatte selbst diesem alten Kommissar imponiert.

Aber ohne Alex ging es nicht. Nur bloß nicht mehr in seinem Kellerloch, da war Alex der König und Thomas befürchtete, wieder auszurasten. Es gab nur eine Chance und nur den Weg über Alex.

Zum Wochenende fuhr Alex mit seinen kiffenden Kampfgenossen öfter nach Wiesbaden in einen abgeranzten Nachtclub mit dem klangvollen Namen »Mozat«, das »r« fehlte mit Absicht. Dort lief angeblich »andere« Musik, nicht dieses Pressluftgedröhne und von der Musikindustrie gekaufte Chart-Gedudel, auf der Tanzfläche wurde gekifft und hinten in der Toilette gekokst, ohne dass es einen großen Geist störte. Die Polizei kontrollierte selten, obwohl der Laden einmal nach einer Messerstecherei für einige Wochen schließen musste. Aber der Betreiber, ein Afghane, soweit Thomas sich an Alex' Erzählungen erinnerte, schaffte es immer wieder, den Club mit einer Lizenz ohne Sperrstunde am Laufen zu halten.

Er fuhr schon gegen sieben nach Wiesbaden und aß in der berüchtigten Wellritzstraße in einer dort typischen edleren Dönerbude. Irgendwie, dachte er, war er es diesen Leuten schuldig.

Er beobachtete, wie die einzelnen Gruppen – überwiegend Türken oder Araber, den Unterschied konnte er nicht ausmachen – eintrafen, flüchtige oder herzliche Grüße mit den Bedienungen austauschten, sich laut und unverständlich unterhielten. Niemand achtete auf den einsamen deutschen Mann, der vor seinem Dönerteller saß und dazu ein Glas Ayran trank.

Jugendliche kamen herein und bestellten Lahmacun, an den Tischen wurden Smartphones herumgereicht und Fotos darauf gezeigt, Frauen mit und ohne Kopftuch kicherten, an einem Tisch saß eine Gruppe graubärtiger Männer, die sich leise unterhielten und durch fremdsprachige Zeitungen blätterten, im Fernsehen liefen kitschige Arab-Pop-Videos. So fühlt sich das also an, dachte er, wenn man Ausländer ist, oder Minderheit. Aber niemand schaute ihn auffordernd an, zeigte mit dem Finger auf ihn oder fragte, was er hier wolle.

Marion hatte recht. Es sind nicht nur »auch« Menschen, es sind einfach nur Menschen. Wenn die Welt doch nur so schlicht funktionieren würde wie eine Dönerbude.

In einem nahegelegenen Kiosk kaufte er eine Flasche Bier und schlenderte die Wellritzstraße wieder zurück. Ein Friseurgeschäft neben dem anderen, Klamottenläden mit billigen und teuren Sachen, Handyshops, ein Internetcafé. Tiefergelegte 3er-BMWs holperten mit wummernden Bässen unter orientalischem Singsang über die Stolperfallen auf der Straße. Am Ende der Straße holte er sich noch ein Bier und schlenderte zwei Ecken weiter zum Club. Es war gegen neun Uhr, der kleine Laden nahezu leer, tanzbarer Jazz klang scheppernd aus einer schlechten Anlage.

Er setzte sich neben dem Eingang an die Bar und bestellte einen Gin-Tonic. Zur Not würde er mit der S-Bahn heimfahren. Nach zwei weiteren Colas füllte sich der Laden, aus umliegenden Kneipen kamen die ersten Mädchen zum Tanzen. Die meisten Gäste jung, Mitte zwanzig, doch auch grauhaarige Kerle darunter. Selbst die beiden DJs schienen älter zu sein, der Glatze und dem Bauch nach zu urteilen.

Kurz nach Mitternacht roch er Marihuana. Die Musik wurde lauter, hatte mehr Groove, da und dort House in den Jazz gemischt, einige alte Funk-Sachen kannte er sogar. Er stellte sich neben den Hocker und lehnte sich an die Bar, um den Eingang besser im Blick zu haben.

Endlich kam Alex. Mit drei anderen Freunden steuerte er auf das gegenüberliegende Ende der Theke zu und schien bester Laune zu sein.

Warten, bis er ihn entdeckte? Auf ihn zugehen, inmitten seiner Freunde? Die Entscheidung wurde ihm abgenommen. Alex bestellte Bier, blickte die Bar entlang und riss ungläubig die Augen auf. Er löste sich aus der Gruppe seiner Kumpels, schlängelte sich durch die tanzende Menge und stand vor Thomas.

»Du hier?«, rief er durch die laute Musik.

Thomas beugte sich vor und zog Alex an der Schulter zu sich.

»Ich muss dir was Wichtiges sagen.«

Alex blickte hoch. »Das hatten wir schon.«

Thomas schüttelte den Kopf. »Nein, viel wichtiger.«

Alex' Augen wurden groß. »Ich höre!«

»Ich brauche deine Hilfe.«

»Das hatten wir schon«, wiederholte Alex kopfschüttelnd.

Thomas packte ihn diesmal kräftiger an den Schultern. »Nein, für was anderes. Wichtigeres.«

»Ja was denn?« Diesmal klang Alex genervt und blickte auf Thomas' Hand, die noch auf seiner Schulter lag. Thomas ließ ihn los.

»Die Polizei braucht dich.«

»Bullen? Bist du bescheuert?« Alex blickte sich hektisch um.

Scheiße, dachte Thomas, wie falsch kann man es noch machen.

»Beruhig dich. Die interessiert sich nicht für deine Schmierereien und Kiffereien.«

»Für was denn?«

Mehr Dramatik.

»Für die Aufklärung des Anschlags!«

Alex riss die Augen auf. »Bitte? Was hab ich damit zu tun?«

»Komm mit raus, ich erklär es dir.«

Er winkte dem Barmann, der gerade am anderen Ende das bestellte Bier brachte, und nahm die Flasche entgegen. Alex folgte ihm ohne Widerwillen vor die Tür. Die Nachtluft war kaum kühler als im Club, die dumpfen Bässe vermischten sich mit Verkehrslärm.

Thomas drückte Alex das Bier in die Hand.

»Also, folgendes:«

Er erklärte Alex, dass die Polizei ihn verdächtigen wird, dem toten Spediteur nicht nur das Garagentor beschmiert, sondern auch die Bremsleitung angesägt zu haben. Alex nickte kurz, das habe ihm Marion schon erzählt, ein alter Bulle wäre bei ihr aufgetaucht und habe nach ihm gefragt. Ja, sagte Thomas, mit diesem alten Bullen stünde er in Kontakt, aber, er wischte mit einer Handbewegung den erwarteten Einwurf weg, wegen einer anderen Sache.

»Sache?«, fragte Alex.

»Der Anschlag«, antwortete Thomas.

Alex riss die Augen auf.

Ja, sagte Thomas, er sei bei der DbD Mitglied geworden, und ja, das sei ein Fehler gewesen, ein großer sogar. Aber er habe Hinweise erhalten, dass diese Partei hinter diesem Anschlag stünde. »Warte«, stoppte er Alex, als dieser ihn unterbrechen wollte. Er erzählte ihm von dem Telefonat, das er belauscht hatte, dem Treffen mit dem alten Bullen, wie er weitere Informationen aus Hügels Rechner geklaut hatte – an dieser Stelle nickte Alex anerkennend – und dass Hügel vorhätte, die Säge bei ihm zu verstecken.

Und warum er ihn darum bitte, das zuzulassen.

»Weiter«, sagte Alex.

»Solange Hügel glaubt, mit seinen Machenschaften durchzukommen, fühlt er sich sicher. Mit einem Beweis seiner Verlogenheit kann die Polizei ihn festnehmen und vielleicht so die Hintergründe des Anschlags aufdecken«, erklärte Thomas.

»Diese Faschisten wollen mir also nicht nur einen Mord in die Schuhe schieben, sondern haben echt diesen Anschlag geplant?«

Thomas nickte.

»Die sind ja noch schlimmer, als ich gedacht hatte. Und das will was heißen.« Alex trank den ersten Schluck Bier aus der Flasche, die er die ganze Zeit unbewegt in seiner Hand hielt. »Dass der Verfassungsschutz den Terror in unserem Land unterstützt, ist ja bekannt, die verschärften Gesetze und erweiterten Befugnisse zeigen den Erfolg. V-Leute, die vor zwanzig Jahren Asylantenheime ansteckten und heutzutage islamistische Terroristen durchs Land kutschieren, aber nichts verhindern. Rechtsextreme Schlägergruppen, die Brandanschläge planten, um es den Flüchtlingen in die Schuhe zu schieben. Aber dass diese Masche jetzt von Politikern aufgegriffen wird, das ist ...« Er suchte nach dem richtigen Wort, trank noch einen Schluck Bier. »Das ist die grausamste Interpretation des voltaire'schen ›Das Bessere ist der Feind des Guten‹.«

Thomas nickte und blickte Alex fest in die Augen. »Ja, das weiß ich nun auch. Und ja, Du wusstest es schon immer.«

»Warum vergesst ihr auch immer die Geschichte? Reichstagsbrand, Überfall auf den Sender Gleiwitz, damals hießen Fake-News halt noch nicht so. Schon Hitler hat erkannt, dass in der Propaganda nicht Fakten, sondern Gefühle wichtig sind. Lies mal ›Mein Kampf‹ und wundere dich dann, dass dir das alles so bekannt vorkommt. Wenn du wissen willst, wohin diese Partei die Gesellschaft führt, dann lies keine pseudointellektuellen Leitartikel, sondern Geschichtsbücher!«

»Jaja, mach mal einen Punkt. Wie oft muss ich sagen, dass du recht hast?«, unterbrach Thomas den Vortrag.

»Moment, Fast-Schwager. Du willst was von mir, dann hör dir endlich mal die Wahrheit an. Sonst hast du immer nur die Augen verdreht und mich als Spinner abgetan. Und? Wer ist nun der Spinner?«

Seufzend trank Thomas einen Schluck Bier und verkniff sich, mit den Augen zu rollen.

Alex nickte zufrieden und fuhr fort: »Die freie und offene Gesellschaft, unsere Bürgerrechte, neutrale Medien, Minderheitenrechte, Sozialstaat, all das, was unsere Väter und Mütter erkämpft haben, steht auf einmal wieder wegen deiner Freunde auf dem Prüfstand!«

Thomas hob protestierend die Hand, Alex schüttelte mit dem Kopf. »Das musst du dir jetzt gefallen lassen. Und so eine Gelegenheit, dich aufzuklären, lass ich mir nicht nehmen.« Er nahm Thomas das Bier aus der Hand. »Wo wir gerade beim Thema sind: Mit der Aufklärung haben wir uns aus der Unmündigkeit befreit, die Herrscher hinterfragt und angefangen, auf unseren Verstand zu vertrauen. Und heutzutage? Wird die Verantwortung für die komplizierte Welt wieder bei Rattenfängern abgegeben im kindlichen Glauben, etwas würde wahr, wenn man es nur lang und laut genug brüllt. Millionen Tote, grausame Kriege, despotische Herrscher, all das haben wir gebraucht, um zu erkennen, dass es so nicht geht. Aber statt weiter für eine noch bessere Welt zu streiten müssen wir auf einmal für die Bewahrung des Erreichten kämpfen. Was bis gestern Alltag war, ist auf einmal Utopie! Und nur, weil ihr in eurer gefühlten Realität die Erde wieder zur Scheibe machen wollt!«

»Mach langsam, Alex«, unterbrach Thomas. »Auch du und die Linken und im Grunde alle Menschen, Banker, Politiker, Arbeitslose, jeder nimmt die Welt wahr wie er kann oder will. Alle leben in einer gefühlten Realität mit ihrer individuellen Wahrheit!«

Alex nahm einen tiefen Schluck und legte den Kopf schräg. »Das muss ich dir jetzt nicht widerlegen ...«

»Weil du es nicht kannst. Gibt es zu.«

»Bleiben wir konkret: Weißt du, was das echte Integrationsproblem ist? Nein, natürlich nicht. Deine Freunde hetzen echt kurzsichtig, denn die kulturelle Integration der Migranten ist nur das oberflächliche Problem. Der wahre Knackpunkt ist die misslungene soziale Integration der Wirtschaftseliten! Diese Konzernbosse jetten durch die Welt, China, Afrika, USA, denen ist es egal, wo sie ihr Geld verdienen, die kommen mit jeder Kultur klar, solange der Businesscase stimmt. Aber sie haben sich aus der sozialen Verantwortung entfernt! Die kaufen sich ihre Politiker, die hilflos zwischen ihren tumben Wählern, den zügellos agierenden Wirtschaftseliten und der Finanzwelt eingeklemmt sind! Die Frage ist also nicht, wie wir den Kulturmix organisieren, sondern wie wir diese Kapitalelite wieder sozial integrieren! Das ist der Kampf, der über den gesellschaftlichen Frieden entscheidet, kapiert?«

Thomas nickte müde. »Ja, Alex, stimmt alles. Aber aktuell haben wir ein sehr konkretes Problem. Wir müssen die Deppen enttarnen, sonst ...« Er griff nach Alex' Bierflasche und trank einen tiefen Schluck.

»So ungläubig wie ich bin, darf ich deinen Satz vollenden: Sonst Gnade uns Gott, egal welcher«, flüsterte Alex. »Und mein Beitrag ist, dass ich mich als Mordverdächtiger hinstellen soll?«

Thomas nickte und erklärte ihm seine Idee.

Alex nahm die Bierflasche zurück und trank sie leer.

»Mann, Fast-Schwager, du bist echt irre.«

»Hilfst du mir?«, fragte Thomas.

»Und du glaubst, das klappt?«

Thomas zuckte mit den Schultern. »Keine Ahnung.«

35

Seit einer Woche hatte er die Wohnung nicht verlassen. War nur auf Toilette gegangen, wenn er wusste, dass Nadims Frau nicht im Haus war und niemand die Spülung hörte. Das Brot war trocken, die Dosenwurst leer und im Flur standen nur noch zwei Wasserflaschen. Aber er musste noch warten. Jeder Schritt auf die Straße wäre ein Risiko. Vor allem mit einer Tasche voller Fünfzig- und Hundert-Euro-Scheine. Zehnmal oder öfter hatte er es gezählt. Hunderttausend, wie vereinbart. Genau wie Achmed sagte: Unter Banditen gibt es keinen Rassismus. Ob der nun von zweiundsiebzig Jungfrauen umgeben war, wie er ihm versprochen hatte?

Scheiß drauf. Mit dem Geld konnte er sich zweiundsiebzig Jungfrauen in diesem Leben kaufen.

Über das Smartphone verfolgte Farim die Berichterstattung. Der Anschlag war ein voller Erfolg: Das Land drehte durch, die Börsen krachten ein, in den Medien gab es nur ein Thema. Nur wurde schnell bekannt, dass der Attentäter Achmed Dhaouadi hieß und nicht Farim Sassi oder Kalil Al Agha. Obwohl er doch extra seinen syrischen Pass in den Rucksack mit der Bombe eingenäht hatte. Wahrscheinlich waren die Spurensicherer doch nicht so gut wie im Fernsehen, um in den Fetzen irgendwelche Reste des Passes zu finden. Leider wussten nun seine beiden Auftraggeber, Abu Sadah und die DbD, dass er sein Versprechen nicht gehalten und einen anderen Deppen in den Tod geschickt hatte. In den ersten beiden Nächten wärmte ihn noch der Blick auf die Tasche mit dem Geld, aber dann wurde der Gedanke immer mächtiger, dass die Auftraggeber auf seinen Tod bestehen würden.

»*Was der Wind bringt, nimmt der Sturm wieder mit*«, hatte sein Vater oft gesagt.

Der richtige Zeitpunkt für den Absprung war verpasst. Er hätte gleich direkt nach dem Anschlag abhauen sollen, hatte jedoch verschärfte Grenzkontrollen gefürchtet. Wie sein Landsmann nach dem Anschlag in Berlin sorgenfrei durch mehrere europäische Länder zu reisen, würde sich nicht wiederholen lassen.

Farim ging ans Fenster, schob den vergilbten Vorhang zur Seite und blickte auf die Straße. Zum tausendsten Mal. Und genau wie die tausend Male zuvor sah er nichts, was er nicht schon gesehen hatte. Spielende Kinder auf der engen Straße, dicht zugeparkt, vornehmlich mit Ford-Modellen und älteren Mercedes, an den wenigen Bäumen sammelte sich Sperrmüll, der nicht abgeholt wurde. Dreistöckige Nachkriegsbauten, grau, mit vollgestopften Balkonen und riesigen Satellitenschüsseln. Niemand, der auf das alte Haus blickte mit der billigen Leuchtreklame für das »Taxiunternehmen«, kein dunkler BMW, in dem Männer mit Sonnenbrillen saßen, kein Polizeibus am Ende der Straße. Nichts. Hier ging das Leben einfach weiter.

Er musste hinaus, Essen kaufen, einen süßen Minztee trinken, oder endlich mal wieder ein Bier. Aber eine alte Beduinenweisheit, auch von seinem Vater, hinderte ihn: »*Wer Dornen sät, darf sein Zelt nicht barfuß verlassen.*« Und er hatte Dornen gesät. Hunderttausend. Und siebenundzwanzig in Frankfurt.

Langsam ließ er den Vorhang wieder zurückgleiten.

36

Krieger probierte noch zweimal, Landers zum Essen einzuladen, aber als sie einmal in seiner Anwesenheit freudig einen Anruf Basils angenommen hatte, gab er auf. Dennoch nahm er sie in Meetings mit, die ihr vorher verschlossen blieben. Die Besprechungen waren unergiebig: Informationsfetzen wurden ausgetauscht, Aufgaben verteilt und viel über Kompetenzen gestritten. Besonders mit den Beamten von der Bundespolizei.

Am Samstagvormittag, es war ihr dritter Samstag in Wiesbaden, fragte sie Krieger in der Kaffeeküche, die auch hier der wahre Raum der Erkenntnis war, was denn die Bundespolizei hier suche, das BKA sei doch die federführende Behörde. Krieger murmelte, die würden sich nur wichtigmachen. In der Wirtschaft heiße es zwar, dass Wettbewerb das Geschäft belebe, aber zwei getrennte Polizeibehörden mit willkürlich abgegrenzten Kompetenzen erschweren die Arbeit. »Divide et impera«, fiel Landers ein, Krieger nickte. Das Problem sei halt, so Krieger weiter, dass der Anschlag auf einem Bahnhof stattgefunden habe und Bahnhöfe gehörten der Bundespolizei. Punkt.

Immerhin, sagte Landers, hätten die ja in dem ganzen »Durcheinander« die Finger des Attentäters entdeckt und über die Eurodac-Datenbank seine Erstregistrierung in Spanien gefunden.

»Aber leider nur dort«, schimpfte Krieger. Wegen dem verfluchten Datenschutz habe es ganze drei Tage gedauert, um den Namen zu ermitteln. Zu wissen, wo der Attentäter überall registriert war, ohne zu erfahren, mit welcher Identität, das sei doch so ein typischer EU-Politik-Kompromiss-Quark.

Eine kleine blonde Frau tauchte auf, rief ihnen »GTAZ aus Berlin in der Konferenz!« zu und verschwand wieder. Landers kippte den Rest des Espressos hinunter und eilte Krieger hinterher in den Lageraum des Referats ST 32: Neonlicht, dutzende Flachbildschirme, keine Fenster, die Klimaanlage unterdimensioniert. Der Muff ungeduschter Männer über 24-Stunden-Deo hing zwischen den Tischreihen wie Spinnweben in einem Ferienhaus im Winter. Alle starrten auf den faltigen Mann vom GTAZ auf der Monitorwand.

»Wir haben gerade weitere Informationen erhalten«, schepperte es über die Lautsprecher. Landers fragte sich nur kurz, woher.

»Die Details gehen Ihnen in diesem Moment über das K-Netz zu.« Sofort klapperten Tastaturen.

»Anhand der Mobilfunkdaten hatte Achmed Dhaouadi in den Wochen vor dem Anschlag regelmäßigen Kontakt über einen Messenger mit einem Prepaid-Handy, das vor gut zwei Monaten in Düsseldorf gekauft wurde und hier, hier und hier ...«, er hielt einen ausgedruckten Stadtplan von Düsseldorf in die Kamera, »... regelmäßig eingeloggt war. Zwei Wochen vor dem Anschlag tauchte dieses Handy ...«, er zog ein anderes Blatt hervor und zeigte einen Stadtplan von Duisburg »... zuletzt hier und hier auf. Danach nicht mehr.«

»Mist. Marxloh«, flüsterte Krieger. »Wenn es einen Ort gibt, in dem ich mich als islamistischer Attentäter verstecken würde, dann dort, wie ein Sandkorn am Strand. Libanesische Clans, türkische Hells Angels, sozial schwache Einwanderer aus Osteuropa und eine der höchsten Kriminalitätsraten im Land. Na schönen Dank!«

»Psst«, unterbrach ihn Landers. Der faltige Mann hielt ein weiteres Blatt hoch.

»Das hier sind die Mobilfunknummern, die sich im gleichen Zeitraum vor dem Anschlag ebenfalls erstmalig in der Gegend einloggten. Diese Liste muss von der TKÜ komplett bearbeitet werden, alle Querverbindungen sind zu prüfen. Möglicherweise finden wir so die Zelle. Fragen?«

Krieger ging zwischen den Tischen ein paar Schritte nach vorn zur Kamera.

»Sollen wir den Messenger-Chat hacken, auch wenn er schon älter ist?«

»Ein Versuch lohnt sich.«

»Wer ist vor Ort?«

»LKA NRW«

»Wir schicken ein Team dazu.«, sagte Krieger.

Einen Moment überlegte der mürrische Mann, dann stimmte er zu: »Ok. Noch was?«

Krieger schüttelte den Kopf, der Mann verschwand von den Monitoren und ein Stadtplan von Marxloh erschien mit zahlreichen farbigen Markierungen. Gespräche füllten den Raum, einige Anwesende hetzten hinaus. Krieger winkte Landers zu sich.

»Ja?«, fragte sie.

»Büro oder Straße?«

Was für eine Frage. »Straße!«

»Ok. Du fährst nach Düsseldorf zum LKA und unterstützt das Ermittlerteam vor Ort. Klar?«

»Warum ich?«

Krieger lächelte und deutete mit dem Daumen nach hinten zur Monitorwand. »Der vom GTAZ hat mir gesagt, du seist eine gute Ermittlerin. Den Eindruck hatte ich ja auch schon, aber jetzt kannst du es mal zeigen.«

»Und wer kommt mit?«

Krieger blickte sich um. »Hier kann keiner weg.«

»Mein Kollege Kerner?«

»Ach, der?« Er überlegte. »Aber nur mit Laptop. Damit kann er ja ganz gut umgehen.«

Danach ging alles sehr schnell: Autoschlüssel für einen VW Passat, Kreditkarte, sicherer Laptop, Kontaktdaten der LKA-Kollegen in Düsseldorf. Sie fuhren am Hotel vorbei und holten ihre Koffer. Kerner war nach anfänglicher Schnappatmung in einen Funktionsmodus gefallen, hatte sich die VPN-Verbindung am Laptop erklären lassen und das Navi im Passat programmiert. An der Tankstelle an der Ausfallstraße kaufte sie zwei Red Bull und einen Limone-Duftbaum gegen Kerners Angstschweiß. Dann ging es über die A3 nach Norden.

Terroristen jagen.

37

»Wo bist Du?«, fragte Berg.

»Auf dem Damenklo im Urbacher Wald.«

»Hä?«

Landers lachte und senkte die Stimme. »Mit Kerner auf dem Weg nach Düsseldorf zum LKA, da gibt's eine Spur zu potentiellen Hintermännern und wir haben an der Raststätte angehalten. Kerner hat eine nervöse Blase und ich bin solidarisch auch auf die Toilette gegangen.«

Berg kicherte. »Der Ärmste. Aber ihr seid auf dem richtigen Weg.«

»Hä?«

»Kalil Al Agha, Syrer. Wohnhaft in Düsseldorf.«

»Na, wie passend. Woher hast du den Namen?«

»Von einem, hm, Bekannten. Der hat es aus einer Computerinspektion.«

»Und warum weiß das BKA nichts davon?«

»Weil die an der falschen Stelle suchen.«

»Hä? Und welche Spur verfolgst Du?«

»Die des Geldes.«

Landers stöhnte. »Berg, ich bin auf einer Toilette im Westerwald und nicht in einer Rateshow im Dritten.«

»Ok. Also, es gibt den begründeten Verdacht, dass der Anschlag für hunderttausend Euro gekauft wurde.«

»Bitte?« Ihr fiel fast das Handy aus der Hand.

»Geht noch besser: Es gibt Verbindungen zu den Deppen.«

»Du meinst die DbD?«

»Ja.« In kurzen Sätzen erzählte er ihr von dem toten Spediteur, dem Versuch, auf den er fast reingefallen wäre, dies als Anschlag durch einen linken Radikalen hinzustellen, und einem Parteimitglied, das die Seiten gewechselt und aus den E-Mails und anderen elektronischen Unterlagen Hinweise auf diesen Namen und den Anschlag gefunden hatte.

»Wo ist dieser Überläufer jetzt? Können wir ihn verhören?«, fragte Landers.

»Nee, er ist weiterhin in der Nähe der potentiellen Auftraggeber.«

»Doppelagent? Das ist doch deine Idee, Berg, oder?«

Berg murmelte irgendetwas Undeutliches.

»Also ja?«

»Ja«, gab Berg zu. Landers fluchte leise. »Wenn wir, also das BKA, diese Spur ernst nehmen sollen, dann müssen wir mit dem Kerl sprechen!«

»Keine gute Idee, glaub mir. Lass doch erstmal den Namen durch eure tollen Datenbanken laufen.«

»Kann Kerner machen. Der kennt sich schon besser aus in diesen Systemen als so manche BKAler.«

»Bei der Gelegenheit durchleuchte auch mal die ›Freie linksrheinische Bürgerwehr‹. Die standen möglicherweise im direkten Kontakt mit Kalil und haben das Geld übergeben.«

»Wow«, war alles, was Landers in diesem Moment einfiel.

Nebenan wurde die Spülung betätigt, sie hörte zwei Frauen, die sich am Waschbecken über ihren bevorstehenden Urlaub an der Nordsee unterhielten. Anscheinend Mutter und Tochter, so, wie sie stritten.

»Also gut, Berg. Ich lass das prüfen. Bis dann.«

Sie beendete das Gespräch und klappte den Toilettendeckel hoch. Jetzt musste sie tatsächlich doch.

Kerner wartete im Auto mit einem Espresso in der Hand. Sie erzählte ihm von Bergs Anruf, Kerners Augen leuchteten. Er drückte ihr den Becher in die Hand, klappte den Laptop auf und huschte mit flotten Fingern über die Tastatur.

»Fahr los, das dauert bis die Abfragen durch sind«, sagte er und schnallte sich an. Landers trank den Espresso aus, warf den Becher hinter ihren Sitz und jagte wieder auf die A3. Bei Siegburg wurde der Mobilfunkempfang wieder stabiler, Kerner konnte nun ohne Abbrüche mit seinem Laptop die Abfrageergebnisse aus INPOL laden. Zwar waren nicht alle Landeskriminalämter an das System automatisch angebunden, aber hinter Köln rief er »Treffer!«

Landers zog auf die rechte Spur hinter einen LKW und warf einen Blick auf den Laptop.

»Was?«, fragte sie.

Kerner fasste die angezeigten Daten zusammen. »Kalil wurde in einer Vernehmung eines Abdel Ben Barek erwähnt. Der hat vor ein paar Monaten in Düsseldorf ein Flüchtlingslager angezündet und im Verhör unter anderem ausgesagt, ein Kalil Al Agha habe ihn für den IS anwerben wollen.«

»Schon wieder Düsseldorf«, murmelte Landers. Sie blickte auf die Straße. »Sonst noch was?«

Kerner tippte auf dem Laptop einige Minuten schweigend weiter.

»Immerhin gibt es bei der Registrierung im Flüchtlingsheim einen Fingerabdruck von Kalil«, sagte er.

»Eurodac Anfrage?«

»Ist aufgesetzt. Kann aber dauern.«

»Wo ist dieser Kalil jetzt?«

Er zuckte mit den Schultern. »Der ist nach dem Brand in keinem anderen Flüchtlingsheim aufgetaucht. Also wohl untergetaucht.«

»Hm.« Landers überlegte. »Frag mal die anderen Landespolizeibehörden mit dem Fingerabdruck ab, vielleicht ist er in einem anderen Bundesland aufgefallen.«

»Wo warst du denn die letzten Tage?«, schimpfte Kerner. »Hast du nicht mitbekommen, dass es drei verschiedene Vorgangsbearbeitungssysteme in sechzehn Bundesländern gibt? Auf die Anbindung der Länder an den polizeilichen Informations-

und Analyseverbund wartet das BKA schon seit zig Jahren und die Bund-Länder-Dateischnittstelle nutzen nicht alle Bundesländer. Und das weiß dieser Kerl bestimmt. Als Krimineller von NRW nach Niedersachsen wechseln ist wie aus den USA nach Mexiko flüchten.«

Landers seufzte. »Ja, hab ich gehört, nur verdrängt.«

Kerner lachte. »Deshalb heißt es ja ›Vision Polizei 2020‹. Bis dahin verschicken wir weiter Faxe. Oder E-Mails. Ich frag mal durch.«

Landers blieb stur hinter dem LKW, Kerner tippte schweigend. Als sie bei Leverkusen auf die A59 wechselte, verschwand die Sonne hinter tiefhängenden Wolken. Sie schaltete das Abblendlicht ein. Links erblickte sie den Rhein.

»Wenn Du noch Zeit hast«, fiel ihr ein, »dann such mal alles zur ›Freien linksrheinischen Bürgerwehr‹.«

»Rechte Schlägertruppe? Was sollen wir damit?«, fragte Kerner zurück.

»Idee von Berg.«

Kerner seufzte und tippte wieder auf dem Laptop.

»Hm«, brummte er. »Das sind ja Freunde.«

Landers blickte schnell auf den Bildschirm »Was gibt's?«

»Verurteilte Neonazis, Drogenhändler, Zuhälter, Redner auf Hogesa-Demonstrationen, einige sogar aus der DbD ausgeschlossen. Angeblich sogar ein V-Mann des Verfassungsschutzes darunter. Echt nette Kerle.«

»Wieso aus der DbD ausgeschlossen?«

»Ich schau mal.«

Als Landers auf die A46 bog, berichtete Kerner: »Zwei wurden wegen Holocaustleugnung aus der DbD ausgeschlossen, ehe sie vom Amtsgericht zu Bewährung verurteilt wurden. Drei andere sind noch Parteimitglieder und im Patriotischen Fundament aktiv, so eine Art ganz rechte Plattform innerhalb der Partei.«

»Das steht in diesen Datenbanken?«, fragte Landers erstaunt.

Kerner kicherte. »Nee, im Internet.«

38

Bei Bilk verließ sie die Autobahn und es begann zu schütten. Aus den schwarzen Wolken schoss das in den letzten Hitzetagen aufgesaugte Wasser heraus wie aus einem geplatzten Waschmaschinenschlauch. Landers schaltete den Scheibenwischer auf die schnellste Stufe und folgte dem Navigationssystem. Einmal links, einmal rechts, dann parkten sie auf dem Besucherparkplatz vor dem LKA, einem hellen modernen Kasten. Bei Sonne musste es in angenehmem Weiß erstrahlen und nicht in Grabsteingrau wie das Polizeipräsidium in Frankfurt, doch der Wolkenbruch wischte jede Harmonie aus der Fassade.

Es dauerte, bis der zuständige Mitarbeiter des Dezernats 21 in der Wartelounge erschien. Ja, ein LKA-Team sei bereits in Duisburg, ein weiteres unterstütze das BKA bei der Auswertung der übermittelten Mobilfunkdaten und sowieso würden alle aktuell in NRW bekannten Gefährder erneut überprüft und ans BKA übermittelt. Landers glaubte »Was wollt ihr also hier« rauszuhören, sagte jedoch nichts. Sie vermutete, dass das LKA kleinlaut war, nachdem bekannt geworden war, dass sie nicht nur den Berlin-Attentäter als Gefährder führten und observiert hatten, sondern selbst seine Kontakte in Düsseldorf und Duisburg aktenkundig waren und das LKA eine Festnahme aufgrund von Drogendelikten schlicht verpennt hatte. So konnte dieser Attentäter seinen Anschlag vorbereiten, durchführen und am Ende sogar flüchten. Peinlich? Rasend peinlich, meine Lieben.

Wenn sie sich beeilen würden, fänden sie die drei LKA-Kollegen in der Polizeikantine in Duisburg. Landers klemmte das Blaulicht auf das Dach und jagte los. In der nachmittäglich verlassenen Kantine empfing sie das Trio vergleichsweise herzlich. Sie hatte mit einer frostigen Begrüßung gerechnet. Das Team wurde von einem alten Mann geleitet, der wirkte, als hätte er den Termin seiner Pensionierung verschlafen. Der junge Schnösel an seiner Seite, der auch noch »Jean-Paul« hieß, obwohl er so Französisch wirkte wie ein Croissant bei Backwerk, umschleimte den Alten. Cornelia, eine verhärmte Mittvierzigerin, war trotz ihrer Muffigkeit dem BKA-Team gegenüber recht aufgeschlossen. Landers vermutete anhand des hellen Streifens am Ringfinger eine frische Scheidung als Ursache für ihre Laune.

Nach der gegenseitigen Versicherung auf gute Zusammenarbeit wurden Landers und Kerner über den aktuellen Ermittlungsstand aufgeklärt: Einige Kontakte in Marxloh seien ergebnislos befragt worden, ein Drittel der übermittelten Mobilfunknummern geortet und identifiziert, ein Dutzend bekannter Gefährder unter strengerer Beobachtung. Die Unterstützer des Berlin-Attentäters seien ohnehin in der TKÜ, aber noch nichts Auffälliges.

Von Bergs Hinweis auf Kalil erzählte Landers nichts.

Sie hatte Hunger und holte sich eine Asiatische Gemüsesuppe, Cornelia gab ihr ihre Kantinenzahlkarte. Beim Essen besprachen sie die nächsten Schritte, zwischendurch murmelte Cornelia ständig was von »Genehmigung« und »Rückfragen« und »Weiterleiten«. Lauter Sachen, die sie in Frankfurt selbst machen musste.

Der alte Mann verteilte die Aufgaben für den Rest des Tages: Landers und Kerner sollten Kontaktleute befragen, die Liste ginge ihnen gleich per E-Mail zu, Cornelia und Jean-Paul würden die andere Hälfte der Namen abarbeiten. Alle Ergebnisse jeder Befragung direkt zu Cornelia.

Was das für Kontaktleute seien, fragte Landers. Cornelia zuckte mit den Schultern. Kontaktleute eben, sagte der alte Mann.

Auch gut, sagte Landers. Hauptsache endlich auf die Straße.

Nach Marxloh. Als »No-go-Area« in der Presse verschrien, aus reißerischen TV-Dokumentationen und vom Besuch der Kanzlerin bekannt, nun endlich live und in Farbe. Wird schon nicht schlimmer als Sossenheim sein, dachte Landers.

Wie naiv, würde sie später sagen.

39

Thomas betrat das Gasthaus »Die drei Hirsche«. Die Tür zum Veranstaltungsraum stand offen, er war eine Viertelstunde zu früh. Bernd Hügel saß wieder an der Stirnseite und winkte ihm zu, Thomas grüßte die ersten Anwesenden und ging zum Massenmörder.

»Sei gegrüßt«, sagte Hügel und deutete auf einen freien Platz auf seiner Seite. »In den Gremien hab ich das mit dir als mein Referent durchgeboxt, heute stelle ich dich hier vor.« Hügel grinste. »Dein Engagement zum Gedenken an unser Parteimitglied war ja hervorragend. Die Säge ist an ihrem richtigen Ort, morgen gibt es eine Hausdurchsuchung. Danke!«

Thomas lächelte gequält. »Ist doch alles für die Partei.«

Hügel wippte mit dem rechten Bein, grinste breit und klopfte Thomas mehrmals auf die Schulter. Weitere Parteimitglieder trafen ein, auch Peter Frank erschien, wieder im dunkelblauen Anzug mit Krawatte. Er raunte Thomas zu: »Sie sind ein wahrer Parteisoldat!«

Die Bedienung nahm Bestellungen auf, Thomas verzichtete auf ein Schnitzel. Er befürchtete, dann wieder was zum Kotzen zu haben. Ein Bier und ein Kurzer sollten reichen.

Peter Frank schloss seinen Laptop an einen Beamer an, fokussierte das Bild und startete eine PowerPoint Präsentation.

»Die letzten Schritte zum Erfolg«, stand in weißen Buchstaben auf blauem Grund.

Die Saaltür wurde geschlossen und das Licht abgedunkelt. Hügel erhob sich.

»Dies ist unsere letzte Versammlung vor der Wahl«, er legte eine Kunstpause ein, »und wie versprochen die letzte in diesem

Hinterzimmer! In zwei Wochen geht es zur Wahlparty in die Stadthalle!« Klatschen und Klopfen, »Jawoll«-Rufe.

Thomas blickte in die vollbesetzte Runde, die meisten Gesichter erkannte er. Alte grauhaarige Männer, eine eingefallene Frau mit ihrem Mann, etliche in seinem Alter, einige Junge, darunter zwei der Provokateure aus der Fußgängerzone. Gut gekleidet, unrasiert, es war wieder alles dabei. Sie hatte es schon immer gegeben. Gingen ihren Jobs nach, kümmerten sich um die Kinder oder die Enkel oder den Garten. Aber sie waren nie zu hören. Jahrzehntelanger Irrglaube, diese Menschen oder ihr Gedankengut seien mit dem Wirtschaftswunder oder den 68ern ausgestorben. Und doch hatte es überlebt, in kleinen Biotopen, in Blicken, hier und da ein Spruch in der Familie, eine Andeutung am Stammtisch, nach dem Sport gerne mal deftiger. Wie harmlose Maiskörner in bunt gemischtem Vogelfutter, die in der Hitze der Brandreden auf einmal mit lautem Knall aufsprangen und nicht mehr zu kontrollieren waren.

Jetzt nahte der Sturm, der ernten wollte.

Ihm wurde übel, er trank einen Schluck Bier. Die markigen Sätze von Hügel gingen an ihm vorbei, er kannte sie auswendig.

Auf der Leinwand erschien die erste Folie. Unter großem Beifall präsentierte Hügel die aktuellen Umfrageergebnisse. Drittstärkste Kraft, nur noch zweieinhalb Prozentpunkte zur Zweitstärksten. Alle wussten, dass nicht jeder DbD-Anhänger bei den Anrufen der Umfrageinstitute seine Gesinnung offenbarte, und so gab es Applaus, als Hügel sagte: »In Wahrheit sind wir schon der Wahlgewinner. Ohne uns wird es nicht gehen!«

Ein jüngerer Mann, frisch geföhnt und gelbes Hemd, räusperte sich und hob den Arm.

»Ja?«, sagte Hügel.

»Ich möchte darauf hinweisen, dass diese Ergebnisse Folge des dramatischen Anschlags vor zehn Tagen sind.«

Hügel nickte. »Stimmt. Die Bevölkerung begreift nun, wovor wir immer gewarnt haben.«

Der junge Mann schaute sich um, ehe er weitersprach: »Ich hab ein komisches Gefühl, auf dem Tod so vieler Menschen unseren Erfolg aufzubauen.«

Vereinzeltes Gemurmel.

»Leider«, sprach Hügel und senkte seine Stimme, »leider lernt der Mensch erst durch grausame Realität, statt durch Nachdenken. Glauben Sie mir, ich hätte gerne auf diesen Grund unseres Erfolgs verzichtet.«

Fast hätte Thomas laut gelacht. Du Lügner! Er griff nach dem Bier.

»Ja, aber«, erwiderte der junge Mann, »die Reaktion der Partei fand ich, hm, doch recht pietätlos. Noch am gleichen Abend in n-tv, die Tweets, also, ehrlich, fand ich nicht so passend.«

Thomas blickte durch die Reihen. Doch nicht alle völlig entseelte Idioten? Aber viele schüttelten den Kopf, einer rief »Die Wahrheit tut oft weh!«

Hügel verschränkte die Hände vor dem Bauch und blickte in die Runde. »Hätte diese Regierung nicht den Tod in unser schönes Land geholt, gäbe es keinen Anlass für diese Debatte. Nicht wir, die wir die Wahrheit benennen und aussprechen, sind pietätlos, sondern die Verbrecher, die den Tod dieser zahllosen unschuldigen Menschen zu verantworten haben!«

Zögernder Applaus.

»Und ich meine nicht die Bestien, die den Anschlag durchführten, sondern die Verbrecher in Berlin, die die Attentäter erst ins Land geholt haben!«

Größerer Applaus.

Hügel wandte sich zu dem jungen Mann. »Glauben Sie mir, es gibt Momente, da hasse ich es, recht zu haben. Aber leider lernt der Mensch erst, wenn es zu spät ist.«

»Wie will die Partei denn solche Anschläge verhindern?«, fragte ein weißhaariger Mann von der anderen Seite.

Hügel nickte. »Ja, Helmut, naheliegende Frage ...«, er blickte kurz zu Frank Peter, der zur nächsten PowerPoint-Folie blätterte, »... und hier sind unsere Antworten.« Auf der Leinwand standen eng und klein geschrieben die Schlagworte aus dem Parteiprogramm. Hügel las sie ohne Pause vor:

»Ausweisung aller kriminellen Ausländer mit weniger als sechs Monaten Strafe – unbegrenzte Abschiebehaft – Erwachsenenstrafrecht konsequent ab achtzehn und Herabsetzung des Strafmündigkeitsalter auf zwölf – beschleunigte Strafverfahren und keine Urteilsaufhebungen mehr …«, an dieser Stelle rief ein junger Mann mit Seitenscheitel »Genau! Kurzen Prozess!« dazwischen. Hügel ließ sich nicht unterbrechen. »… konsequente Abschiebung aller abgelehnten Asylbewerber – Stopp des Familiennachzugs – Einschränkung des EU-Freizügigkeitsrechts zur Verhinderung des massenhaften Sozialbetrugs – nicht therapierbare Straftäter in Sicherungsverwahrung statt in Krankenhäuser – keine Einbürgerung Krimineller – deutschen Pass für Kinder nur bei mindestens einem deutschen Elternteil – Entziehung der Staatsbürgerschaft ab sechs Monaten Haft …« Hügel wartete, bis die nächste Folie erschien, holte tief Luft und zählte weiter auf: »Änderung der Genfer Konventionen von 1951 – keine Verschärfung des Waffenrechts – kein Datenschutz für Straftäter – Verbot des Schächtens – keine Befreiung vom Sportunterricht für muslimische Schüler – kein Kopftuch auf der Arbeit und keine Vollverschleierung im öffentlichen Raum – Schließung aller Koranschulen und Verbot von Minaretten und Muezzinrufen – Wiederaufbau der Grenzübergangsstellen mit permanenter Betriebsbereitschaft – Bewaffneter Schutz der grünen Grenzen durch die Bundeswehr und Aufbau von Zäunen …«

Jemand rief »Genau! Dem Flüchtling ist es doch egal, an welcher Grenze er stirbt: an der griechischen oder an der deutschen.« Hügel ignorierte den Zwischenruf und fuhr fort:

»Vollständige Schließung der EU-Außengrenzen – Aufnahmelager in den Herkunftsländern – Wiedereinführung der Wehrpflicht – Regelmäßige inländische Kontrollen …« Er war am Ende der Folie angelangt und wartete auf die nächste, doch Peter Frank schüttelte den Kopf.

»Oh«, sagte Hügel, »ich glaube das war es schon.« Erheitertes Gelächter, Applaus und »Genau!«-Rufe füllten den Raum.

Der junge Mann im gelben Hemd kratzte sich an der Nase.

Hügel wandte sich dem grauhaarigen Mann zu. »So, Helmut, ich hoffe ich habe deine Frage erschöpfend beantwortet.« Erneut Gelächter.

»Und wenn wir das alles machen«, sagte der Mann, »dann wird unser Land wieder sicherer?«

»Zweifel?«

»Diese Punkte betreffen die Flüchtlinge, aber bevor die kamen, gab es bereits Kriminalität, wie wollen wir der begegnen?«

»Durch Wiederherstellung grundlegender Familienwerte«, antwortete Hügel. »Nur in einer gesunden Gesellschaft wächst ein gesundes Volk heran.« Eine weitere Liste erschien auf der Leinwand.

»Hier, Helmut, unser Weg dorthin: Multikulti ist gescheitert, das wissen wir. Was also hilft? Die homogene Familie, und damit meine ich das Gegenteil von homo!«

Lautes Gelächter und »Schwuchteln raus«-Rufe.

Hügel fuhr fort: »Kinder sollen wieder von Eltern und nicht von staatlichen Verwahranstalten erzogen werden. Höhere Geburtenrate durch Einmalzahlung für jedes geborene Kind. Deutsches Kind, selbstverständlich! Wir brauchen eine Willkommenskultur für unsere Kinder, nicht für Fremde! Einwanderung durch den Geburtskanal deutscher Frauen! Weniger Abtreibung, weniger Scheidungen, mehr Familienwerte und in den Schulen mehr Besinnung auf unsere urdeutschen Werte ...«

Bloß das jetzt nicht, dachte Thomas. Jetzt kommt das mit den preußischen Tugenden Ehrlichkeit, Disziplin, Fleiß und Ordnung, Wiedereinführung der Prügelstrafe, Wegfall des Sexualkundeunterrichts. Dieser Weg wird ein falscher sein. Nur musste er noch irgendwie hier raus.

Und da war es schon so weit.

Hügel beendete seinen Vortrag. »Und nun zu einem anderen Agendapunkt.« Auf der Leinwand erschien »Vorstellung Thomas Eidmann, Referent für Bernd Hügel.«

»Wir brauchen gute Leute, um das Pack in Berlin aus ihren Türmen zu jagen. In den letzten Wochen habe ich unser Neumitglied ...«, Hügel deutete auf Thomas, »... Herrn Eidmann als phantasievollen, äußerst engagierten und loyalen Kämpfer für unsere Sache kennengelernt. Daher habe ich ihm angeboten, mein persönlicher Referent in Berlin zu werden.«

Verhaltener Applaus.

Thomas kippte den Kurzen hinunter, stand auf, verbeugte sich und sagte: »Danke Bernd, für diese Gelegenheit.«

Er hatte lange an dieser Rede gefeilt. Erst am Computer, dann vor dem Spiegel. Am Schluss hatte er sich mit Alex in seinem Kellerloch getroffen und ihm seine Rede vorgestellt. Alex war beeindruckt, lachte zwischendurch, klopfte sich auf die Schenkel, und bot ihm einen Joint an. Damit, sagte Alex, könne er diese Rede wirklich authentisch halten. Thomas hatte tatsächlich ein paar Züge geraucht und fürchterlich gehustet.

»Mein Name ist Thomas Eidmann und ich bin ein engagierter Mitbürger wie Sie.« Er deutete mit der Hand in den Raum. »Vielleicht ist mein Weg in die Partei etwas anders gewesen.«

Und erst recht der Weg hinaus, dachte er.

»Die aktuellen Diskussionen, die unlösbaren Probleme, ich bin sogar von Flüchtlingen überfallen worden ...«, einige »Oha«-Rufe, »... auf einmal war ich mittendrin. Und so habe ich mich intensiv mit unserem Parteiprogramm beschäftigt.«

Vereinzelt zustimmendes Kopfnicken.

»Es ist unstrittig, dass unser Land vor großen Problemen steht. Und wenn ich frage, WAS genau das Problem ist? Was sagen Sie mir dann?« Er blickte auffordernd in die Runde.

»Die Flüchtlinge« kam von rechts, »Der importierte Terror« aus einer anderen Ecke. »Diese Politikerkaste, die nicht mehr fürs Volk arbeitet« und das zwangsläufige »gleichgeschaltete Medien.«

»Ja, das denke ich auch.« Wieder interessierte Blicke. Hügel saß gelangweilt auf seinem Stuhl und blätterte durch ein Notizbuch.

»Ich bin Ingenieur. Habe Maschinenbau studiert und programmiere heute komplizierte Maschinen zur Herstellung von Autoteilen. Also das, was Deutschland groß und berühmt gemacht hat.«

Da kam sogar vereinzelter Applaus. »So Leute brauchen wir«, rief jemand. Thomas nickte.

»Als Ingenieur habe ich gelernt, Sachverhalte zu durchdenken, vom Anfang bis zum Ende. Doch wenn ich nach der Ursache unserer Probleme suche, dann finde ich nicht den September vorletzten Jahres, als hunderttausend Flüchtlinge an unserer Grenze standen. Und ich erkannte, dass es auch keine Lösung ist, wenn die Flüchtlinge das Land wieder verlassen.«

Erste gerunzelte Stirnfalten, schräg gelegte Köpfe.

»Der Anfang von allem war, als wir von den Bäumen runterkamen.«

»Was ist das für ein Quatsch?«, rief eine alte Frau.

Ungerührt fuhr Thomas fort. »Ab da wurden wir zur erfolgreichsten Spezies auf diesem Planeten. Wir liefen zu Fuß um die ganze Welt, bauten Werkzeuge, schipperten auf kleinen Holzbooten zu den entlegensten Inseln, vergruben uns in Höhlen, bemalten diese, bauten aus tonnenschweren Steinkolossen unglaubliche Bauwerke, entwickelten Schrift, Zahlen, Kunst, Technik. Bis hin zu solchen Maschinen, die ich heute programmiere.«

Jemand murmelte in die kleine Pause »Dummschwätzer« hinein.

»Was war unser Erfolgsgeheimnis? Warum haben wir und nicht zum Beispiel der Neandertaler überlebt, obwohl er uns körperlich überlegen war?« Vereinzeltes Schulterzucken, einige tranken ihr Bier und tuschelten mit dem Nachbar.

»Wir überlebten, weil wir die stabileren Sozialverbände hatten. Aber warum?« Wieder nur Schulterzucken. Die Mehrheit im

Saal blickte interessiert, einige lächelten, das Getuschel verschwand.

»Kunst und Kultur. Das gibt es bei keiner anderen Lebensform, nur bei uns. Das förderte die soziale Stärke der Clans, so konnten wir uns in Krisen gegenseitig stärken, Kämpfe und Gefahren gemeinsam überstehen. So verdrängten wir die Neandertaler. Wir waren jedoch auch aggressiver, und so bekämpften wir uns selbst, nachdem unsere natürlichen Feinde ausgestorben waren. Klauten uns gegenseitig Wasser, Essen, Frauen, Land, Infrastruktur. Alles, was der eine Clan, der eine Herrscher hatte, wollte der andere. Aber irgendwann kamen die Kriege, die reiner Selbstzweck waren. Wie Religionskriege, Kriege um Macht mit unsinniger Zerstörung von Ressourcen. Wann war dieser Tag, als es eigentlich für alle genug zu essen und keinen Grund mehr gab, um Ressourcen zu kämpfen? Und warum haben wir alle diesen Tag verpasst?«

»Mann, geh in die Schule und halte dort deine Vorträge«, entgegnete die alte Frau. Der junge Mann im gelben Hemd jedoch hatte sich zurückgelehnt, die Arme verschränkt und nickte ihm zu.

»Ihr habt keine Antwort? Ich aber: Neid und Gier! Wir können nie genug haben, es muss von allem immer mehr sein, und vor allem: Mehr als der andere! Ein satter Löwe geht nicht auf die Jagd. Aber wir. Ständig. Und weil Krieg und Kunst unterschiedliche Ziele verfolgen, gewinnt die Methode, die uns ein ›Mehr‹ an Greifbarem verspricht. Die Kultur darf später das Schlachtfeld säubern, Witwen trösten, Denkmäler aufstellen, Reden verfassen und uns das ›Mehr‹ an Erkenntnis und an Menschlichkeit geben. Wir kennen den Spruch ›Erst kommt das Fressen, dann die Moral‹. Das Problem ist nur, dass wir immer hungrig sind.«

»Ach hör doch auf!«, rief ein dicker Mann in grüner Strickjacke. »So ist die ganze Natur! Nur der Stärkste ist der Sieger!«

Thomas blickte den Mann an.

»Sie meinen dieses Evolutionsprogramm ›Survival of the fittest‹. Doch da gibt es einen Übersetzungsfehler: Wir übersetzen das mit ›fit‹, also stark und schnell. Doch richtig übersetzt heißt es: Es überlebt, wer sich am besten an die Umwelt anpassen kann. Und das ist nicht zwingend der Größte, Schnellste, Aggressivste. Der Angepasste pflanzt sich und damit das Programm fort. Doch was passierte, als der Mensch sich niederließ, Hütten, Städte, Wasserleitungen und Autos baute? Nicht er passte sich der Umwelt an, er passte die Umwelt an seine Bedürfnisse an! Wir sind die einzige Lebensform, die sich von den Updatezyklen der Evolution unabhängig gemacht hat!«

Hügel zupfte an seinem Ärmel und flüsterte: »Komm auf den Punkt!«

Thomas lächelte. »Meine Analyse sagt mir: unser Programm ist veraltet. Es produziert Fehler, ist kontraproduktiv. Doch leider können wir dieses tief in uns verankerte Programm nicht mit neuer Firmware vom USB-Stick aktualisieren. Das ist meiner Überzeugung nach das Problem!«

»Hä?«, riefen der dicke Mann und die alte Dame gleichzeitig.

»Sehen Sie: Alle denken, sie müssten stärker und aggressiver als der andere sein. Doch wenn wir die Evolution ernst nehmen, dann sagt mir: Was bedeutet heute ›optimale Anpassung‹?«

»Die oder wir, das gilt doch heute immer noch!«, kreischte die alten Frau, andere nickten zustimmend.

»Eben nicht. Wenn wir nicht lernen, uns aneinander anzupassen, werden wir, wie das die Evolution hinreichend gelehrt hat, untergehen. Siegen heißt nicht gewinnen, sondern überleben. Optimale Anpassung an die herrschenden Verhältnisse ist der Erfolg des Überlebens. Die Welt ist zu klein geworden, um in unseren Höhlen hocken zu bleiben und zu ignorieren, was da draußen passiert.«

Der Mann in der Strickweste beugte sich vor. »Entschuldigung, Herr Eidmann, sie schwafeln von Evolution und glauben, die Lösung liegt in der Anpassung. Aber Anpassung ist Untergang! Und was hat das alles mit unserem Parteiprogramm zu tun?«

Bei der Probe mit Alex hatte er an dieser Stelle am Joint gezogen. Er sah Hügels kritischen Blick und lächelte.

»Das will ich ihnen sagen: Nichts. Keines der viel diskutierten Probleme wird durch meine These gelöst. Das Programm der Flüchtlinge sagt ›Überleben‹, weil sie vor denen flüchten, die nur ›Gier‹ verstehen. Und unser Programm sagt ›Angst.‹ Angst vor fremden Clans, die unser Essen, unsere Häuser, unser Vieh stehlen wollen. Wir sind gesteuert von Gier, Angst und Fressneid. Gesteuert von uralten Programmen, die wir längst nicht mehr brauchen!«

Hügel zupfte wieder an seinem Ärmel. »Aber Thomas, das ist doch Quatsch! Die Flüchtlinge überfremden uns, zerstören unseren Wohlstand, wollen uns töten. Was ist an Vorsicht und Gegenwehr falsch?«

Thomas nickte Hügel zu. »Nun, Bernd, überleben wird der, der den Weg der Kooperation sucht und nicht der, der aus Angstreflexen reagiert.«

»Wollen Sie uns sagen, dass wir aus Angst und ohne Nachdenken agieren? Das ist doch Blödsinn!«, entgegnete die alte Frau. Das zustimmende Gemurmel wurde lauter, nur der junge Mann im gelben Hemd grinste.

»›Pfeifen im Walde‹, ihr wisst was das ist? Übertönen von Rascheln im Gebüsch und daher zu glauben, allein zu sein.«, rief Thomas gegen das Gemurmel und die Zwischenrufe an. »Seien wir still und hören zu, was da raschelt: Ist es das Gebrüll eines hungrigen Löwen, oder sind es Hilferufe? Vertrauen wir auf das Sozialprogramm, das uns erfolgreich gemacht hat! Geben wir Fremden eine Aufgabe in unserem Clan, damit er noch stärker wird! Auch der Starke wird mal verletzt. Dieses Verhalten gibt es selbst bei Tieren, denn ja, es gibt sie noch, die Raubtiere. Aber sie stehen nicht mit löchrigen Socken an der Grenze, sondern sitzen mit seidenen Krawatten hinter Schreibtischen und Computern und jagen und fressen alles, was ihnen in die Krallen kommt. Und sie werden nie satt! Aber alles, was diese Partei vorschlägt ...«, er holte tief Luft und sprach die letzten Sätze schneller, »... ist keine zukunftsorientierte Problemlösung, kein Plan für die Stärkung der Gesellschaft, keine Fokussierung auf die wahren Raubtiere, sondern der Weg zurück auf die Bäume! Jede Familie auf ihren eigenen Baum, während die Raubtiere unten am Stamm kratzen und wir auf ein Wunder warten, das nie kommt!«

Jetzt war es klar. Es dauerte einige Sekunden, bis ein Durcheinander an Stimmen und Rufen losbrach.

Hügel war aufgesprungen, griff seinen Arm und schrie ihn an: »Spinnst du? Was soll dieser Unsinn?«

Thomas schüttelte Hügel ab, trat einen Schritt zurück und rief: »Gebt ihr die Verantwortung bei Brüllaffen ab? Wollt ihr zurück in den Mutterleib, wo es warm ist und das Essen automatisch kommt? Wollt Ihr euer Leben im Clan auf Lügen und Angst aufbauen? Ich kann euch zeigen, was ich meine!« Er ging an den Laptop, schupste Peter Frank zur Seite und schloss einen USB-Stick an. Die PowerPoint-Folie verschwand, es wurde dunkel. Die Zuhörer riefen durcheinander, Hügel stand hinter Thomas und fauchte »Was zur Hölle machst du da?«, die alte Frau schrie »Idiot! Schmeißt ihn raus!«

Thomas hob beide Arme und rief: »Schaut es euch an!«

40

Auf der Leinwand erschienen vier Videokästchen, die in schwarz-weiß eine Wohnung aus verschiedenen Perspektiven zeigten, eine Kamera war auf den Hausflur gerichtet. Ein kräftiger Mann mit dickem Blouson tauchte vor der Haustür auf und öffnete sie in wenigen Sekunden.

Im Saal wurde es still, jemand sagte leise »Oha!«

Die Gestalt verschwand aus dem einen Bild und tauchte auf einem anderen Ausschnitt auf. Der Mann schaltete eine Taschenlampe ein, für einen kurzen Augenblick wurde die Aufnahme völlig weiß. Dann war der Mann aus drei verschiedenen Perspektiven zu sehen. Er ging durch ein unaufgeräumtes Zimmer, blickte sich um, hob einige nicht erkennbare Dinge hoch und ließ sie wieder fallen, durchwühlte das Bett, blickte unter die Matratze. Er ging auf eine Kamera zu, die auf einen Sessel gerichtet war, und bog die Rücklehne des Sessels vor. Langsam zog er aus der Innentasche seines Blousons einen länglichen Gegenstand heraus und versteckte ihn hinter der Sessellehne. Dann verschwand er mit wenigen Schritten aus der Wohnung.

Die Leinwand wurde wieder schwarz.

»Was zur Hölle war das?«, fragte der dicke Mann genervt.

Hügel zischte: »Bist du bescheuert?«

Thomas trat einen Schritt zurück und stellte sich neben Hügel.

»Was sie hier sehen, ist der Versuch eines Betrugs! Unser Vorsitzender Bernd Hügel«, er legte eine Hand auf Hügels Schulter, »hat veranlasst, vermeintliche Beweisstücke für den vermeintlichen Mord an Friedrich Keller einem unschuldigen Mann unterzuschieben. Und nur, um Macht über euch Angsthasen zu erlangen!«

Hügel fegte Thomas' Hand weg und brüllte ihn an: »Bist du total bescheuert?« In den Saal rief er »Lüge, Lüge, alles Lüge! Wir werden hier Zeuge einer unglaublich infamen Lügengeschichte!« Andere waren aufgesprungen, riefen aufgeregt durcheinander »Was ist hier die Lüge!« und »Schmeißt ihn raus!«

Mitten im Durcheinander und Gebrülle wurde die Saaltür geöffnet.

Ein junger Polizist in Uniform mit roten Flecken im Gesicht und ein alter Mann mit verknittertem Mantel traten ein. Der junge Polizist ging in das U der Tische, auf Hügel zu und sagte laut:

»Bernd Hügel, sie sind vorläufig festgenommen wegen des dringenden Tatverdachts der Vortäuschung einer Straftat nach Paragraph 145d Strafgesetzbuch, Verleumdung gemäß Paragraph 187 Strafgesetzbuch und Verleitung zur Falschaussage nach Paragraph 160 Strafgesetzbuch. Kommen Sie bitte mit.«

Schlagartig war es still. Die Leute starrten abwechselnd auf den jungen Polizisten und auf Hügel.

»Mitkommen!«, rief der alte, zerknitterte Polizist.

Hügel rief: »Das bereuen Sie noch, Herr Berg! Das wird Folgen haben!«

»Bestimmt. Mitkommen!«

Hügel gehorchte zögernd, ging hinter den Stuhlreihen Richtung Ausgang, der junge Polizist fasste ihn an die Schulter.

»Finger weg!«, brüllte Hügel, dann griff Berg seinen Arm und zog ihn unsanft aus der Tür und murmelte: »Sie müssen sich zu der ihnen vorgeworfenen Tat nicht äußern, Sie haben das Recht, sich jederzeit einen Rechtsbeistand zu nehmen und Sie haben das Recht, Beweiserhebung zu beantragen. Verstanden?«

Die Antwort von Hügel war nicht mehr zu hören.

In die Stille hinein klatschte der junge Mann im gelben Hemd langsam und laut in die Hände. Die alte Frau schrie »Schmeißt ihn raus!«, andere skandierten »Hau ab, du Verräter!«

Thomas verbeugte sich knapp und verließ den Saal, ohne zurückzublicken. Kein Bierglas oder Steakmesser wurde geworfen, er erreichte unbehelligt den Gastraum und erst als er im Auto saß, schrie er laut »Das wars, ihr Sackgesichter!«

Mit breitem Grinsen fuhr er los.

Alex hatte ein Treffen mit Marion im Café Größenwahn arrangiert. Alles würde gut werden.

Nur war das auch eine Lüge.

41

Raus. Er musste raus. Seit Wochen in dieser Wohnung, ohne Tapeten, kein Teppich, der Putz bröckelte, eine Baumarktspüle als Küche, der Campingkocher daneben, in einer Mülltüte sammelten sich die Konservendosen. Die Autos auf der Straße kannte er auswendig: Der blaue Ford Fiesta gegenüber fuhr immer morgens um halb sieben los und der rote VW-Bus zwei Häuser weiter wurde nur am Wochenende bewegt. Er wusste, welche Kinder pünktlich von der Schule kamen, kannte die Schimpftiraden der Kopftuchfrau gegenüber, wenn ihr Mann wieder auf dem Balkon rauchte.

Warmes Fladenbrot, Tee mit frischen Minzblättern, Luft und Leben. Farim nahm zwei Hunderter aus der Reisetasche – hoffentlich konnte die jemand wechseln – und verließ seine Höhle. Die Treppe knarzte, aber Nadim, der Taxifahrer, war nicht zuhause. Die Kinder waren von der Straße verschwunden, zum Abendessen, die Schule nebenan ruhig und leer.

Er zog die Kapuze der grauen Regenjacke über den Kopf und lief durch strömenden Regen zum Kiosk eine Straßenecke weiter. Dort gab es Wasser, Brot und Zeitungen.

»Salam«, grüßte er beim Öffnen in das Gebimmel der Tür. Der Marokkaner hinter den Aufstellern für Prepaid-Karten und Stapeln arabischer Süßigkeiten grüßte zurück. Farim nahm eine Zeitung vom Ständer. »Noch immer keine Spur des Attentäters« stand auf der Titelseite. Er ging in den hinteren Bereich des Ladens und griff sich eines der letzten Fladenbrote aus einer Kartonkiste. Das kahle Licht des Kühlregals beleuchtete Packungen mit Schafskäse und Dosen eingelegter Paprika. Im Regal daneben fand er Tee. Nur in Beuteln, nichts Frisches. Egal.

Der alte Marokkaner tippte seinen Einkauf in eine kleine Registrierkasse und packte alles in eine Plastiktüte.

»Zwölf fünfzig.«

Farim legte einen Hundert-Euro-Schein auf die Theke.

»Kleiner?«, fragte der Marokkaner.

»Leider nein«, antwortete Farim und blickte gelangweilt auf die Zigarettenauslage hinter der Kasse.

Mürrisch murmelte der Marokkaner in seinen umfänglichen Bart und blätterte langsam das Wechselgeld aus der Kassenlade.

Wird er wegen dem großen Schein in Erinnerung bleiben? Was wird der Kioskbetreiber später der Polizei sagen? In welche Richtung er den Laden verließ?

Farim nahm das Wechselgeld, lächelte unverbindlich und verließ das Geschäft. Er zögerte kurz und bog nach links. In die entgegengesetzte Richtung, nicht zurück in sein Loch. An der nächsten Kreuzung erreichte er die Einkaufsstraße mit den arabischen Supermärkten zwischen Dönerläden, Brautmoden und Spielhöllen, die bunten Leuchtreklamen erwärmten den Regen. Eine Straßenbahn hielt quietschend an einer Haltestelle, Regenschirme spannten sich in den Türen auf und Menschen hasteten hinaus. Farim drückte sich unter den Markisen die Straße entlang. Die islamische Gemeinde neben der Sparkasse war ihm bei der Erkundung Wochen zuvor nicht aufgefallen. In der Hoffnung, hier einen frischen Minztee zu finden, drückte er die Milchglastür auf und stieg ein enges Treppenhaus hoch. Oben betrat er den Vorraum zum Gebetsraum. Ein langes Regal für die Schuhe, Sitzgelegenheiten auf tiefen und abgewetzten Sofas aus Kunststoffleder. Er zog die Kapuze vom Kopf, öffnete die Jacke und schaute sich um.

Zwei Männer mit grauen Bärten grüßten knapp und vertieften sich wieder ins Gespräch, dem Dialekt nach Algerier. Vor den beiden Alten stand ein verziertes Tablett mit Teekanne und kleinen Gläsern. Farim zog die Jacke aus und ließ sich in einen der Sessel fallen. Ein Mädchen mit Kopftuch, Tablett und einer Kanne

Tee erschien aus einer Tür. Sie schaute ihn fragend und wortlos an, er nickte, dann endlich stand der frische Minztee vor ihm. Mit einem Seufzer roch er daran, nippte und lehnte sich zurück. Aus dem Beutel mit den Einkäufen nahm er die Tageszeitung. Viel mehr als die Überschrift und dass der Attentäter selbst bekannt sei, aber nicht die Hintermänner, erfuhr er nichts. Der IS hatte in einem Video auf einer Internet-Plattform die Verantwortung übernommen, aber bewiesen war sie nicht. Sollte er mal eine Spur legen? Er verwarf den Gedanken. Das Wichtigste an diesem Auftrag lag in der Bruchbude neben der Matratze.

Er genoss den Tee und schenkte nach. Die Werbebeilage war aus der Zeitung gerutscht, er hob sie auf und blätterte darin. Ein lokales Reisebüro pries günstige Hotels in der Türkei, Dubai und Ägypten an. Flug und zwei Wochen Hotel ab 490 Euro. Die letzten Wochen war er nur mit der Vorbereitung beschäftigt gewesen – kein Plan für die Zeit danach. Nur, dass die Träume, bei seiner Schwester in einem BMW Cabriolet aufzutauchen, Träume bleiben mussten, wurde ihm mit der Zeit schmerzhaft klar.

Wohin mit all dem Geld? Mit der neuen Freiheit? Den Toten? Mit der Tasche konnte er in kein Flugzeug steigen. Europa mit seinen offenen Grenzen war der Raum, in dem er sich aufhalten musste, nur die Angst vor überraschenden Kontrollen blieb. Frankreich schied aus, er hatte nur Arabisch gelernt, nicht wie sein Vater auch Französisch. Sein Englisch war miserabel, wegen der geschwänzten Schulstunden. Deutschland war ja nicht schlecht, wäre da nicht die permanente Angst vor Entdeckung. Vor der Polizei, den Auftraggebern, dem IS. Sich in Stadtteilen wie diesem hier unerkannt niederlassen? Immer ein bisschen Heimat in der Nähe? Er dachte an den Kioskbetreiber. Oder eine Dönerbude? Nein, dafür hatte er nicht eine Tasche mit hunderttausend Euro. Noch eine Woche oder einen Monat in dieser Bruchbude verstecken? Den ganzen Tag allein, kein Fernseher, den Blick in die Welt nur durch sein Handy, nachts rausschleichen zum Einkaufen?

Die Tür zum Gebetsraum öffnete sich und ein Strom Gläubiger, mehr Alte wie Junge, drängelten sich schwatzend um das Schuhregal, einige ließen sich auf den anderen Sesseln nieder. Der Vorraum war gefüllt von arabischen Dialekten, das Mädchen mit dem Kopftuch schlängelte sich durch die Menge und servierte Tee. All diese Männer, dachte Farim, wollten hier eine neue Heimat finden oder zumindest Arbeit und Geld. Sie waren in einer anderen Kultur aufgewachsen, arrangierten sich, nahmen, was sie gut fanden und ignorierten den Rest, sofern das möglich war. Irgendwo in einer Schublade lagen Lohnabrechnungen, Autoversicherungsnachweise, Mietverträge, und an der Wand über der Kommode hing eine Koransure im Rahmen oder ein Foto der Familie.

Einige sympathisierten mit dem Terror, doch die meisten wollten einfach nur ein gutes Leben führen. Sein Vater hätte einer von ihnen sein können, ein paar hundert Kilometer entfernt war er es auch. Er arbeitete hart und streng nach den hiesigen Regeln, während sein verkommener Sohn Geld mit Töten verdiente.

Aber waren die, die ihn bezahlten, nicht schlimmer? Diese besseren Deutschen, die ihr Deutschtum mit Mord verteidigten, um es ihnen, den Fremden, dann in die Schuhe zu schieben. In die abgetretenen und staubigen Schuhe, die eben noch unzählig in diesem Holzregal standen. Hätte er es nicht gemacht, hätte es ein anderer gemacht.

Seufzend erhob er sich, griff nach der Jacke und der Einkaufstüte und ging wieder hinab auf die Straße. Der Regen war noch stärker geworden, in Strömen lief das Wasser von Vordächern der umliegenden Geschäfte, vorbeifahrende Autos spritzten Dreckwasser bis auf die Bürgersteige. Wohin? Der Geruch einer Dönerbude zwei Häuser weiter drang ihm in die Nase, der Körper reagierte sofort mit einem Hungergefühl. Am Stehtisch im Laden aß er Lahmacun und trank Ayran, ein fast vergessenes Wohlgefühl. Der nächste Hunderter wurde gewechselt, wieder mit kritischem Blick. Das konnte ja was werden.

Gesättigt huschte er unter den Markisen weiter, bog zweimal ab und näherte sich seinem Unterschlupf. Er sah die geparkten Autos und dachte an einen Gebrauchtwagenhandel. Gute Möglichkeit, das Bargeld anzulegen, und hinreichend unauffällig. Besser, als einen Dönerladen aufzumachen.

Er bog in seine Straße, der blaue Ford war noch nicht da, der arme Raucher stand mit Regenschirm auf dem Balkon.

Etwas störte das Bild. Ruckartig blieb er stehen, bückte sich, fummelte am Schuh herum und blickte unter der Kapuze durch den Regenschleier in die Straße.

Drei Häuser vor Nadims Baracke.

Ein Auto, das da noch nie stand.

42

»Hab ihn!« Landers blickte zu Kerner, der neben ihr über den Laptop gebeugt saß und zufrieden grinste.

Nein, dachte sie. Ich frage dich nicht. Sie blickte wieder auf das Navigationssystem, das gerade »In hundert Meter biegen Sie links ab« säuselte.

»Farim Sassi«, sagte Kerner.

Landers blickte in den Außenspiegel und setzte den Blinker. Sie wartete, bis der LKW im Gegenverkehr vorbei war und die Scheibenwischer den Schwall Spritzwasser verteilt hatten, dann bog sie ab.

»Der Auftraggeber. Der Anwerber. Kalil. Sein echter Name ist Farim Sassi!«

Jetzt ist es ok. Sie fragte: »Wie hast du das rausbekommen?«

»EuroDac-Abfrage der Erstregistrierung dieses Kalil und mit dem Fingerabdruck ein paar Landespolizeicomputer abgefragt. In Niedersachsen wird er als Farim geführt. War mal in Wolfsburg wegen Hehlerei angeklagt.«

»Polos vertickt?«, fragte Landers.

»Nein. Uhren. Fake-Uhren, aber das wusste er wohl nicht.«

Landers murmelte »Soso« und blickte wieder auf das Navigationssystem. Ein Kilometer geradeaus.

»Und der hat einen Terroranschlag organisiert?«

»Nach bisheriger Datenlage: Ja!«

»Hm.«

Noch fünfhundert Meter bis zur Kreuzung.

»Gibt es Beziehungen zu weiteren Islamisten?«

Kerner blickte auf den Bildschirm. »Bisher sehe ich nichts.«

»Irgendwelche anderen Verbindungen?«

Die Tastatur klapperte. An der Kreuzung bog sie nach links. Ein lebendiges Stadtviertel am frühen Samstagabend, wie im Frankfurter Bahnhofsviertel, Mosel Ecke Münchener oder so. Regenjacken und Regenschirme in allen Farben, Plastiktüten auf dunklen Köpfen, letzte hastige Einkäufe in orientalischen Märkten.

»Möglicherweise war er Teil der Wolfsburger Zelle. Zumindest sind gleichzeitig mit ihm ein paar andere Jungs verschwunden. Das BKA hatte einige bei ihrer Rückkehr aus dem Irak verhaftet.«

»Und von Farim seitdem keine Spur?«

»Keine, die ich hier sehen kann.«

»Muss nichts heißen«, murmelte Landers.

»Soll ich es Cornelia oder Krieger melden?«, fragte Kerner.

»Warten!«, befahl Landers.

Kerner drehte ihr den Bildschirm hin. Ein glattes und recht hübsches Gesicht eines jungen Mannes.

»Das ist er?«

Er nickte. »Hast du gleich auf dem Handy.«

Schweigend fuhren sie die belebte Straße entlang, bis Kerner rief: »Da links.«

Landers parkte vor einer Hofeinfahrt. Sie hasteten über die Straße unter die Markise des Gemüseladens. Einer wie Tausend andere orientalische Gemüseläden: Volle Auslage vor der Glasscheibe, auf der ein geschwungener Schriftzug in lateinischer und arabischer Schrift den Namen des Besitzers präsentierte, buntes Obst und frisches Gemüse in bereits halbleeren grünen Plastikkisten. Auf kleinen Pappkartons die Preise mit dunklem Edding geschrieben, ein Sack kleiner Plastiktüten mit einer Schnur an der Markise befestigt. Durch die Scheibe sah Landers, wie eine ältere Frau mit dunkelblauem Kopftuch an der Kasse gerade eine andere Frau abkassierte. Ein graubärtiger Mann mit einem Gesicht wie ein alter englischer Clubsessel stand vor einer Kiste Fladenbrot und räumte es in ein Regal, als er sie bemerkte. Kurz zögerte er, dann trat er hinaus.

»Sie wünschen?«

Landers hielt ihren Polizeiausweis auf Hüfthöhe, der Mann schaute hinab und zuckte, dann blickte er zu Kerner, der seinen Ausweis in der herabhängenden Hand hielt und wieder in die Hosentasche schob.

»Sie wünschen?«, wiederholte er.

Kerner riss eine der dünnen Plastiktüten ab und griff in die Auslage, betrachtete eingehend jede Frucht und packte sie in die Tüte. Landers legte ihr Handy mit Farims Foto auf die Auberginen.

»Schon mal gesehen?«, fragte sie, ohne den Verkäufer anzuschauen. Der Mann betrachtete das Foto und griff eine Aubergine.

»Nein, dafür haben wir diese herrlich festen Auberginen«, sagte er.

Landers blickte ihn an. »Sicher?«

Der Mann nickte.

»Nie gesehen«, flüsterte er. »Ist es wegen Bombe in Frankfurt?«

Landers griff die Aubergine und lächelte. »Ja, schön fest.« Sie linste über die Auslage in den Laden, die Frau des Verkäufers beobachtete sie offenbar schon eine Weile. Aus den Unterlagen der LKA-Kollegin Cornelia ging hervor, dass nur Ibrahim Feysal, der Betreiber des Gemüseladens, als Informant geführt wurde. Aus seiner Familie wusste niemand davon. Verräter waren in keiner Gesellschaft gerne gesehen, auch nicht in der arabischen.

Und dieser Gemüsehändler wirkte, als führe er seit hundert Jahren diesen Laden mit dem Ziel, ihn an nächste Generationen zu vererben, sich ansonsten aus allem Ärger rauszuhalten und durch Hinweise an das LKA das Viertel nicht in falsche Hände geraten zu lassen.

Eine hübsche Frau mit dunklen Haaren parkte einen Kinderwagen unter der Markise, klappte den Regenschirm zusammen und tauschte mit Ibrahim unverständliche Worte, ehe sie den Laden betrat. Die Frau an der Kasse wandte den Blick von ihnen ab und begrüßte die Kundin.

Landers legte die Aubergine in die Tüte und fragte Ibrahim: »Haben Sie irgendwas gehört? Wird darüber gesprochen? Er muss hier in der Gegend gewohnt haben oder noch hier sein.«

Ein trauriges Kopfschütteln.

»Glauben Sie, Frau, wir wüssten gerne mehr. Das alles nicht gut. Nicht gut für uns, nicht gut für euch, nicht gut für alle.«

»Er war Tunesier. Darf ich fragen, wo sie herkommen?«

»Marokko. Vor dreißig Jahren.«

»Kennen Sie jemanden aus der tunesischen Gemeinde?«

Ibrahim griff eine Orange, holte unter einer Gemüsekiste ein Messer hervor und teilte die Frucht in seiner Hand.

»Hier, schauen Sie. Saftig, ohne Kerne.«

Landers lächelte. »Davon drei.«

Er legte die Orangen in eine neue Tüte. »Ja, kenne einige Leute. Aber die sprechen nicht mit Polizei.«

»Und wer spricht mit uns?«, fragte Landers.

Ibrahim schaute sie aus dunklen traurigen Augen an. »Ihr sprecht nur mit uns, wenn passiert sowas. Ansonsten wir euch egal. Morgens, mittags, abends. Montags, freitags. Immer. Seit dreißig Jahren wir euch egal.«

Landers schluckte und betrachtete eine Süßkartoffel. Ihr fiel ein Sprichwort ein, das in einem orientalischen Spezialitätenladen in der Elbestraße an der Wand hing:

»Alle Menschen sind klug: die einen vorher, die anderen nachher ...«

Ibrahim nickte lächelnd und ergänzte:»... nur, wenn es darauf ankommt, ist jeder dumm.«

Sie lächelte zurück.

Kerner ging mit den gefüllten Tüten in den Laden.

»Finden Sie diesen Mann, bevor hier alle verrückt werden«, sagte Ibrahim und deutete auf die gegenüberliegende Straßenseite. Auf einem Hoftor war in weißer Schrift gesprüht:

»Gestern Kamelficker, heute Bombenleger, morgen tot.«

»Das tut mir leid«, sagte sie.

»Finden Sie diesen Mann«, wiederholte er. »Wenn der Wind weht, löscht er die Kerze aus und facht das Feuer an.«

Kerner kam aus dem Geschäft heraus, Landers griff sich ihr Handy und gemeinsam hasteten sie durch den Regen zu ihrem Auto.

Im Wagen legte Kerner die nassen Tüten auf die Rückbank.

»Wohin jetzt?«, fragte Landers.

Kerner tippte auf den Bildschirm. »Der hier. Der Letzte. Ich ruf ihn an. Hoffentlich hat Cornelia mehr Glück.«

Landers startete den Wagen und blickte durch den Regenschleier über die Straße zum Gemüseladen. Ibrahim stand mit hängenden Armen in der Tür und wirkte wie ein kanadischer Holzfäller in einer Baumschule.

Scheissjob, dachte sie. Sie kamen immer nur dann, wenn es zu spät war.

43

Kerner deutete auf die Gegenfahrbahn. »Da kommt er.«

Das Taxi hielt am Fahrbahnrand, hinter den hektischen Scheibenwischern ein zerfurchtes Gesicht. Landers stieg aus und eilte über die Straße, Kerner dicht hinter ihr, sie öffnete die hintere Tür des Taxis und beide warfen sich auf die Rückbank. Kerner zeigte seinen Ausweis, der Fahrer drehte sich stöhnend zu ihnen um.

»Bandscheibe?«, erkundigte sich Landers und schob nasse Haarsträhnen aus dem Gesicht.

Ein Nicken und erneutes Stöhnen.

»Wegen Bombe?«, fragte der Taxifahrer.

Kerner nickte. »Ja. Wir haben ...«

»Ich nix wissen!«

»Ja, klar. Wir haben nur ein paar Fragen«, sagte Landers.

»Was wolle wissen?«

Sie zeigte ihm Farims Foto.

Nadim blickte auf das Bild, dann verzog er das Gesicht.

»Vielleicht.«

»Was heißt ›vielleicht‹?«

»Habe neue Mieter für Wohnung. Seit einige Woche. Auch junge Mann, Tunisi, aber ...« Er stockte.

»Was ›aber‹?«

Nadim schüttelte den Kopf. »Gute Mann. Machen keine Lärm, keine Ärger, gute Kleider. Bestimmt keine Verbrecher.«

»Wo ist diese Wohnung?«

»In meine Haus.«

»Wer wohnt da noch?«

»Meine Frau.« Er riss die Augen auf. »Ist alleine mit diese Mörder?«, rief er und griff nach seinem Handy in der Halterung neben dem Lenkrad. Landers packte seinen Arm.

»Warten Sie bitte! Wir wissen ja nicht, ob das der Mann ist, den wir suchen. Erzählen Sie uns noch mehr über ihn.«

Es war nicht viel, was Nadim berichtete. Wie dieser Mann ihn vor der Moschee an seinem Taxi angesprochen hatte, er würde bald ein Studium beginnen und suche eine billige Wohnung. Ob er ihm helfen könne, als Taxifahrer käme er doch rum. Da habe er an seine Wohnung gedacht, die er aus Geldmangel nicht fertig renoviert und daher nicht vermietet habe. Normalerweise sei er ja vorsichtig, aber das wenige Geld habe er gut gebrauchen können.

»Hatte Ihr neuer Mieter öfter Besuch?«, fragte Landers, aber Nadim schüttelte bei jeder Frage den Kopf. Keine Ahnung, er sei ja nahezu vierundzwanzig Stunden im Taxi unterwegs und habe schon daran gedacht, mal an der Tür zu klopfen, weil er eben nichts höre.

»Die Adresse!«, befahl Landers.

Nadim schrieb sie auf einen Quittungsblock und fragte, wann er seine Frau anrufen dürfe. Landers beugte sich vor und schnappte sein Handy.

»Gar nicht.«

Wild auf Arabisch fluchend fuchtelte Nadim mit den Armen und versuchte, Landers das Handy wieder zu entreißen. Niemandem würde etwas passieren, wenn er jetzt still bliebe und auf keinen Fall zuhause anrufe.

»Haben Sie verstanden?«

Nadim fluchte weiter und blickte Landers durch den Rückspiegel an. Sie verstand endlich, was »blitzende« Augen bedeutete.

»Versprochen?«, fragte Nadim.

»Versprochen«, antwortete Landers. Sein Handy steckte sie in die Jackentasche, dann stiegen sie aus und hasteten durch den Regen zwischen hupenden Autos zurück in ihren Wagen. Das

Taxi stand weiter am Straßenrand, der Scheibenwischer lief, Nadims Blick wirkte auf die Entfernung starr.

»Aber jetzt gebe ich Bescheid«, sagte Kerner und rief Cornelia an. Voller Begeisterung teilte er die neuen Erkenntnisse mit. »Aha ... Ja klar ... Nein, haben wir noch nicht ... Ok ... Echt?« Er legte er auf und schwieg.

Landers fragte nervös: »Was hat sie gesagt?«

»Keine eigenmächtigen Aktivitäten. Warten auf SEK.«

»Nicht aufs LKA?«

»Nein. SEK.«

»Und wo sollen wir warten?«

Kerner blickte von seinem Laptop hoch. »Hat sie nicht gesagt.«

Landers tippte die Adresse des Taxifahrers in das Navigationssystem, fädelte in den Straßenverkehr ein und folgte der freudlosen Stimme aus dem Navi. Ein paar Straßen weiter parkte sie vor einem Kiosk mit Werbung für Prepaid-Karten und Zigaretten und schaltete den Motor aus. Nach zwei Atemzügen verschwamm die Umwelt hinter Wasserfällen, die Scheibe begann von innen zu beschlagen.

»Was hast du vor?«, fragte Kerner.

»Ruf Krieger an und frag ihn, was wir machen sollen.«

»Aber Cornelia hat doch schon gesagt ...«

Landers unterbrach ihn. »Ober sticht Unter. Frag Krieger.«

Achselzuckend wählte Kerner Kriegers Nummer und berichtete kurz von ihren Ermittlungsergebnissen und von der Reaktion des LKAs.

»Ja, hat sie gesagt ... Ach? .... Na wenn Sie meinen .... Ja, sitzt neben mir.« Er übergab Landers das Handy. »Er will mit dir sprechen.«

Landers stutzte und nahm das Telefon.

»Was noch?«

Krieger senkte die Stimme. »Hör mal, Elena, es ist echt wichtig, dass ihr euch da raushaltet.«

»Wieso? Du hast uns doch losgeschickt und jetzt sollen wir zum Feierabendbier übergehen?«

Krieger wirkte genervt. »Ihr solltet dem LKA bei der Befragung von Informanten helfen. Aber keine Verdächtigen fassen. Das hab ich gesagt.«

»Und was kann das LKA besser als wir?«, hakte Landers nach.

»Elena! Das SEK übernimmt. Keine LKA-Futzis, keine Leiharbeiter. Wir haben hier alles unter Kontrolle!«

Wow, dachte Landers. »Ist das alles?«

»Ja.« Krieger beendete das Gespräch.

Landers reicht Kerner das Handy. »Ich hol mir mal Kippen«, sagte sie und stieg aus. Mit wenigen schnellen Schritten erreichte sie den Kiosk, ihre Haare klebten tropfnass am Kopf.

Dunkle Augen taxierten sie, die eingerissenen Mundwinkel unter einem dunklen Schnauzbart bewegten sich keinen Millimeter. Ohne den Verkäufer zu beachten, ging sie am Tresen vorbei auf ein Regal am Ende des kleinen Verkaufsraums zu. Flackernde Neonröhren beleuchteten die Auslage aus Trockenkeksen, Knabberkram und Dosensuppen. Der Geruch orientalischer Gewürze zog durch den Laden.

Sie zog ihr Telefon aus der Jackentasche und rief Berg an.

»Wir haben eine Adresse.«

»Wow. Wo?«

»Marxloh.«

»Und, was macht ihr?«

»Wir sollen auf das SEK warten. Als ob wir zu doof seien, einen Verdächtigen zu fassen.«

»Auf keinen Fall wartet ihr aufs SEK!«

»Wieso?«, fragte sie überrascht.

»Da gibt es ein Problem. Also zumindest befürchte ich das.«

»Berg! Machen wir wieder Rateshow?«, fauchte Landers.

Berg räusperte sich. »Also, Elena, ich hab es dir nicht gesagt, aber ...«

»Was?!«, unterbrach sie ihn.

»Also, diese Deppen, du weißt ja, ich vermute ...«

»Jaja, haben den Anschlag gekauft. Weiß ich. Wo ist das Problem?«

»Nun, ähm ...«, Berg senkte die Stimme. »Kriegers Chef ist einer von ihnen.«

»Bitte?« Sie stockte. »Bist du sicher?«, flüsterte sie.

»Ja. Karl hat erwähnt, dass er sein Nachfolger werden könnte.«

Landers fiel fast das Telefon aus der Hand. »Was? Unser neuer Chef?«

»Probleme auf der Arbeit?«, rief der Mann von der Theke. Sie blickte sich um und winkte freundlich »Jaja, Stress im Büro, alles ok.«

»Und ich Idiotin hab Krieger gerade eben Bescheid gegeben, dass wir Farim gefunden haben!«, zischte sie.

Berg stöhnte. »Dann wird es eng. Kriegers Chef wird das allergrößte Interesse haben, diesen Farim als ausgestopfte Trophäe zu präsentieren. Aber wir brauchen eine Aussage von Farim! Die einzige Chance, den Deppen das Handwerk zu legen!«

»Und was ist mit diesem Hügel? Ich dachte, du hast ihn wegen dieser Beweisfälschung am Wickel.«

Berg brummte unverständlich.

»Was?«, hakte sie nach.

»Naja. Verhör ist heute nicht so doll gelaufen«, nuschelte Berg. »Wegen des Anschlags bekomme ich ihn auf keinen Fall dran. Deswegen musst du ja diesen Farim finden. Vor den anderen. Vor dem BKA und LKA und SEK.«

»Und wie soll ich das machen? Ich mach hier nicht ›Last woman standing‹!«

Berg schnaufte. Der Verkäufer hinter dem Tresen blickte sie weiterhin interessiert an.

»Du musst ihn finden«, wiederholte Berg.

Landers lachte trocken. »Na klar. Ich. Hier. Schneller als alle anderen.«

Berg räusperte sich. »Da wäre nur noch eine Sache …«

»Noch eine? Reicht es nicht langsam?«

»Hast du mal nach dieser freien Bürgerwehr geschaut?«

»Kerner. Wieso?«

Wieder hüstelte Berg. »Also, meine Vermutung: Die Deppen haben zusätzlich ein eigenes Killerkommando auf diesen Farim angesetzt. Der sollte den Anschlag eigentlich selbst durchführen und nun wollen sie seinen einkalkulierten Tod nachholen.«

Sie fluchte so laut, dass vom Tresen ein »Alles in Ordnung?« kam.

»Ich melde mich«, sagte sie zu Berg und legte auf.

Den Auftraggeber des Attentäters finden. Vor legalen und illegalen Killerkommandos. Ohne Unterstützung, allein mit einem Computernerd. Kurz dachte sie an diesen Moment auf dem Dach in Cali und den brennenden Suburban auf der Straße, die verkohlte Leiche im Wagen und die maskierten Männer mit den automatischen Gewehren. Damals schien wenigstens die Sonne. Ob sie nochmal so viel Glück haben würde?

Die bunten Verpackungen von Reis und Linsen, Dosenwurst und Alwazah Tee im Regal vor ihr beruhigten sie nicht.

Zigaretten. Sie ging zum Verkäufer und deutete auf die Regalwand hinter ihm. »Marlboro Gold. Big Pack.«

Der Verkäufer zog die Packung aus dem Regal, Landers fummelte einen Fünfzig-Euro-Schein aus ihrem Geldbeutel.

»Sorry, habs nicht kleiner.«

»Habt ihr ne Bank überfallen?«, fragte der Verkäufer missmutig und schielte auf den Schein.

Landers stutzte. »Wieso? Und wer ist ›ihr‹?«

»Vorhin schon einer mit Hundert-Euro-Schein. Bin doch keine Wechselstube«, schimpfte er, kramte aber das Wechselgeld aus der Kasse.

Alles endet durch Zufall oder Ermüdung, dachte Landers. Sie zeigte ihm Farims Foto auf ihrem Handy.

»Der hier?«

»Sag ich doch. Kollege?«

»Ja. Nein. Ich meine, kann sein. Wir suchen einen Falschgeldverteiler. Darf ich den Schein mal sehen?«

Er hob die Wechselgeldlade hoch und legte einen grünen Schein auf den Tresen.

Landers betrachtete den Geldschein. Die grünen Hunderter waren ja noch von der ersten Generation, nicht wie die neuen Fünfer und Zehner, die mit ihrer tollen neuen Lackierung die Fingerabdrucksuche nahezu unmöglich machten.

»Ist er falsch?«, fragte der Verkäufer misslaunig.

»Muss ich prüfen«, sagte sie und wollte nach dem Schein greifen, doch die große behaarte Pranke des Mannes klatschte auf den Schein.

»Guter Trick. Könnte von meinem Schwager sein.«

Landers blätterte aus ihrem Geldbeutel zwei Fünfziger.

»Hier, die Quittung«, sagte sie und lächelte.

Der Mann zögerte, zog seine Hand von dem Hunderter und griff sich die zwei Fünfziger. Er hielt sie gegen das Deckenlicht, drehte und wendete sie. Schließlich lächelte er.

»Ok.«

Sie nahm den Hunderter mit spitzen Fingern, schob ihn in ein separates Fach in ihrer Geldbörse und verabschiedete sich.

Unter dem schmalen Vordach des Kiosks zündete sie sich eine Zigarette an. Die Straße lag tief im Schatten der Gewitterwolken, die Straßenlaternen sprangen noch nicht an. Vorbeifahrende Autos spritzten Wasser bis auf den Gehsteig. Hier stehen, das Päckchen leer rauchen und warten, dass die Mächte den Weltenlauf steuern? Später sagen, sie habe ja nur einen Befehl ausgeführt? Oder nichts gewusst? Wie alle immer von allem nichts wissen und später sagen »Was hätte ich denn machen sollen?« Damals, in Kolumbien, wusste sie, wen sie retten wollte. Und jetzt? Einen Terroristen? Um staatsfeindliche Staatsdiener und größenwahnsinnige Undemokraten zu enttarnen? Die beim IS Terroranschläge kauften? Lag es an ihr, das Land vor diesem Gesindel zu bewahren? War es überhaupt ihre Aufgabe, die Welt, die Wahl und all die Wirrköpfe zu retten?

Sie warf die Zigarette in eine Pfütze und zündete sich eine neue an.

»Probleme?«, rief Kerner durch einen Fensterspalt aus dem Auto.

»Mehr als das.«

Auf seinen ungeduldigen Blick reagierte sie nicht.

Vom Ende her denken, überlegte sie. Wird sie bereuen, nicht gehandelt zu haben?

»Ich habe es wenigstens versucht«, hörte sie sich röchelnd sagen, blutüberströmt in einem dunklen Hauseingang in einer Pfütze liegend und in Basils zitternden Armen sterbend.

Dramaqueen, sagte sie sich, schnippte die Zigarette in den Regen und spurtete zum Auto.

»Was ist los?«, fragte Kerner ungeduldig.

Sie blickte ihn an. »Hast du außer Tauchen noch ein anderes Hobby?«

»Wie bitte?«

»Ich meine eines, das dir in einsamen Nächten im Knast hilft, deine Entscheidung zu bereuen.«

»Hä? Welche Entscheidung?«

»Auf Berg und nicht auf unsere Auftraggeber zu hören.«

Ein Bus fuhr vorbei und klatschte einen Schwall Wasser gegen ihr Auto. Kerner starrte sie regungslos an. »Und wofür? Für deine Karriere?«

Landers lachte. »Keine Bange. Ich sitze dann im Frauentrakt. Vielleicht können wir uns durch die vergitterten Fenster zuwinken.«

Es dauert einen Moment, ehe Kerner lächelte.

»Schöne Vorstellung.«

»Besser als die Alternative.«

Kerner zog die Augenbrauchen hoch. »Gibt es die?«

Sie zuckte mit den Schultern. »Weißt du, Alternativen gibt es immer.«

44

»Auf was warten wir?« Kerner rutschte nervös auf dem Beifahrersitz rum.

»Weiß nicht.« Sie warf die Zigarette durch den Fensterspalt raus. Schon die dritte, seit sie vor dem Haus neben einer Schule parkten.

»Sollen wir klingeln?«

Sie schüttelte den Kopf. »Warte.« Auf was, wusste sie nicht. Eine Eingebung, besseres Wetter, eine andernorts getroffene Entscheidung oder Erkenntnis. Sie griff nach der nächsten Zigarette und wollte sie gerade anzünden, als Kerner ihren Arm festhielt.

»An der Kreuzung«, flüsterte er und deutete mit dem Daumen nach hinten. Im Außenspiegel sah sie einen Mann mit Regenjacke, der sich die Schuhe zuband.

»Was ist mit dem?«

»Wann hast du das letzte Mal einen Mann mit Einkaufstüte im Regen seine Schuhe zuschnüren gesehen?«

Sie schaltete den Heckscheibenwischer ein und drehte den Innenspiegel passend. Der Mann im Regen erhob sich langsam, blieb jedoch stehen. Das Alter konnte sie erst einschätzen, als er sich blitzschnell umdrehte und mit schnellen Schritten in einer Seitenstraße verschwand.

»Ich glaube, du hast recht«, rief sie, knallte den ersten Gang rein und wendete mit durchdrehenden Reifen in der Hofeinfahrt der Schule. An der Kreuzung bog sie links ab und stieß beinahe mit einem entgegenkommenden blauen Ford zusammen. Sie wich hektisch aus und schaltete in den dritten Gang. Einige Häuser weiter lief der Mann, drehte sich in diesem Moment zu ihnen um, warf die Einkaufstüte fort und sprintete weiter. Landers raste die regennasse Straße entlang und holte ihn nach wenigen Sekunden ein, doch parkende Fahrzeuge versperren den Weg. Da, eine Hofeinfahrt. Mit der Handbremse stellte sie den Wagen quer und blockierte den Gehweg.

»Jetzt du!«, brüllte sie. Kerner sprang aus dem Wagen. Der Mann stoppte und rannte wieder zurück. Landers stieß den Wagen rückwärts aus der Einfahrt, raste mit aufheulendem Motor und durchdrehenden Rädern die Straße wieder hoch und hatte die beiden Männer wieder eingeholt. Kurz vor der Kreuzung bremste sie in einen Sperrmüllhaufen aus alten Schränken und Matratzen. Es krachte, zersplitterte Holzbrocken flogen hoch, der Staub des ausgelösten Airbags versperrte kurz die Sicht. Sie löste den Gurt und sprang aus der Tür, der Flüchtende setzte gerade zu einem Sprung über die Motorhaube an. Mit einem Satz warf sie sich dem Mann entgegen, ihre Schulter krachte gegen seine Rippen. Beide knallten auf eine klatschnasse Matratze inmitten der Trümmer des Müllhaufens. Sie erwischte einen Arm und drehte ihn mit aller Gewalt auf den Rücken. Der Schmerzensschrei klang echt. Kerner kam keuchend angerannt und zog seine Waffe.

»Hallo Farim«, sagte Kerner atemlos. Landers zog mit einer Hand die Handschellen vom Gürtel, klemmte sie an den einen Arm und riss unter Farims zappelnden Körper den anderen Arm hervor. Kerner drückte den Pistolenlauf auf Farims Hinterkopf. Schlagartig wich alle Energie aus dem drahtigen Körper. Landers drehte sich langsam von dem reglosen Körper runter, stand auf und wischte sich ihre nassen Haare aus dem Gesicht.

»Umdrehen!«, befahl sie. Kerner zog den Pistolenlauf weg und trat einen Schritt zurück.

Dann sah sie sein Gesicht. Das Foto war geschmeichelt, er war älter geworden. Ringe unter den zitternden Augen, von den kurzen dunklen Haaren lief der Regen in dicken Strähnen über seine Stirn.

»Farim Sassi, wir hätten da ein paar Fragen«, sagte sie und beobachtete seine Reaktion.

Farim lag auf dem Rücken inmitten des Müllhaufens, der Schmerz des Sturzes und der kneifenden Handschellen in seinem Gesicht.

»Wer zur Hölle seid ihr und was wollt ihr?«, presste er hervor.

Landers beugte sich zu ihm hinunter. »Keine Zeit fürs Vorspiel. Ich will wissen, wer dich bezahlt hat.«

Er riss die Augen auf, dann drehte er den Kopf zur Seite und schrie: »Bullen! Nazi-Schlampe! Rassisten!«

Mit einer schnellen Handbewegung zog Landers ihre Waffe und drückte sie Farim an den Hals.

»Ich kann dich auch abknallen, ohne Rassist zu sein!«, zischte sie ihm ins Ohr. »Bei zwei Dutzend Toten auf deinem Konto bin ich morgen die Heldin und du hast begriffen, dass das mit den Jungfrauen ein Gerücht ist! «

Kerner zupfte an ihrer Jacke, sie reagierte nicht und beugte sich noch weiter zu Farim, bis keine Hand mehr zwischen ihrem Gesicht und seinem Ohr passte.

»Wer hat dich bezahlt?«, flüsterte sie. »Sag es jetzt oder du wirst für immer schweigen.«

Farim drehte langsam den Kopf und blickte ihr in die Augen. Sie roch seine Angst.

»Die bringen mich um«, wimmerte er.

»Wer, verdammt! Wer? Der IS?«

»Die auch.«

Landers erhöhte den Druck der Waffe. Farim röchelte und schnappte nach Luft.

»Wer noch?«, wiederholte sie.

Seine dunklen Augen zuckten hektisch hin und her.

Kerner zog wieder an ihrer Jacke. »Komm schon, Elena, wir haben ihn. Das sollen die anderen machen.«

Sie wischte seine Hand wie eine Fliege weg und starrte in Farims Augen.

»Wer noch?«

Farims Blick wurde auf einmal ruhig, er starrte sie unbewegt an.

»Deutsche«, wisperte er.

»Was hat er gesagt?«, rief Kerner. Landers fragte sich das auch.

»Deutsche?«, wiederholte sie.

Farim nickte.

»Namen!«

Farim verstummte, seine Augen suchten an ihr vorbei den Blick zu Kerner, oder den Himmel, oder Erlösung.

»Lass es«, sagte Kerner erneut.

Landers steckte die Waffe in das Holster und kniete sich neben Farim auf die verdreckte Matratze. Die Nässe zog in ihre Knie.

»Namen. Sag es. Nur so hast du eine Chance!«

»So ein Typ von ...«, sagte Farim, der Rest wurde von einem aufheulenden Motor zerstückelt. Ein dunkler Transporter raste durch den Regen heran. Landers sprang auf, zog Farim an der Jacke hoch und zerrte ihn in einen Hauseingang. Drei maskierte Männer sprangen aus dem bremsenden Transporter, die ersten Schüsse knallten durch die Straße.

Kerner warf sich hinter ihren VW Passat und brüllte: »Polizei! Waffen fallen lassen!« Landers drückte sich und Farim in den Hauseingang und schlug blind auf die Klingeln ein. Weitere Schüsse, die Kugeln schlugen dumpf in die Bleche der parkenden Fahrzeuge. Kerner sprang hoch, schoss drei Mal, »Peng, peng, peng!«. Als er sich wieder duckte, wurde er von einer Kugel getroffen. Er schrie auf, fiel hinter den Wagen, die Waffe rutschte ihm aus der Hand.

»Scheiße!«, schrie er verzweifelt.

Farim brüllte Unverständliches, weitere Projektile schlugen auf Kopfhöhe in die Hauswand, doch die Haustür blieb geschlossen.

Landers bückte sich und hechtete mit einem Sprung aus dem Hauseingang zu Kerner. Im Sprung spürte sie den Einschlag im linken Oberschenkel. Sie landete hart neben Kerner, aus dem

Loch in der nassen Jeans strömte ihr Blut. Nicht die Arterie, fluchte sie, griff nach Kerners Waffe und schaute ihn an.

»Alles ok?«

Kerner blickte auf seine linke Schulter, der Regen verschmierte sein Blut auf dem bunten Hemd.

»Weiß nicht«, presste er hervor.

Sie drückte ihm seine Waffe in die Hand. »Gib mir Deckung!«

Kerner robbte an das Heck des Kombis und feuerte auf die Windschutzscheibe des Transporters. Landers zog sich am Türgriff ihres Wagens hoch, stellte sich auf das rechte Bein und linste über das Autodach.

Zwei Angreifer verschanzten sich hinter parkenden Fahrzeugen, ein dritter stand in der offenen Seitentür des Transporters und feuerte mehrmals auf den Hauseingang, in dem Farim wimmernd kauerte.

»Fahr vor!«, schrie der Schütze den Fahrer an, der sich unter Kerners Schüssen hinter das Lenkrad duckte. Blind ließ der Fahrer den Transporter einige Meter vorrollen. Kerner schoss auf die Reifen, mit einem lauten »PAFF« platzte der rechte Vorderreifen. Landers zielte auf den Schützen in der offenen Seitentür, getroffen fiel er in den Innenraum des Wagens.

Ein Schrei von links. Farim brach, von einem Schuss getroffen, im Hauseingang zusammen. Landers duckte sich und kroch zur Motorhaube des Wagens. Die beiden anderen Schützen sprangen hinter einem alten Golf hervor und feuerten weitere Schüsse auf Farim ab. Die Sturzbäche auf dem Gehsteig verfärbten sich rot.

»Abhauen!«, rief einer der Männer. Landers zog sich an der Motorhaube hoch und erwischte einen der Killer mit einem Schuss, als sie in den Transporter sprangen. Er fiel halb in den Wagen, der andere zog ihn an den Armen hinein und tauchte mit einer Waffe in der Hand wieder auf. Der Fahrer gab Gas und raste auf sie zu. Sie konnte noch zwei Schüsse auf die Windschutzscheibe abgeben, dann krachte der Transporter mit Schwung in den Passat, hinter dem sie und Kerner sich verschanzten. Sie wurde rückwärts gegen ein anderes Fahrzeug geschleudert, der stechende Schmerz gebrochener Rippen vermischte sich mit dem Brennen einer Schusswunde aus Schulternähe.

Kerner lag eingequetscht halb unter dem Wagen. Sägendes Getriebeknirschen eines rabiat eingelegten Rückwärtsganges. Dann jagte schemenhaft ein schwarzer Schatten vorbei, ehe es gänzlich dunkel wurde.

45

Jetzt war es also soweit. Seine Frau würde ihm den Kopf abreißen. Naja, nicht so richtig physisch, dafür war sie viel zu friedliebend. Aber selbst der friedlichste, gutmütigste und verständnisvollste Mensch, besonders wenn es die eigene Frau war, erreicht den einen Punkt, an dem die Urwut ausbricht, die in jedem Lebewesen steckt: Wenn die Existenz gefährdet ist.

Jetzt hatte er nur noch einen Joker im Ärmel. Oder vielmehr in Duisburg. Landers. Sie wusste nun alles, sie musste diesen Farim finden, sie musste ... Wenn nicht, dann ...

Berg seufzte und startete den BMW. Langsam fuhr er aus dem Innenhofparkplatz des Polizeipräsidiums und begann, Argumente für das Gespräch mit seiner Frau zurecht zu legen. Wie lange die Untersuchung der Staatsanwaltschaft dauern könne. Und was das für die Pension bedeuten werde. Er würde beschwichtigen, nein, nein, alles im Griff, das habe er ja schon ein paar Mal erlebt, seiner Pension stünde nichts im Wege und der lange geplanten Kreuzfahrt auch nichts. Und dem Umbau der Terrasse. Und, und, und ...

Als erstes würde sie ihn fragen, warum er überhaupt so früh zuhause sei. »Beurlaubt« hörte sich eigentlich schön an, aber die Bedeutung würde ihr klar sein, und »Überstunden abfeiern« sie ihm nicht glauben.

Vielleicht, überlegte er, als er die Autobahn erreichte, könnte die Wahrheit auch in diesem Fall hilfreich sein. Wenn er ihr das Verhör so wiedergeben könnte, wie es stattgefunden hatte, würde sie Verständnis haben. Oder sogar trösten. Oder doch der Kopf ...?

Es war keine Überraschung, dass seine Frau die Tür öffnete, kaum dass er den Wagen vor dem Haus geparkt hatte.

»Ist etwas passiert?«, fragte sie sichtbar besorgt. Er zuckte stumm mit den Schultern, ging an ihr vorbei durch die Haustür, hängte seinen Mantel an der Garderobe auf und goss an der Hausbar einen Kirschschnaps in ein Whiskyglas.

Seine Frau saß bereits auf dem Sofa und klopfte neben sich auf die Sitzfläche. »Setzen. Erzähl!«

Und so begann er von der Vernehmung dieses Deppen zu berichten. Den er am Abend zuvor festgenommen und eine Nacht in Untersuchungshaft hatte schmoren lassen. Jaja, gestern Abend hatte er das nicht erzählt, schien nicht so wichtig. Heute früh war der Anwalt dieses rechten Lümmels im Präsidium aufgetaucht. Das breite Grinsen von Hügel, als er von einem Beamten ins Vernehmungszimmer geleitet wurde, die geradezu freundschaftliche Begrüßung mit dem Anwalt, das hatte seinen Ärger anschwellen lassen. Während er dann, ganz protokollgemäß, die Beschuldigungen vorgetragen hatte, hatte der Anwalt den Kopf geschüttelt, so wie ein gütiger Pfaffe, wenn ein kleiner Rotzlöffel in der Konfirmationsgruppe ein Furzkissen auf den Stuhl des Nachbarn gelegt hatte.

»Nicht lustig«, befand seine Frau. »Wann lernst du endlich, die Überheblichkeit der Anwälte zu ignorieren?«

Berg seufzte. »Wann stellst du mal andere Fragen als Karl?« Er stand auf und schenkte nach.

Der Anwalt hatte ihn beschuldigt, fuhr er fort, politisch motiviert zu agieren. Er hatte das natürlich abgestritten, hier ging es nur um die Vortäuschung einer Straftat und eine Falschaussage, doch der Anwalt hatte ihn erneut unterbrochen. Wie er überhaupt dazu gekommen sei, eine politische Versammlung zu stören, Versammlungsfreiheit genieße doch einen hohen Schutz, eine Einvernahme des Herrn Mandanten Hügel hätte zu jedem anderen Zeitpunkt stattfinden können. Ganz offensichtlich sei dieses ganze Schauspiel ein abgekartetes gewesen, direkt nachdem dieser verwirrte junge Herr Eidmann fragwürdige Videos gezeigt hätte, die wohl irgendwas beweisen sollten, aber auf keinen Fall die genannten Anschuldigungen. Weder Fluchtgefahr noch Gefahrenabwehr könne der Herr Hauptkommissar geltend machen, vielmehr sei diese Farce politisch oder emotional motiviert gewesen.

»Und, hat er recht, dieser Anwalt?«, unterbrach ihn seine Frau.

Berg trank einen Schluck Schnaps, verdrehte die Augen und keuchte.

»Und weiter?«, fragte sie.

Nun, er hatte erstmal nicht auf die Vorwürfe dieses Schmierlappens reagiert, sondern den Deppen gefragt, ob er Stellung nehmen wollte. Geantwortet hatte wieder der Anwalt.

»Haltlos«, sagte Berg. »Dieses Arschloch meinte, die Anschuldigungen seien haltlos und meine Maßnahme überzogen, und ...« Er zögerte.

»Und?« hakte seine Frau nach.

Berg stöhnte. »Dieser Schmierlappen hat eine Anklage auf Rechtsbeugung bei der Staatsanwaltschaft eingereicht.«

»Bist du bescheuert?«, rief seine Frau und sprang auf.

Berg wedelte mit den Armen. Er hatte doch sofort die Begründung geliefert, Paragraph 33 Allgemeines Sicherheits- und Ordnungsgesetz, zwangsweise Durchsetzung der Vorladung. Aber der Anwalt war in schallendes Gelächter ausgebrochen.

Seine Frau kam in Fahrt. »Rechtsbeugung? Weißt du, was das bedeuten kann? Wie oft hab ich dir gesagt ...«

Er unterbrach sie. »Jaja, ich weiß. Kann sein, dass ich etwas pampig auf diesen Anwalt reagiert und meine Wut nicht ganz sauber formuliert habe.«

Sie seufzte. »Dafür steck ich dir doch immer den Wutball in die Manteltasche.«

Berg zuckte mit den Schultern. »Der Mantel hing in meinem Büro.«

Jedenfalls war dieser Anwalt weiter auf der Art der Festnahme rumgeritten. Wenn die Beweismittel oder vielmehr die Requisiten für diese Farce, ja, das waren seine Worte, schon zeitig vor der Show bekannt gewesen seien – und dem Anschein nach sei dem so gewesen –, dann hätte es beliebig viele andere Gelegenheiten für die Festnahme gegeben. Einen verfahrenstechnischen Grund könne er nicht erkennen, Herr Hügel sei nicht flüchtig gewesen. Warum also dort im Kreise seiner Parteifreunde? Und warum habe der Herr Hauptkommissar so offensichtlich mit Parteiverrätern unter einer Decke gesteckt? Oder sei dieser Eidmann gar im Auftrag der Polizei dort gewesen? V-Mann oder so? Ob er wüsste, welche Rahmenbedingungen für Unterwanderung von politischen Parteien erfüllt sein müssten?

»Sag mal, warst du tatsächlich so bescheuert und hast diesen Eidmann dorthin geschickt?«

»Naja, nicht direkt geschickt, aber wir waren verabredet für diesen Abend in dieser Gaststätte.«

»Was hat denn dieser Eidmann aufgedeckt?«

Berg seufzte. Diesen ungeheuerlichen Verdacht konnte und wollte und durfte er nicht äußern.

Seine Frau lächelte säuerlich. »Schon klar. Immer wenn es spannend wird oder dir nicht genehm, ist es geheim.«

Berg lehnte sich zurück. Die Welt, murmelte er und trank das Glas leer, drehe sich gerade in die falsche Richtung. Solche Menschen wie dieser Hügel von den Oberdeppen übernähmen geradezu staatsstreichartig unsere Gesellschaft und jeder, der sich den verbalen Panzern in den Weg stelle, würde einfach überrollt. Diese Leute – und da meine er nicht nur die selbstsüchtigen Parteischmarotzer, sondern alle, die in diesem Hinterzimmer saßen, gesessen haben, sitzen werden oder gerne dazu gehören wollen – alle diese Leute schlügen der Gesellschaft, in der sie überhaupt erst sprechen gelernt haben, mit einer solchen Verachtung in die Fresse, als seien sie ihr Leben lang geknechtet, ausgebeutet, belogen, bestohlen und betrogen worden. Dabei ginge es ihnen hier so gut wie in keinem anderen Land der Welt. Rufen nach einer starken Hand, aber seien zu feige dorthin zu gehen, wo es so läuft, wie sie es gerne hätten. Die Auswahl sei doch groß, rief. Berg. Nach Osten, nah und fern, nach Westen, nah und fern, überall gebe es doch genug echte und verkappte Diktatoren, Dummschwätzer und Höhlenmenschen, können sie sich doch aussuchen!

»Hör auf!«, unterbrach ihn seine Frau. »Jetzt red dich nicht raus. Außerdem geht es nicht allen hier gut.«

»Jaja«, ätzte Berg zurück, »aber denen, die dort im Hinterzimmer sitzen, denen geht es gut. Da saß kein einziger Hartzer oder sonst vom Leben gebeutelter Mensch, alles satte, aber leider völlig wertlose Mitglieder unserer Gesellschaft. Unternehmer, Rentner, junge Leute mit Job oder Studienplatz, solche Leute hocken da.«

»Woher weißt du das so genau?«

Berg musste zugeben, dass er die Verhaftung recht gründlich mit dem Herrn Eidmann geplant und von ihm und diesem Polizeischüler aus Friedberg sehr ausführliche Hintergrundinformationen erhalten hatte. Mitglieder, Mitläufer, Treffpunkte, alles halt. Und ja, sie hatten Hügel, beziehungsweise einen seiner hohlköpfigen Türsteher in diese Videofalle tappen lassen.

»Oha«, sagte seine Frau.

»Pfff«, machte Berg. Polizeiarbeit, sonst nix.

»Und?«

Hügel hatte während der Vernehmung kein einziges Wort gesagt, nur dieser Anwalt. Dass es ja keine Beweise für die Beauftragung dieses Einbrechers gebe, außer der fragwürdigen Erklärung eines fragwürdigen Parteimitglieds, von dem noch nicht abschließend geklärt sei, ob er nun im Auftrag der Sicherheitsbehörden gearbeitet habe – und also seine Aussage möglicherweise nicht gerichtsverwertbar sei – oder ob er aus Rache oder sonstigen niederen Motiven gehandelt habe. Dann wäre seine Aussage ebenso zumindest nicht übertrieben glaubwürdig.

Aber die Säge, hatte er dann dem Anwalt erklärt und den Klarsichtbeutel mit dem Beweisstück hervorgeholt, sei eindeutig

Hügels Säge, seine Fingerabdrücke seien darauf gefunden worden. Der Anwalt hatte wortlos eine Kopie einer Anzeige hervorgeholt. Hügel hatte Tage zuvor auf der Polizeiwache in Frankfurt-Ost gemeldet, dass sein Auto aufgebrochen und unter anderem ein kompletter Werkzeugkoffer gestohlen wurde. Dieser Windhund Hügel hatte sich wirklich gründlich vorbereitet. Als er dann dem Anwalt den Laborbericht mit dem Nachweis zeigte, dass an der Säge die gleichen Metallspäne zu finden waren wie am Unfallfahrzeug von Friedrich Keller, hatte der Anwalt wieder nur breit gegrinst. Das Unfallfahrzeug habe ja wenigstens eine Nacht und einen Tag mehr oder weniger unbewacht auf einem Parkplatz in Friedberg gestanden, da hätte sich ja jeder ein paar Späne holen und an die Säge kleben können. Wenn das die Beweiskette des Herrn Hauptkommissars sei, dann würde er doch vorschlagen, dass Herr Hauptkommissar mal einen Lehrgang an der Polizeischule in Hamburg besuchen möge, die sei besser als die in Wiesbaden.

Und dann war es halt passiert.

»Was genau?«, fragte sie.

Tja, was genau. Wie sollte er seiner Frau erklären, dass er aufgesprungen war und dem Deppen eine gescheuert und ihn angebrüllt hatte, er möge endlich sein Maul aufmachen und gestehen. Wie die Tür zum Verhörraum aufgerissen wurde und ein uniformierter Beamter ihn hinausgezogen hatte. Wie keine zehn Minuten später Karl angerufen und ihn umgehend beurlaubt hatte, auch ohne, dass er sein Wochenende zu unterbrechen und einen entsprechenden Antrag auszufüllen gedenke.

Berg überlegte, wie er all das in harmlose Worte kleiden sollte, als sein Handy draußen im Mantel klingelte. Er sprang auf. Unbekannte Nummer. Wer zur Hölle rief um diese Uhrzeit an?

Sechzig Sekunden später jagte er den BMW mit durchdrehenden Reifen an der Hinterachse und einem knappen Promille Kirschschnaps im Kopf aus der Ausfahrt in die hereinbrechende Nacht.

46

Drogen sind eine geile Sache. Der Kopf riesengroß und leer, der Körper schwebt, nur ein Rauschen vom Blut im Ohr, oder doch eine Meeresbrandung? Bilder aus Träumen und Erinnerungen vor den Augen, bunt und lustig. Sie wollte nach ihnen greifen, doch irgendwas war komisch. Der Arm bewegte sich nicht. Jetzt merkte sie, dass ihre Augen geschlossen waren. Dann eben nicht. Weiter Bilder schauen, Kinozeit.

»Elena!«, rief jemand in den Film hinein. Ihr fiel auf, dass tatsächlich die Tonspur fehlte.

Eine andere Stimme. Heller, freundlicher, fragend und nicht fordernd.

»Frau Landers?«

Die bunten Bilder verschwammen, verblassten, helle Punkte tanzten vor ihr.

»Schnauze«, krächzte sie.

Eine Hand berührte sie am Arm, erst jetzt spürte sie ihren Körper. Er lag schwer und unbeweglich, alle Leichtigkeit dahin. Die Wirkung ließ nach.

»Mehr von dem Zeug«, murmelte sie.

»Frau Landers, hier ist jemand, der sie sprechen möchte«, sagte die nette Stimme. So höflich, rücksichtsvoll, geradezu charmant. Hoffentlich sieht er auch genauso gut aus. Langsam öffnete sie die Augen. Ein weißer Kittel, dezent von einer Lampe irgendwo links von ihr beleuchtet, oben schaute ein braungebranntes Gesicht mit Dreitagebart heraus, unter dunklen Haaren gütig blickende Augen.

»Wir haben die Dosierung etwas heruntergefahren«, sagte der weiße Kittel. Hinter ihm erschienen die bekannten grauen wirren

Haare und dieser zerknitterte Mantel. Selbst im Sommer. Konnte ihm seine Frau nicht mal ein gescheites Jackett kaufen?

»Scheiße«, ächzte sie und schloss wieder die Augen.

»Gleichfalls erfreut, dich zu sehen«, antwortete Berg. Sanft, fast einfühlsam hörte sich seine Stimme an.

»Was ist mit Kerner?«, fragte sie leise.

Der Arzt berichtete knapp: »Hatte ebenfalls Glück. Durchschuss am Schlüsselbein, Quetschungen, leichtes Schädel-Hirn-Trauma.«

Glück?

Sie öffnete die Augen. »Und was für ein Glück habe ich?«

Der Arzt lächelte zaghaft. »Durchschuss am Oberschenkel, die andere Kugel in der Schulter mussten wir eine Weile zusammensuchen, Teilmantelgeschoss eben. Aber sie sind ja Rechtshänderin. Rippenfrakturen, Pneumothorax, Platzwunde am Hinterkopf, ziemlicher Blutverlust. Mit Bluttransfusion und Elektrolytkonzentrat konnten wir das nachfüllen. In den nächsten Tagen wird noch eine schwere Erkältung dazukommen, so klatschnass wie sie waren.«

Sollte das witzig sein? Mühsam ging ihr Blick zum rechten Arm und erfasste einen Schlauch in der Armbeuge. Vorsichtig hob sie die Hand, drehte sie ein wenig und ließ sie wieder aufs Bett fallen. Dann blickte sie zu Berg.

»Ich habe es versucht.«

Er lächelte. »Ja, sehe ich.«

»Wo kommst du überhaupt her?« Das Sprechen strengte sehr an.

»Krieger hat mich angerufen. Nachdem das SEK euch gefunden hat.«

»Und die anderen?«

Berg schüttelte den Kopf. »Das SEK war ein paar Minuten zu spät.«

»Farim?«

Wieder schüttelte Berg den Kopf. »Keine Chance.«

Stöhnend schloss sie die Augen. »Habs verbockt«, flüsterte sie.

»Farim hatte nie eine Chance«, sagte Berg.

»Bitte. Frau Landers braucht Ruhe«, unterbrach der Arzt.

Sie öffnete die Augen. »Kann ich kurz allein mit meinem Chef sprechen?«

Der Arzt runzelte seine dichten Augenbrauen, tat so, als müsse er überlegen, dann sagte er: »Fünf Minuten.« Er drehte sich zu Berg, wiederholte »Fünf! Minuten!« und verließ das Zimmer.

Berg setzte sich auf die Bettkante. »Was machst du für einen Scheiß?«

»Meinen Job. Nein. Deinen Job.«

»Sorry. Konnte nicht ahnen, dass sowas passiert.« Berg senkte die Augen. »Mach ich nie wieder.«

Sie stöhnte. »Und wer von uns beiden glaubt das?«

Er blickte sie wieder an. Wie kann so ein Kerl wie ein Robbenbaby schauen, dachte sie und lächelte.

»Was ist lustig?«, wollte er wissen.

»Schon ok.« Sie versuchte wieder, den rechten Arm zu heben. Diesmal schaffte sie einen halben Meter, aber bis zum juckenden Hinterkopf reichte es nicht.

»Was ist passiert?«, fragte Berg.

»Wir hatten diesen Farim. In Handschellen. Da taucht ein Transporter auf und drei Kerle schießen auf uns.«

»Hast du ein paar erwischt?«

»Den einen oder anderen. Sind die irgendwo aufgetaucht?«

»Keine Ahnung. Den Transporter haben sie zwei Straßen weiter brennend gefunden. Ist noch in der Technik, aber ich glaube nicht, dass die was finden.«

Jetzt schaffte sie es mit der Hand bis an die Stirn. Dort juckte es zwar nicht, sie kratzte sich aber trotzdem. »Waren das diese patriotischen Vollidioten?«

»Vielleicht«, antwortete Berg. »Zumindest waren sie gut informiert und zielstrebig, oder?«

Sie nickte. »Solide Bewaffnung. Ich schätze, Glocks mit Doppelmagazin, gefühlt 9 Millimeter.«

Lächelnd tätschelte Berg ihre Hand. »Gib nicht so an. Aber ja. Aus Farim haben sie ein halbes Dutzend 9 Millimeter Projektile entfernt.«

»Scheiße. Habs versaut.«

»Hat Farim noch irgendwas gesagt?«

»Deutsche. Er hat gesagt, die Auftraggeber seien Deutsche gewesen.«

»Mehr nicht?«

Stöhnend schüttelte sie den Kopf und ließ den Arm wieder auf das Bett sinken. »Sag dem Arzt, der soll die Dosis wieder hochfahren. Mir tut alles weh.«

»Gleich. Heißt das, wir haben nichts? Keinen Beweis?«

Sie runzelte die Stirn. »Was ist mit der Wohnung? War das SEK dort? Da muss es doch Hinweise geben?«

Berg zuckte mit den Schultern. »Wie ich von Krieger erfahren habe, war die Wohnung leer. Eine Matratze, ein paar leere Wasserflaschen, sonst nichts.«

Hä? Leer?

»Und wo ist das Geld?«

»Welches Geld?«, fragte Berg erstaunt zurück.

Mit der rechten Hand fingerte sie blind am Bettrand, bis sie die Fernbedienung fand. Surrend erhob sich das Kopfteil. Sie blickte sich im Zimmer um. Einzelzimmer, Fernseher an der Decke, grüne Wände, links auf dem Nachttisch eine Leselampe, die das Zimmer in ein angenehmes Licht tauchte. Hinter den Vorhängen war es dunkel. »Wo sind meine Sachen?«

Berg ging an den schmalen Schrank neben der Toilettentür und holte eine Tüte heraus. »Hier«, sagte er.

»Mein Portemonnaie.«

Er stöberte in der Tüte und holte ein dunkelgrünes großes Ledertäschchen heraus. »Das hier?«

Sie nickte.

»Was ist damit?«

»In einer der Fächer ist ein Hundert-Euro-Schein. Nicht anfassen.«

Berg stutzte, blätterte durch die Fächer und nickte.

»Gefunden. Was ist mit dem?«

»Da sind Farims Fingerabdrücke drauf. Und wahrscheinlich, oder vielleicht, auch die der Auftraggeber.« Sie erzählte in kurzen Sätzen, wie sie an den Geldschein kam, und dass sie vermutete, Farim habe den Schein nicht aus einem Geldautomat, sondern aus einer Tasche mit noch viel mehr solcher Scheine. Diese Tasche muss in seiner Wohnung gewesen sein.

Berg setzte sich wieder auf die Bettkante. »Wow. Daran haben die Jungs, die Farims Wohnung gesäubert haben, natürlich nicht gedacht. Ich schau mal, was die KTU damit anfangen kann.«

Sie versuchte sich erneut am Hinterkopf zu kratzen, kam mit dem Arm wieder nur bis zur Stirn. Mit einigen Kopfbewegungen scharrte sie am Kopfkissen. »Scheiße, juckt das. Hat Kriegers Chef uns verraten?«

»Wäre plausibel. Wie lange hat es gedauert, nachdem du die Adresse gemeldet hast?«

»Drei Zigaretten. Vielleicht eine halbe Stunde.«

Berg streichelte sanft ihre rechte Hand. »Auf was hast du gewartet?«

»Wenn ich das jetzt noch wüsste. Ich war mir halt unsicher.«

»Aber du hast es versucht.«

Wieder stöhnte sie. Der Schmerz war nicht zu lokalisieren, zog wie ein gigantischer Muskelkater durch den gesamten Körper. Im Kopf übte ein Heavy Metal-Schlagzeuger. Die Stille eines nächtlichen Krankenhauses fuhr durchs Zimmer.

»Das war mal wieder echt knapp«, sagte Berg.

Sie schloss die Augen. »Scheiße knapp.«

Gemeinsam dachten sie an die Schießerei in Cali und dankten stumm irgendwem, überlebt zu haben.

Landers schaute auf Bergs Hand, die noch immer ihre rechte hielt. »Wars das?«

Wortlos zuckte Berg mit den Schultern.

»Die können doch damit nicht durchkommen!«

Wieder nur schweigendes Schulterzucken bei Berg.

»Berg! Sonst immer der Harte, jetzt gibst du auf?«

Berg stöhnte. »Was soll ich machen. Bin suspendiert.«

»Bitte?«

Berg erzählte ihr von dem Verhör, wie er Hügel angegangen war und Karl ihn beurlaubt hatte.

»Ich fass es nicht«, ächzte Landers. »Der Attentäter und Zeuge tot, das Geld verschwunden und alle Spuren verwischt, die Hintermänner in besten Positionen und wir sind außer Gefecht.«

Irgendwo schlug dumpf eine Tür. Berg holte seufzend Luft.

»Elena, ich glaube, diesmal haben wir verloren.«

47

»Und danke nochmal, dass sie angerufen haben«, flötete Berg. »Keine Ursache. Wir sind ja immer noch Kollegen.«

Berg überlegte, ob Krieger irgendwie überheblich oder arrogant klang, aber der BKA-Mann schien ehrlich besorgt zu sein.

»So von Kollege zu Kollege«, säuselte Berg weiter, »können wir uns treffen und sie erzählen mir, wie das alles passieren konnte?« Er hoffte, dass durchs Telefon und die leicht abgehackte Verbindung auf der Autobahn seine schlechte Schauspielerei nicht enttarnt wurde.

Krieger schien zu überlegen, Berg hörte ihn nur atmen.

»Naja, jetzt bin ich eh schon wach. Trinken wir einen Kaffee an der Aral am Hauptbahnhof.«

Berg schaute auf das Navigationssystem. »Ok. Sollte in einer Stunde da sein.« Er beendete das Gespräch, drückte das Gaspedal weiter durch und jagte den BMW durch die sonntägliche Restnacht auf der dreispurigen A3 durch den Westerwald.

Kurz vor der Ausfahrt Eppstein zögerte er, ob er das letzte Stück Landstraße fahren sollte oder über die A66, und bremste dann doch in die Ausfahrt. Ein paar Meter mit offenem Fenster, die frische Morgenluft durch den Innenraum und sein Gehirn blasen lassen.

Den Wagen stellte er hinter der Tankstelle ab, umrundete das Gebäude, regte sich nicht über die leeren Flaschen und den Müll auf, den dieser zentrale Treffpunkt gerade an Wochenenden produzierte, und betrat den großen Verkaufsraum. Krieger lehnte an einem der Stehtische mit einem Pappbecher vor sich und sah ebenfalls müde aus. Sie nickten sich kurz zu, Berg ging an den

Verkaufsschalter und bestellte einen doppelten Espresso mit einem Hörnchen.

»Croissant meinen sie?«, fragte die blassgesichtige Verkäuferin. Nein, dachte er, Hörnchen. Croissants sind das eh nicht.

»Egal«, brummte er und wartete, bis der Kaffee vor ihm stand, zahlte und stellte sich zu Krieger.

»Moin«, sagte er und hob den Kaffeebecher.

»Sie sehen müde aus«, entgegnete Krieger.

Berg lachte auf und blickte zum Nachbartisch, an dem zwei junge Frauen in sehr kurzen Röcken gickelnd an einem Kaffee nippten. »Ist eine Weile her, dass ich eine Samstagnacht durchgemacht habe.«

Krieger nickte. »Große Scheiße, das alles. Wie geht es ihr?«

Klang nach echter Sorge.

»Sie wird wieder.«

»Ich hab ihr noch gesagt, sie soll warten und nichts machen.« Krieger wurde lauter. »Warum zum Teufel hat sie allein gehandelt?«

Berg registrierte den vorwurfsvollen Blick. »Tja, hat sie wohl von mir.« Er trank einen Schluck Kaffee. »Wow, für eine Tankstelle wirklich gut«, sagte er und blickte in den Becher.

»Hier treffen sich nicht nur Nachteulen zum Schnaps kaufen, sondern auch Leute mit Bedarf an Kaffee zur frühen Stunde«, sagte Krieger versöhnlich.

»Und für Sie ist der Job erledigt?«, wollte Berg wissen.

Krieger nickte. »Der Auftraggeber ist tot, heute Mittag gibt es eine Pressekonferenz, dann ist für uns Ende. Das mit dem Überfall auf ihre Kollegen ist Sache der örtlichen Polizei.«

Berg schaute ihm in die Augen. »Und irgendeine Idee, wer das gewesen sein soll?« War da ein leichtes Zucken in den Augenwinkeln? Ein betretenes Wegschauen?

»Was weiß ich. Bandenkrieg, vielleicht hat sich Farim noch mit anderen falschen Leuten eingelassen, dummer Zufall, keine Ahnung.« Krieger blickte in seinen Kaffee.

Zwei Bauarbeiter in roten Warnwesten kamen herein, bestellten Kaffee und unterhielten sich laut.

»Haste gehört? Der elende Terrorist ist tot.«, sagte der eine.

»Jetzt kann er ja seine siebzig Jungfrauen vögeln, das Arschloch.«, erwiderte der andere. Krieger und Berg schauten zu ihnen rüber.

Der jüngere griff nach dem Kaffee und der Bild-Zeitung. »Was ein Glück, dass wir in Polen vor diesen Islamisten geschützt sind. Die lassen erst keine rein.«

»Bei uns dürfen alle rein und machen was sie wollen«, behauptete der Ältere. »Aber das hamse nun davon. Scheiß Politiker. Die werden sich noch umschauen.« Sie zahlten, nahmen ihre Pappbecher, gingen raus und setzten sich in einen orangefarbenen Baustellenwagen.

Berg blickte Krieger an. »Wollen Sie das zulassen?«

Überrascht riss Krieger die Augen auf. »Was?«

»Na sowas«, sagte Berg und deutete mit dem Kopf nach draußen. »Dass die Leute aufgrund völlig falscher Informationen ihre Entscheidungen treffen.«

Irritiert schüttelte Krieger den Kopf. »Ich weiß nicht, was Sie meinen.«

Langsam beugte sich Berg vor und senkte die Stimme. »Sie wissen, was ich meine. Der Anschlag war nicht einfach nur ein islamistischer Anschlag. Er war beauftragt und bezahlt von diesen ›besseren Deutschen‹. Ihr Chef Joseph Feith gehört zu denen und hat die Adresse, die Landers ermittelt hat, an die Killer verraten!«

Krieger richtete sich auf, stützte die Arme am Tisch ab und blickte Berg lange an. Er räusperte sich, ehe er sagte: »Herr Berg, ich glaube sie sind übernächtigt. Solche Verdächtigungen schreibe ich ihrem physischen und psychischen Zustand zu und will sie sogleich vergessen.«

Berg seufzte. »Hatte nichts anderes erwartet.«

»Sie glauben das wirklich?«

Ohne zu zögern antwortete Berg: »Nein. Ich glaube nicht, ich weiß. Die Frage ist, was Sie wissen.«

Zögernd und mit zittriger Hand hob Krieger den Kaffeebecher. Nachdem er getrunken hatte, blickte er sich um und beugte sich zu Berg.

»Ich bin ein guter Polizist und ein schlechter Karrierist. Aber die Stelle, die bald frei wird, wird mein neuer Platz in der Hierarchie.«

Berg schloss die Augen, seufzte und dachte an seine Frau. Suspendiert war er schon, was konnte noch passieren? Er blickte Krieger an. »So billig sind sie? Für einen überdachten Parkplatz und ein Einzelbüro verraten Sie alles, was sie einst geschworen haben? Oder sind sie auch einer von denen?«

»Nein«, antwortete Krieger ansatzlos. Nach einer kurzen Pause fuhr er fort: »Und nein, ich wusste nicht, dass Joseph einer Partei angehört. Ist ja auch eigentlich egal.«

»Nicht, wenn sich daraus Interessenskonflikte ergeben.«

Krieger stöhnte. »Ist das ihr Ernst? Joseph soll irgendwelchen Killern den Standort ihrer Kollegin verraten haben?«

Berg nickte. »Zumindest Farims Adresse, um ihn auszuschalten und Beweise zu vernichten. Die sind dann wohl zufällig über Elena und Kerner gestolpert, als die gerade Farim erwischt hatten, und haben improvisiert.«

»Können Sie es beweisen?«

Berg lächelte, beugte sich ganz dicht vor Kriegers Gesicht und flüsterte: »Könnten Sie es?«

Krieger hielt seinem Blick stand, fünf Sekunden, zehn, dann richtete er sich auf und trank erneut einen Schluck Kaffee.

Berg biss in das Hörnchen. Trocken, sehr trocken. Das angebissene Stück Mehl in die Höhe haltend sagte er: »Ermitteln sie doch mal gegen sowas. Wenn sie nicht auch schon von der Bäckerinnung unterwandert sind.«

Krieger schüttelte den Kopf. »Das war nicht nett.«

»Sollte es auch nicht sein.«

»Ihr Verein in Frankfurt ist ja auch keine Konfirmandenschule, wie man hört. Wie war das damals mit dem Leiter der organisierten Kriminalität im Hinterhof zwischen einem Dutzend toter Mafiosi?«

Zack, das saß. »Remis. Ok?«

»So schnell? Ich glaube gehört zu haben, dass ihr Name damals in irgendeinem Zusammenhang gefallen ist.«

Berg biss erneut in den Mehlstaub und vermischte ihn mit einem Schluck mittlerweile erkaltetem Kaffee. »Und wer macht bei euch den Dreck weg?«

Krieger verdrehte die Augen, hob zitternd die Arme, stotterte »Cleaning! Woman!« und fing an zu lachen. Berg prustete Krümel aus und verschüttete etwas Kaffee.

»Ok«, sagte Krieger, nachdem er sich wieder beruhigt hatte. »Ich weiß was sie meinen, aber ich bin nicht der Richtige dafür.«

Berg packte ihn an der Schulter. »Wenn keiner etwas unternimmt, ändert sich nichts. Was werden sie später antworten, wenn sie jemand fragt ›Warum hast du nichts gemacht?‹«

»Das, was alle sagen werden: Ich wusste nichts. Was sollte ich denn schon ausrichten. Dachte, wird schon nicht so schlimm.« Kurz zuckte er, als Berg seine Hand erhob, wie um ihn zu schlagen, aber Berg hielt inne, ließ seine Hand auf Kriegers Schulter fallen und sagte: »Haben Sie ein Glück, dass Elena das nicht hört. Sonst wären ihre Weicheier jetzt Breieier.«

Krieger schaute ihn wortlos an, packte den leeren Kaffeebecher und verließ den Verkaufsraum. Ein Schwall sommerlicher Morgenluft wehte durch die geöffnete Schiebetür herein. Berg sah noch, wie Krieger den Pappbecher an einer Zapfsäule in einen Mülleimer warf und dann links Richtung Hauptbahnhof verschwand.

48

Der Anruf kam gegen Mittag. Das Telefon habe schon mehrmals geklingelt, sagte seine Frau, ein paar Mal sein Handy und dann das Festnetz. Da sei sie schließlich dran gegangen.

Berg zog die Bettdecke wieder hoch. »Mir egal, ich bin müde.«

»Es war Karl.«

»Das Arschloch kann mich«, murrte er und drehte sich um.

»Es ist dringend.«

»Jetzt nicht mehr.«

Sie rüttelte ihn sacht an der Schulter. »Komm schon. Er klang echt besorgt.«

Wütend fuhr er unter der Decke hervor und giftete: »Ach ja? Wegen Landers und Kerner? Oder weil sein potentieller Nachfolger die beiden auf dem Gewissen hat? Oder weil er mich rausgeworfen hat, obwohl ich recht hatte?«

»Frag ihn«, antwortete seine Frau, tätschelte seine Wange und erhob sich von der Bettkante. »Soll ich dir einen Kaffee machen?«, fragte sie über die Schulter, ehe sie das Schlafzimmer verließ.

Wie sich dann herausstellte, war der Polizeipräsident tatsächlich wegen dieser und noch weiterer Vorkommnisse sogar sehr besorgt. Ja, es täte ihm leid, ihn so ohne Anhörung suspendiert zu haben, aber er müsse halt verstehen, ja ok, dann eben nicht, jedenfalls sei die Situation ja sehr ernst und er bitte ihn, am Montag wieder zu erscheinen, um die weitere Vorgehensweise zu besprechen, ach komm, mach nicht die Diva, was Landers und Kerner passiert war, sei ja außerordentlich und seine Erkenntnisse ... Berg ließ sich nur ein bisschen bitten, Karl war zwar sein

Freund, aber eben auch der Polizeipräsident und den sollte man, Freundschaft hin oder her, nicht zu lange betteln lassen.

Seine Frau hatte in der Zwischenzeit ein hervorragendes Risotto bereitet, Berg schlug sich zwei volle Teller rein, trank dazu eine halbe Flasche Rotwein und sank danach auf dem Sofa nieder. Der Tatort war abgesagt, in der Sondersendung mühte sich der Moderator, möglichst emotionslos den Tod des Verantwortlichen für den größten islamistischen Anschlag in der Bundesrepublik zu verkünden. Er schaltete ständig irgendwelche Experten aus anderen Studios hinzu, spielte Stellungnahmen vermeintlich wichtiger und offensichtlich unwichtiger Politiker ein, die wortgleich den schwerverletzten aber heldenhaften Beamten ihre Genesungswünsche aussprachen und sich dafür bedankten, dass sie dieses abwechselnd scheußliche, barbarische oder unmenschliche Verbrechen aufgeklärt hatten.

Wann mal von menschlichen und kultivierten Verbrechen gesprochen würde, überlegte Berg.

Seine Frau hatte ihn jahrelang immer wieder gefragt, ob er sich nicht ein Hobby zulegen wolle, so wie alle langsam alt werdenden Männer. Zur Ablenkung, zur Entspannung, für später, meinte sie. Jedes Mal hatte er gedroht, eine Modelleisenbahn im Keller aufzubauen, damit konnte er diese Diskussion effizient beenden. Aber jetzt kam ihm die Idee, im Keller eine Holzwerkstatt einzurichten. Dort würde er stabile Galgen bauen, mit etwas handwerklichem Geschick vielleicht auch eine Guillotine, um all diese Lügner von der Unwürdigkeit ihrer Existenz und die Rechtschaffenen von ihnen zu befreien.

Aber wahrscheinlich hätte seine Frau auch mit diesem Hobby ein Problem.

49

Sie kamen in der spätsommerlichen Abenddämmerung ganz gelassen hinter einer Hausecke hervor, kurz bevor der kleine Weg zwischen den Häuserblocks an der Straße endet. Skimützen verdunkelten ihre Gesichter. Die Haut darunter, das sah Thomas sofort, war hell.

Marion blieb ruckartig stehen, ihr Griff an seiner Hand verstärkte sich. Fünf dunkle Gestalten, diesmal keine hellen Turnschuhe, drei von ihnen Baseballschläger schwingend.

»Na da schau«, sagte die Gestalt in der Mitte der Gruppe. »Der Verräter.« Es klang fast höflich, fragend.

Seit einer Woche hatte Thomas befürchtet, dass genau so etwas passieren würde, hatte mit Marion diskutiert, ob sie umziehen sollten, aber sie war nicht bereit nur wegen dieser »Deppen« ihr Leben aufzugeben oder auch nur zu ändern. »Wer weicht, schweigt und kuscht, bestärkt die doch nur«, war ihr Standardargument.

Marions Druck an seiner Hand ging ins Schmerzhafte.

Die Gruppe baute sich im Halbkreis vor ihnen auf, der Wortführer in der Mitte trat einen Schritt auf ihn zu. Einen halben Kopf kleiner als die anderen, aber den Baseballschläger locker in der rechten Hand schwingend.

»Was, jetzt keine flammende Rede?«, ätzte er.

Die Wut kroch in Thomas wieder hoch. Wut auf diesen billigen Reflex, sich mit Gewalt das holen zu wollen, das diesen Menschen im zivilisierten Umgang nicht möglich war oder schien. Weil sie zu dumm, zu unfähig, zu gierig, zu egoistisch waren.

Und doch wusste er, dass Gewalt ein zu verführerisches, weil erfolgreiches Mittel war. Doch weder den Flüchtlingen, die ihn zwei Monate zuvor ausrauben wollten, noch diesen Schlägerhirnen war bewusst, dass der Sieg ihrer Strategie nur kurzfristig war.

Aber nicht mit mir, dachte Thomas. Schnauze voll. Immer noch.

»Und ihr? Wenn euch die Worte fehlen, dann wird geprügelt?«, fuhr er den Anführer an.

Der Mann blickte auf seinen schwingenden Schläger hinab. »Wir wollen dir nur helfen, deine Gedanken wieder zurechtzurücken. Kleine Schläge auf den Hinterkopf können da helfen.«

»Was seid ihr nur für Feiglinge!«, rief auf einmal Marion. Noch ehe Thomas reagieren konnte, trat sie einen Schritt vor und schrie die Gruppe an: »Und, seid ihr so primitiv und schlagt auch Frauen?« Thomas zog sie am Arm, aber sie reagierte nicht.

Von der Gestalt ganz rechts kam mit Wut in der Stimme: »Nur, wenn sie sich mit Kamelfickern einlassen!«

»Ach, du hast ja nur Angst, dass sie die größeren Schwänze haben!«

»Du Nutte!«, schrie er und sprang mit erhobenem Schläger einen Schritt auf sie zu.

Thomas riss Marion mit Schwung zur Seite, sie stolperte ein paar Schritte hinter ihn, er sprang dem Angreifer mit den Armen vor dem Kopf entgegen. Den Schlag mit dem Baseballschläger ließ er mit einer leichten Seitwärtsdrehung knapp an sich vorbeisausen, dann griff er den Schläger mit beiden Händen und zerrte ihn mit einer schnellen Drehung dem Angreifer aus der Hand. Danach sprang er zwei Schritte zurück, stellte sich vor Marion und erhob die erbeutete Waffe.

»Oha«, sagte der Anführer, »jetzt können wir ja die Diskussion ausgeglichen fortführen.« Er nickte dem Mann zu seiner rechten zu, der seinen Schläger mit einem trockenen »Klonk« auf die Gehwegplatten fallen ließ, dann trat er noch einen Schritt vor. »Wie wärs? Ganz fair, Mann gegen Mann, gleiche Waffen?«

Marion zischte: »Lass es!«

Er wusste, dass er keine Chance hatte. Das eben war ein Reflex, nur durch Zufall gelungen, aber keine gute Idee.

Er ging leicht in die Knie und legte den Schläger vorsichtig auf den Boden.

»Du musst schon einen unbewaffneten Mann schlagen, wenn es nicht zu sehr an deiner Ehre kratzt«, sagte er und wunderte sich über seine ruhige Stimme. »Sofern du eine hast«, setzte er noch nach.

Etwas irritiert zögerte der Anführer. Der Baseballschläger schwang nicht mehr an seiner Hand. Er musste nachdenken, ehe er antwortete: »Hat ein Verräter eine Ehre?«

»Frag den Verräter doch mal, warum er Verrat geübt hat, bevor du über seine Ehre verhandelst.«

Wieder dauerte es mehrere Sekunden, ehe der Satz zerlegt, die einzelnen Aussagen und Fragen analysiert und eine passende Reaktion entwickelt werden konnte. Bevor es dazu kam, brüllte Thomas mit stechender Wut im Magen: »Du verblödeter Befehlsempfänger! Kannst auch nur unbewaffnete Menschen mit Knüppeln zusammenschlagen! Was unterscheidet dich von wildgewordenen Islamisten?«

Diesmal sah er den Schlag zu spät. Das Hartholz traf ihn am hochgezogenen rechten Arm kurz unterhalb des Ellenbogens, der Knochen knackte laut, Marion schrie auf. Thomas taumelte nach hinten, hob den linken Arm, um den nächsten Schlag abzufangen, und stolperte an der kleinen Rasenkante. Marion tauchte neben ihm auf, und mit seinem Schläger in der Hand stürmte sie schreiend auf den Anführer zu. Sie traf dessen Handgelenk mit solcher Wucht, dass sein Schläger im weiten Bogen in die Büsche flog, und holte mit einem anhaltenden Gebrüll den Knüppel erneut aus und traf mit Wucht das Knie des Mannes. Sein Geheul vermischte sich mit Marions Brüllen, er sackte zusammen und schlug mit der Stirn auf den Boden auf. Zwei der Angreifer zögerten nur wenige Sekunden, ehe sie sich umdrehten und davonrannten. Ein anderer bückte sich, um seinen Schläger aufzuheben, da traf ihn Marions Schlag auf die Schulter, und er fiel mit einem Schmerzensschrei neben seinen Anführer auf den Boden. Thomas rappelte sich auf und sprang zwei Schritte auf Marion zu. Furiengleich stand sie kreischend und schlägerschwingend auf dem engen Gehweg. Er ignorierte den stechenden Schmerz in seinem Arm und zog sie an der Jacke zur Seite.

»Komm, wir gehen«, sagte er so ruhig wie möglich. Ihr Gesicht war rot angelaufen, der Blick starr, ihr Schrei erstarb. Mit der linken Hand nahm er ihr den Holzschläger ab, stellte sich vor den am Boden liegenden und vor Schmerzen wimmernden Anführer und rief: »Das ist einer eurer Fehler: Frauen zu unterschätzen!«

Er blickte nach rechts zu dem Angreifer, dem er den Knüppel abgenommen hatte, schaute ihm einige Sekunden in die unter der Maske aufgerissenen Augen und rief: »Was ist? Bedarf nach Schnabeltasse?« Der Angreifer blickte zum wimmernden Anführer, dann nach rechts zur Straße, und rannte los.

Thomas tastete nach Marions Hand und zog sie mit sich einige Schritte rückwärts. Dann drehten sie sich beide um und liefen den Weg zwischen den Häuserblocks zurück. Erst an der nächsten Straße verlangsamten sie ihre Schritte, trabten bis zur Kreuzung und dort nach rechts bis zum Taxistand.

»Ins Krankenhaus«, sagte Thomas und ließ sich auf die Rückbank fallen.

50

Der junge Arzt zog den Frotteeüberzug vorsichtig über Thomas' rechten Arm. Eine dicke Krankenschwester wässerte in einer Blechschale die Glasfaserbinde. Er saß auf einem Drehstuhl, den Arm auf der Behandlungsliege, und schaute auf das an der gegenüberliegenden Wand hängende Röntgenbild. Der Bruch war selbst auf dieser Entfernung zu erkennen. Die Betäubungsspritze wirkte, der Schmerz war weg, der Arzt schien trotz seiner Jugend routiniert. Marion hatte direkt nach der Ankunft im Krankenhaus den Überfall der Polizei gemeldet.

Der Arzt legte den ersten Meter der Binde an Thomas' Hand zwischen Daumen und Zeigefinger an, als sich die Tür öffnete und Marion mit einem schlaksigen und pickligen Polizisten in Uniform erschien.

»Raus!«, schnauzte die Krankenschwester sie an, doch Marion ignorierte sie und stellte sich neben Thomas.

»Timo ist sofort gekommen. Ich hab ihm alles erzählt, er braucht nur deine Unterschrift.«

Irritiert schaute Thomas in das junge Gesicht des Polizisten. Zuletzt hatte er ihn gesehen, als er Hügel aus der Versammlung heraus abgeführt hatte.

»Muss das sein?«, fragte die Krankenschwester barsch, während der Arzt wortlos weiter den feuchten Verband um den Arm wickelte.

»Ja«, antwortete Timo. »Wenn in den nächsten Minuten oder Stunden ein oder zwei junge Männer mit ähnlichen Verletzungen auftauchen, kann ich veranlassen, dass eine Streife in der Nähe ist und die Verdächtigen aufgreift. Aber nur, wenn diese Anzeige unterschrieben wurde.«

Der Arzt blickte kurz auf, sagte nur »Aha« und rollte einen weiteren Meter vom Verband ab. Die Krankenschwester zuckte mit den Schultern und schwieg.

Timo legte das Formular und einen Stift auf die Liege. Thomas griff mit der linken Hand den Stift und krakelte seinen Namen auf die Stelle, an der ein Kreuz gemalt war. Unleserlich, kleinkindhaft. Links war Alex' Stärke, nicht seine.

Er blickte den Polizisten an. »Reicht das?«

Timo nickte, legte das Blatt wieder in eine Mappe und verließ den Behandlungsraum.

Schweigend sahen Thomas und Marion zu, wie der Arm Schicht um Schicht unter einem gelblich glänzenden Verband verschwand. Nach fünf Minuten schnitt der Arzt die Bandage ab, reichte der Krankenschwester den Rest des Wickels und zog seine Plastikhandschuhe aus.

»Den Arm ruhig halten.« Er öffnete eine Oberschranktür und zog eine Schachtel heraus. »Schmerztabletten. Heute noch zwei, ab morgen bei Bedarf. Gehen Sie morgen zu Ihrem Hausarzt und klären Sie die weitere Behandlung.«

Marion nahm die Tablettenschachtel und steckte sie in ihre Handtasche.

Der Arzt wusch sich die Hände an einem Waschbecken in der Ecke, die Krankenschwester stellte die Blechschale auf einem Sideboard ab und öffnete die Tür. »Gute Besserung«, sagte sie noch. Thomas erhob sich, sagte »Danke« und ging hinaus.

Draußen im Warteraum der Ambulanz saßen ein halbes Dutzend Menschen. Eine Mutter flüsterte mit ihrem Kleinkind, das mit einem blutig verschrammten Arm quengelnd auf dem Plastikstuhl hin und her rutschte.

Die Milchglas-Schiebetür öffnete sich und ein junger Mann humpelte herein, die Stirn blutig, sein linker Arm im festen Griff des uniformierten Polizisten. Der Verletzte stutzte einen Augenblick, dann drehte er sich zu Timo und rief, den rechten Arm zitternd auf Thomas deutend:

»Der da! Der war's! Der hat mich überfallen und verprügelt!«

51

»Ja, ich weiß. Aber dennoch ...«

Berg verstummte. Nein, es gab kein »dennoch«. Der Mann hatte recht.

»Verstehen Sie ...«, sagte der Mann, »... die Unterlagen sind interessant. Aber der entscheidende Hinweis, die ›smoking gun‹, fehlt leider. Wenn ich das so veröffentliche, habe ich deren Anwälte am Hals. Und die haben gute Anwälte.«

Ja, das hatten sie. So viel hatte Berg in den letzten Tagen und Wochen mitbekommen. Wollen den Überläufer Thomas verklagen, nachdem der ein paar Tage zuvor von rechten Schlägern verprügelt wurde, hatten Bernd Hügel nach seiner showreifen Festnahme innerhalb nur eines Tages rausgeholt, und im Prozess würden sich die Anklagepunkte auflösen wie ein Morgennebel in der Maisonne. Da half nur die Öffentlichkeit und so hatte er den einzigen Redakteur kontaktiert, der ihm als engagiert und zuverlässig bekannt war: Nimmsee, Chefredakteur des Wochenmagazins »Die Politiken«, hatte ein Jahr zuvor einen Skandal in der Lebensmittelbranche veröffentlicht, den Berg und Landers nur knapp überlebt hatten. Andere nicht.

»Hören Sie «, probierte Berg es erneut. »Es muss doch einen Weg geben, die Wahrheit über diese Verbrecher aufzudecken. In einer Woche ist die Wahl, danach ist es zu spät!«

Nimmsee lachte laut, Berg zuckte kurz zusammen und hielt das Telefon etwas vom Ohr weg. »Mister Anonym, dazu zwei Sachen: Zum einen wird sehr, sehr regelmäßig über ›Die besseren Deutschen‹ geschrieben, und sehr viel Wahres dabei. Wer es aber nicht liest oder als Propaganda der Lügenpresse abstempelt, dem ist nicht zu helfen. Zweitens: Sie haben gesagt, die Polizei kann mit diesem Material die Wahrheit nicht aufdecken. Wieso glauben Sie, können wir von der Presse das?«

Beweisverwertungsverbot, dachte Berg. Alles, was der Überläufer Thomas mit seinen technischen Tricks aus dem Computer von Hügel geklaut hatte, durfte er niemals als Beweismaterial verwenden. Doch nur in Hügels E-Mails waren der Name des Attentäters und die Freigabe zur Zahlung von hunderttausend Euro dokumentiert, leider etwas verschleiert. Jeder Jurastudent würde diese Dokumente anfechten können. Und das einzige rechtmäßig erworbene Dokument, der Hundert-Euro-Schein, war eine Sackgasse: Nur Farims Fingerabdrücken waren registriert, alle anderen unbekannt.

Berg blickte verzweifelt aus dem Fenster der Autobahnraststätte Medenbach in den tiefhängenden Regen. Er war auf dem Weg nach Duisburg, um Landers aus dem Krankenhaus abzuholen – Kerner war schon seit gestern zuhause – als Nimmsee ihn auf dem Prepaid-Handy angerufen hatte. Eine Woche habe er die Dokumente geprüft, hatte Nimmsee das Gespräch eröffnet, gründlich. Aber, nun, wie gesagt.

»Ich habe die Unterlagen von einem, hm, befreundeten Kriminaler prüfen lassen», antwortete Berg zögernd. »Er argumentierte ähnlich: keine ›smoking gun‹ und zudem, nunja, ist die Beschaffung des Materials nicht in Kenntnis des Betroffenen geschehen.«

»Und dann, denken Sie, soll es die Presse richten, weil die nicht solche Probleme hat?«

»Naja ...«, dachte Berg laut und wurde unterbrochen.

»Vielleicht nicht die mit dem Beweisverwertungsverbot. Aber mit einstweiligen Verfügungen, Verleumdung, übler Nachrede, Schadensersatzforderungen und lauter so hässlichem Kram. Und das so kurz vor der Wahl? Sorry, aber vergessen Sie es. Ich häng mir wegen dieser Partei keinen Mühlstein um den Hals.«

»Den haben wir bereits um unser aller Hälse hängen, das werden wir am nächsten Sonntag merken!«, erwiderte Berg.

Nimmsee seufzte. »Herr Unbekannt, ich bin ja bei Ihnen. Aber wenn die Wähler bislang nichts begriffen haben, wird diese zugegebenermaßen ungeheuerliche Tat auch niemand mehr aufwecken. Diese Partei beauftragt einen Terroranschlag? Ha! Wer wird das glauben? Keiner von denen, die sie wählen werden!«

»Aber ...«, Berg stockte. »Es muss doch einen Weg geben, diese Verbrecher zu stoppen!«

»Kein ›Aber‹«, sagte Nimmsee mit strenger Stimme. »Weder die Polizei noch die Presse haben dafür zu sorgen, dass die richtige Partei gewählt wird. Das passiert in anderen Ländern und wird sehr gerne von uns kritisiert, aber hier geht das nicht. Aus gutem Grund.«

Stumm nickte Berg. Hörte sich sonst so richtig an, nur nicht in diesem Moment.

»Dann danke ich Ihnen für die Prüfung der Unterlagen«, sagte er müde und beendete das Gespräch.

Der Regen hatte zugenommen, durch den dichten Gischtschleier waren die einzelnen Fahrzeuge auf der Autobahn nicht mehr zu erkennen. Stöhnend erhob er sich von dem Fenstertisch, stellte die Kaffeetasse am Tablettwagen ab und zog den Mantelkragen hoch. Er verließ die Raststätte und trabte durch den Regen zum Wagen.

52

17:59:50

Der Countdown lief oben rechts in der Ecke, während der immergleiche Wahlsendungsmoderator in seinem fliederfarbenen Hemd versuchte, seine letzten Worte in diese letzten zehn Sekunden zu pressen. »Soeben haben die Wahllokale geschlossen«, sagte er und schielte auf eine unsichtbare Uhr, »und hier haben wir die Ergebnisse der Nachwahlbefragung.«

Thomas und Millionen anderer Fernsehzuschauer hielten die Luft an, als der Balken von »Die besseren Deutschen« erschien.

17 Prozent.

Daneben der Balken der Veränderung zur letzten Bundestagswahl:

Plus 17 Prozent.

Thomas warf die Fernbedienung auf den Couchtisch und schrie laut »Scheiße!«

Der Moderator versuchte nur mühsam, mit Sätzen wie »Das ist noch keine Hochrechnung, das ist die Prognose« sein Entsetzen zu verbergen.

Thomas schaltete den Fernseher auf stumm.

»Wo sollen wir hingehen?«

Marion murmelte: »Weit weg.«

»Wohin?«

»Überall ist es besser, wo die nicht sind.«

Er seufzte tief. »Ich hab versucht es zu verhindern.«

Marion griff zärtlich nach seiner Hand. »Es ist und war nicht dein Job, das zu verhindern. Es ist und war der Job dieser siebzehn Prozent zu überlegen, was sie da tun.«

»Stattdessen haben wir jetzt dieses unsinnige Verfahren am Hals. Aussage gegen Aussage. Die kommen mit ihren Lügen überall durch.«

»Irgendwann kommt die Wahrheit heraus«, tröstete ihn Marion.

»Nur nutzt sie dann nichts mehr«, erwiderte Thomas.

Marion stand auf, ging in die kleine Küche und kam mit einem Schnapsglas zurück. »Hier«, sagte sie und reichte es ihm. Er nahm das Glas mit der linken Hand, rechts hing der Arm immer noch in einer Schlaufe.

»Wo ist eigentlich Alex?«

Marion zuckte mit den Schultern und setzte sich wieder neben ihn auf das Sofa. »Wollen wir nicht wissen.«

Thomas trank den Schnaps mit einem Schluck leer. Er schmeckte nicht und half nicht.

»Und du?«, fragte er, als er das Glas abstellte.

»Jetzt nicht. In acht Monaten wieder.«

Timo nahm den Bogen, der summend aus dem Drucker kam, setzte sorgsam seine Unterschrift darauf, faltete ihn am Schreibtisch zweimal und steckte ihn in das Kuvert. Für die formlose Kündigung von der Polizeischule genügte ein Blatt. Die anderen Seiten im Drucker heftete er in einem leeren Ordner ab: Der Ausdruck seiner Online-Bewerbung für die Universität Leipzig, Fachbereich Jura. Er blickte sich in seiner Einzimmerwohnung um. Was er vermissen würde? Das ländliche, die alten Kumpels, die Uniform, Kollegen? Nein, den Polizeidienst würde er nicht vermissen. Wenn die Verteidigung der Rechte so krachend scheiterte, half vielleicht deren kreative Anwendung. Leipzig ist das neue Berlin und eine Großstadt mit echter aktiver Subkultur. Die würden gute Anwälte brauchen.

Brenne, dachte Alex. Salem muss brennen. Mit einem Sturm-Feuerzeug zündete er den Stofflappen an, der aus der Gordons Gin-Flasche herausragte, wartete einen Moment, bis die Flamme züngelnd Richtung Flaschenhals wanderte, dann holte er weit aus und warf den Molli mit Schwung an die Tür des Parteibüros mit dem Logo der »DbD«. Ein hässlicher siebziger Jahre Bungalowbau an der Ausfallstraße von Frankfurt nach Westen, zwischen Versicherungsbüros und Gebrauchtwagenhändlern. Mit einem splitternden Geräusch zersprang die Flasche an der Glastür, die innerhalb von Sekunden in hell lodernden Flammen stand. Alex wartete noch einen Moment, dann rannte er los.

Der Kampf hatte gerade erst begonnen.

Abu Sadah umarmte Abdelkarim und klopfte ihm kräftig auf den Rücken. »Möge der Frieden mit dir sein. Der Kalif wird stolz auf dich sein.« Er löste sich von dem jungen Mann und blickte in dessen feuchte Augen. »Der Himmel lächelt, mein junger Sohn. Denn du marschierst zum Himmel.«

Abdelkarim nickte. »Ich werde das Leben der Glückseligen leben, im unendlichen Paradies.« Abu Sadah lächelte. Ja, der hier wird sich selbst in die Luft sprengen, nicht wie dieser Farim.

»Es wird ein weiter Weg«, sagte Abu Sadah, »aber in Hamburg warten gute Freunde auf dich.«

Draußen hupte ein Auto. Abdelkarim schulterte den Rucksack und verließ den Bauernhof, ohne sich umzudrehen.

»Ein neues Reich!«, rief Hügel mit überschlagender Stimme von der Bühne. Der Saal tobte, die Fans schrien, jubelten, warfen ekstatisch ihre Arme in die Luft und schüttelten ihre Körper. Auf der Leinwand hinter ihm war gerade der Balken der Prognose hochgeschossen. »Unser Land!«, skandierten einige, dazwischen – er vernahm es mit Genugtuung – hörte er die Rufe »Hill for president!«

Es war vollbracht.

»Unser Sieg wird kommen!«, schrie er in die tobende Masse. Berauscht vom kreischenden Publikum warf er die Arme in die Luft, die rechte Hand leicht abgeknickt. Das Johlen verstärkte sich.

Ja, dachte er. Endlich.

Basil kam aus der Hütte und reichte Landers ein Glas Weißwein. Sie nahm es seufzend und prostete dem Berggipfel zu. Grosshorn oder Breithorn oder Tschingelhorn. Auch wenn Basil ihr das mehrmals erklärt hatte, war sie sich immer noch nicht sicher. Hinter diesem Gipfel würde in ungefähr einer Stunde die Sonne untergehen. So war es zumindest die letzten Tage gewesen und auch, wenn wahrscheinlich gerade woanders ihre gewohnte Welt unterging – so ganz ohne Internet und Fernsehen auf dieser Berghütte auf 1.450 Meter Höhe war das nicht mit letzter Sicherheit auszumachen –, so würde doch die Sonne heute dort hinter dem Gipfel versinken, den Himmel in ein dunkles Orange tauchen, das Lötschental verdunkeln und morgen früh wieder erhellen.

Basil setzte sich neben sie auf die Holzbank. »Auf was trinkst du?«

»Weiß nicht. Vielleicht darauf, dass die Sonne morgen wieder aufgeht.«

»Solange du da bist, geht sie immer auf.«

Landers lächelte und küsste ihn auf den Hals. »Das hast du schön gesagt.«

Berg schaltete den Fernseher aus und blätterte durch den Stapel Schallplatten in der untersten Reihe des Bücherregals. Dann zog er die Scheibe heraus, die er seit Jahren nicht mehr gehört hatte und legte sie auf den Thorens Plattenspieler. Vorsichtig setzte er den Tonarm auf die erste Rille, drehte den Lautstärkeregler auf dreiviertel und trommelte auf dem Regal das Schlagzeugintro von »Sunday, bloody Sunday«.

I can't believe the news today
Oh, I can't close my eyes
And make it go away

Er hatte verloren.

Sie alle hatten verloren.

BIOGRAPHISCHES

LEIF TEWES

Leif Tewes

geboren 1964, studierte Informatik in Frankfurt/M und schrieb nebenher Fachbücher und Artikel für Fachzeitschriften.
Seine Leidenschaft für die Kunst lebt er als Musiker, DJ und Thriller-Autor aus. Sein Interesse für spannende Persönlichkeiten und rasante Geschichten hat sich unter anderem auf zahlreichen Reisen und Offroad-Rallyes entwickelt.
Leif Tewes lebt und arbeitet im Raum Frankfurt/M.

Aus dem Verlagsprogramm / Krimi

Leif Tewes
Blutzucker
Roman noir

ISBN: 978-3-95771-132-8
eISBN: 978-3-95771-133-5

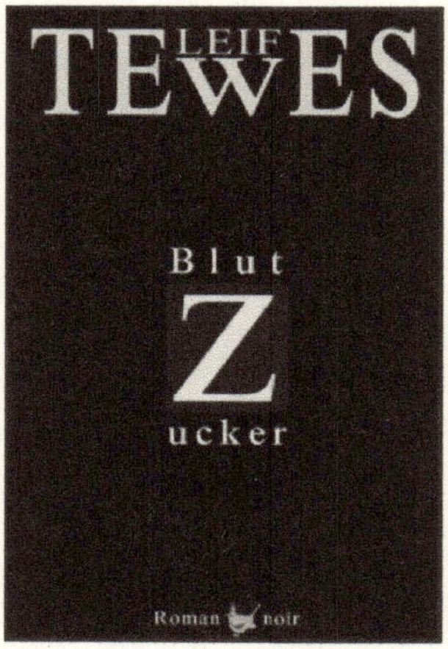

Leif Tewes führt den Leser hinter die Kulissen von modernen Großkonzernen. In seiner gesellschaftskritischen Auseinandersetzung mit Foodherstellern, Pharmaunternehmern und Lobbyismus verarbeitet er das aktuelle Thema »Zucker in Lebensmitteln«. Mit einem nervenaufreibenden Rachefeldzug von Frankfurt über Zürich bis ins Herzen Kolumbiens deckt der Autor skandalöse Machenschaften und Zusammenhänge zwischen Food- und Pharmaindustrie auf. Ein brillanter Roman noir für starke Nerven um die Frage: Was genau essen wir eigentlich?

»Leif Tewes beweist, dass er nicht nur feine Psychologie beherrscht und Spannung aus der Täterperspektive heraus erzeugen kann: Hier kommt ein politischer Thriller mit brisantem Inhalt.«
Alf Haubitz, hr2-kultur

»Ein Thriller dessen Thema Realität ist. Spannender geht es nicht!«
Mordsbuch.net

Leif Tewes
Herzkiller
Roman noir

ISBN: 978-3-95771-164-9
eISBN: 978-3-95771-165-6

Er ist gut, er ist perfekt. Er hat in Afghanistan gedient. Er hat immer die Ruhe bewahrt und auf die entscheidende Sekunde gewartet, in der der Schuss ein Treffer werden musste. Und auch als ihm zum Ende seiner Dienstzeit ein mysteriöser Job angeboten wird, sagt er nicht Nein. Er hat gelernt, seine Aufträge zu erfüllen, ohne über ihren Sinn nachzudenken. Denn er verdient gut. Als ihm dann doch ein Schuss daneben geht, hat der Auftragskiller nicht nur ein Problem. Jetzt ist er auch noch zum ersten Mal in seinem Leben verliebt. Eine Frau bringt sein Weltbild ins Wanken. Er steckt bis zum Hals in der Scheiße, denn die Welt, in der er sein Geld verdient hat, verzeiht keine Fehler. Er will aussteigen, doch die Auftraggeber sind unterwegs ihn zu eliminieren, während die Polizei ihn jagt. Welchen Preis muss er für seine Freiheit bezahlen?

Leif Tewes lässt dem Leser in das Innenleben eines Auftragskillers schauen und geht der Frage nach, wie ein kleiner Zufall das ganze Leben verändern kann. Mit präziser Sprache, Dynamik und Offenheit entlarvt er die Korruption in der Gesellschaft und zeigt, wie zerbrechlich die dünne Schicht unserer Zivilisation ist.

Kommissar Berg und seine Ermittler haben es im Rhein-Main-Gebiet mit Provinzpolitikern, Mafia-Clans und einem verliebten Killer zu tun.

Erscheint: Frühling 2018

Olaf Jahnke
Patientenrache
Ein Fall für Roland Bernau

ISBN: 978-3-95771-104-5
eISBN: 978-3-95771-105-2

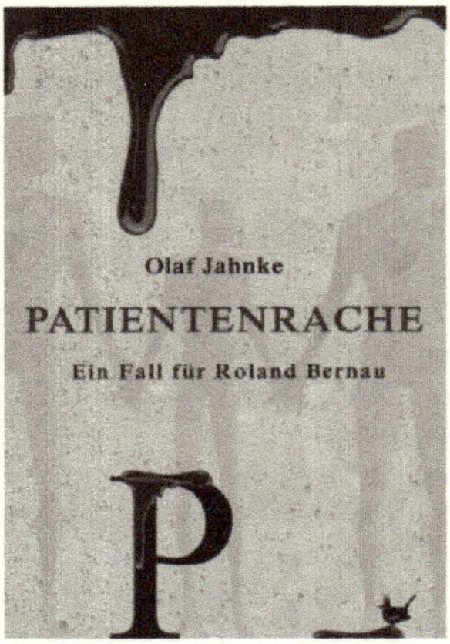

Unbekannte verprügeln im Frankfurter Bahnhofsviertel einen Mann und verletzen ihn schwer. Einige Tage später wird in Bad Homburg ein anderer Mann auf offener Straße zusammengeschlagen und auf die Intensivstation gebracht. Obwohl beide Opfer Sachbearbeiter bei der gleichen Wiesbadener Versicherung tätig waren, glaubt die Polizei nicht an einen Zusammenhang. Doch dem Zufall bleibt bei der Abteilungsleiterin selten etwas überlassen und somit beauftragt sie Privatermittler Roland Bernau mit dem Fall. Während seiner Recherchen in den Akten der Versicherung wird dem agilen Ex-Polizist schnell klar, dass es sich bei den Schadensfällen, an denen die beiden Männer zuletzt gearbeitet hatten, um Probleme in Kliniken handelte, und zwar hauptsächlich im Taunus.

Olaf Jahnke liefert eine spannende Geschichte über Vertrauen, Betrug und Gesundheit, basierend auf Ereignissen, die er im Rahmen seiner jahrelangen Arbeit für Fernseh- und Zeitungsreportagen erlebt hat. Seine Erfahrungen und Kontakte ermöglichten ihm, diesen packenden Krimi zu schreiben. Die menschlichen Schicksale, die hier beschrieben werden, sind – leider – bittere Realität.

Olaf Jahnke
Tod eines Revisors
Ein Fall für Roland Bernau

ISBN: 978-3-95771-170-0
eISBN: 978-3-95771-171-7

Der leitende Innenrevisor einer großen deutschen Bank wird in einer privaten Psychiatrie in Königstein tot aufgefunden. Selbstmord durch Psychopharmaka ist nichts Ungewöhnliches und die Polizei verzichtet auf weitere Ermittlungen. Doch die Witwe will nicht glauben, dass ihr Mann sich umgebracht hat. Sie beauftragt den Privatermittler Roland Bernau, den Mörder zu finden. Der Ex-BKA-Fahnder entdeckt das doppelte Spiel des Revisors. Er kommt einem riesigen Betrug auf die Spur, der bis in die Wendezeit der DDR zurückreicht. Doch ein Netzwerk aus Politik und Wirtschaft will Bernaus Ermittlungen stoppen. Mit allen Mitteln.

Olaf Jahnke erzeugt eine spannende temporeiche Geschichte über Finanzbetrug und Wirtschaftskriminalität. Sie basieret auf Ereignissen, die er im Rahmen seiner jahrelangen Arbeit für Fernseh- und Zeitungsreportagen recherchiert hat. Seine Erfahrungen und Kontakte ermöglichten ihm, diesen packenden Krimi zu schreiben. Privatermittler Roland Bernau durchstreift das Dreieck Bad Homburg-Wiesbaden-Darmstadt mit den Frankfurter Bankenviertel als Zentrum für Geld und Macht. Dabei gerät er nicht nur in namenhaften Restaurants, Bistros und Cafés des Rhein-Main-Gebiets – er mag gutes Essen –, sondern auch ins Kreuzfeuer der Innendeutscher Politik. Ein beeindruckter Blick hinter den glanzpolierten Fensterfassaden der Großbanken.

»Große Politik und lokaler Bezug«
Thorsten Weigelt
FRANKFURTER RUNDSCHAU

Antonia Pauly
Lügenblau
Kommissarin Mylona
und die lieben Konkurrenten

ISBN: 978-3-95771-140-3
eISBN: 978-3-95771-141-0

Die Finanzkrise ist nach wie vor überall auf Zakynthos zu spüren. Das neue geplante Hotelprojekt verspricht viele, dringend benötigte Arbeitsplätze. Als einer der sechs Bewerber um die Stelle des Architekten tot aufgefunden wird, ist die ganze Insel in Aufruhr. Das Opfer, ein alteingesessener Zakynther, wurde hinterrücks erstochen. Ganz klar: Mord. Für Kommissarin Eleni Mylona präsentieren sich mehr als genug Verdächtige. War es einer seiner Konkurrenten? Oder vielleicht seine, von den ständigen Seitensprüngen ihres Mannes abgebrühte Ehefrau?

Zum dritten Mal lädt Antonia Pauly auf die griechische Insel Zakynthos ein. In einer Geschichte um die Gnadenlosigkeit der Finanzkrise und deren verheerenden Auswirkungen auf die Menschlichkeit ist Kommissarin Eleni Mylona erneut gefragt. Korruption, Rache und Konkurrenzkampf vermischen sich in das Blau des Ionischen Meeres, eine Farbe, die verführerisch zum Baden lockt. Bis zum Ertrinken.

Antonia Pauly
Blut am Schuh
Ein Eifel-Hundekrimi

ISBN: 978-3-95771-047-5
eISBN: 978-3-95771-048-2

Ein wunderschöner Herbstmorgen in der Eifel. Emil durchstreift mit seinem Frauchen Lisa den Wald rund um den Elefantenkopf, als ihm plötzlich ein verdächtiger Duft in die Nase steigt. Er nimmt die Spur auf, folgt ihr in das Dickicht und entdeckt die Leiche von Melanie Pütz.
Wer hat die Frau ermordet? Das muss Kommissar Josef Kolvenbach mit seinen Kollegen herausfinden. War es ihr Exfreund? Oder einer ihrer Kunden, die sie beim Jobcenter zu betreuen hatte? Einer der Beteiligten hat den richtigen Riecher und weiß auch, wie er ihn einsetzen muss: Emil! Aber bevor er helfen darf, muss er den Menschen erst einmal begreiflich machen, wie überlegen seine Nase dem Riechorgan der Zweibeiner ist. Und dabei ist er noch nicht einmal ein Polizeihund!

Mit ihrem neuen Buch taucht Antonia Pauly tief ein in den Lebensalltag der Eifel, eine Gegend, die ihr mindestens so vertraut ist wie ihrem vierbeinigen Helden. Mit großer Sympathie für Land, Leute und Tiere erzählt sie von einer spannenden Tätersuche – ein kriminalistischer Leckerbissen nicht nur für Hundeliebhaber!

Peter Pachel
Süßes Wasser
Kommissarin Waldmann
ermittelt auf Paros

ISBN: 978-3-95771-138-0
eISBN:978-3-95771-139-7

Auf der griechischen Insel Paros neigt sich die Urlaubssaison ihrem Ende zu. Katharina Waldmann freut sich auf die wohlverdiente Entspannung nach einem langen Arbeitstag. Zu später Stunde soll noch eine Vermisstenanzeige für einen ausgebüchsten Ehemann aufgenommen werden - ein Routinefall, dem sie keine große Beachtung schenkt.
Als jedoch die Leiche des Vermissten kurz darauf in einer Zisterne gefunden wird, sehen sich Katharina und ihr Team plötzlich in ein Netz aus mysteriösen Mordfällen und Schmiergeldern verstrickt.
Korruption, Fahrlässigkeit und unendlicher Gier - von Paros über Amsterdam und bis nach Thailand. Die einzige scheinbare Gemeinsamkeit scheint die Firma AquaTop zu sein. Aber was kann Meerwasserentsalzung mit Mord zu tun haben?

Peter Pachel verführt den Leser zum dritten Mal nach Paros - diesmal mit Katharina Waldmanns internationalsten Fall. Zwischen zwei Kontinenten baut sich eine Verwicklung aus emotionalen Charakteren auf, mit der Idyllischen Insel Paros als Hauptschauplatz. Passend zur Spannung gibt es leckere Rezepte die den Griechenland-Krimi zu einem kulinarischen Erlebnis machen.

Thomas Bäumler
Frauengrund
Gerti Zimmermann recherchiert
in der Schwangerschaft

ISBN: 978-3-95771-136-6
eISBN:978-3-95771-137-3

Gerti ist am Ende ihrer Kräfte. Ihr Freund hat mit ihr Schluss gemacht, weil eine Abtreibung für sie nicht in Frage kommt. Auf Kommilitone Max ist jedoch Verlass und somit zieht sie in seine Studenten-WG ein. Journalistenstudium, Schwangerschaft, neue Bekannte und dann passiert noch das: Ein Mitbewohner der WG wird in Rom getötet. Gerdi recherchiert und ihre Forschungen bringen sie an die Ufer des Tiber. Währenddessen werden in Italien immer mehr ausländische Mordopfer gefunden, die alle eins gemeinsam haben: Vor ihrem Tod wurden sie grausam gefoltert. Commisario Fabrese, der die Ermittlungen leitet, tappt im Dunkeln. Da kommt für ihn die Hilfe der deutschen Journalistin genau richtig.
Ein Fall, der sich weit ins Darknet zieht und ein Netzwerk dunkler Machenschaften verbirgt. Eine gefährliche Situation für Gerdi und das Kind in ihrem Bauch.

Thomas Bäumler lässt die angehende Journalistin Gertti Zimmermann zum zweiten Mal in Aktion treten. Diese Mal muss sie gleich zwei Aufgaben bewältigen: Vergeben lernen und dazu die eigene Schwangerschaft. Eine spanende, moderne Geschichte wie ein flächiges Bild, gemalt mit dem Pinsel des Lebens. Starke Frauen in den Hauptrollen, die selbst Entscheidungen darüber treffen, wem sie das Leben schenken und wem sie es nehmen. Kein Krimi für Weicheier.

Astrid Keim
Die Schönheit und der Tod
Frankfurter Kriminalroman

ISBN: 978-3-95771-039-0
eISBN: 978-3-95771-040-6

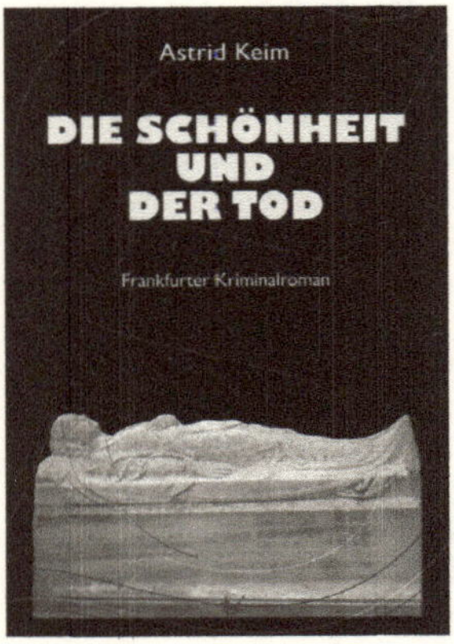

Ausgerechnet auf dem Frankfurter Hauptfriedhof stößt die pensionierte und seit einem Jahr verwitwete Anwältin Laura Mahler auf – eine Leiche. Ein schönes, junges Mädchen ist tot, eingewickelt in durchsichtige Folie, mit einer blutroten Rose im Haar. Die konservierte Schönheit weckt Lauras Interesse und ist zugleich Anlass, mit ihrem alten Freund Thomas wieder Kontakt aufzunehmen. Der ist Kommissar bei der Mordkommission, und Laura beginnt, auf eigene Faust ein paar überraschende Ermittlungsergebnisse beizusteuern. Dabei zeigt sich schnell, dass bei der Zusammenarbeit nicht allein kriminalistische Interessen im Spiel sind. Die beiden kommen sich näher – da wird eine zweite Mädchenleiche gefunden ...

Laura Mahler ist eine Schöpfung der Frankfurter Autorin Astrid Keim, vielen bekannt als kompetente Führerin durch die Geheimnisse der Gastronomie. In ihrem neuen Roman geht es nicht nur um die Frage nach dem Täter, sondern auch um Schönheit, Alter, Begehren, gutes Essen – und Liebe.

Ein sinnlicher und spannender Frankfurter Roman voll überraschender Wendungen.

Nicolas Cenway
Badetage
Thriller

ISBN: 978-3-95771-134-2
eISBN: 978-3-95771-135-9

Anwalt Tom Wolfert hat eine vielversprechende Zukunft vor sich: Eine luxuriöse Wohnung, den beruflichen Aufstieg und eine feste Beziehung. Als jedoch seine Schwester Jenny in Texas zum Tode verurteilt wird, stellt sich seine ganze Welt auf den Kopf. Sie ist unschuldig – dessen ist sich Tom sicher und begibt sich auf die Suche nach dem wahren Mörder. Doch die Geheimnisse, die er aufdeckt, katapultieren ihn mitten in ein Netzwerk aus Kindesmissbrauch, Gewalt, Erpressung – und mehreren Milliarden Dollar. Als wäre das nicht genug, begegnet er auch noch der mysteriösen Lena, die ihm auf Anhieb den Kopf verdreht. Mit fatalen Folgen.

Nicolas Cenway liefert ein fesselnder Thriller über Selbstjustiz, das Schicksal von missbrauchten Kindern und den verzweifelten Versuch eines Bruders die Unschuld seiner Schwester zu beweisen. Nach eine wahre Begebenheit.

GRÖSSEN
WAHN
VERLAG

www.groessenwahn-verlag.de